# 红楼大观

——宋志宏谈《红楼梦》

宋志宏 著

河北出版传媒集团
河北教育出版社

**图书在版编目（CIP）数据**

红楼大观：宋志宏谈《红楼梦》/ 宋志宏著 . 石家庄：河北教育出版社，2024. 12. -- ISBN 978-7-5545-8650-1

Ⅰ . I207.411

中国国家版本馆 CIP 数据核字第 202468PW41 号

**红楼大观**——宋志宏谈《红楼梦》

宋志宏 著

责任编辑：赵　磊

美术编辑：于　越

装帧设计：曹天培

出版发行：河北出版传媒集团

河北教育出版社 https://www.hbep.com

印　　刷：石家庄文义印刷有限公司

开　　本：787mm×1092mm 1/16

印　　张：16.5

字　　数：300千字

版　　次：2024年12月第1版

印　　次：2024年12月第1次印刷

书　　号：ISBN 978-7-5545-8650-1

定　　价：89.00元

《红楼梦》是毛泽东最钟爱的书之一，他曾说："作为一个中国人，既然有阅读能力，不可不读《红楼梦》，不读就不懂中国封建社会。读一遍也不行，最少看三遍，不看三遍没有发言权。"

## 作者简介

**宋志宏**，男，1973年1月生人。又名宋双宏、宋之宏，笔名宋昊儒、宋祥瑞、沙鸥等。河北藁城人。中国作家协会会员。当过教师，做过媒体编辑、记者，现从事教育工作。1993年开始发表作品，曾在《诗刊》《人民日报》（海外版）、新华社、中央电视台、《中华英才》《中国财经报》《中国教育报》《光明日报》《半月谈》《中国青年报》《长城》等新闻媒体、报纸杂志上发表诗歌、情感故事、散文、新闻消息、论文、通讯、摄影报道等各种体裁作品5550余篇次，360余万字。曾获国家科技部"科技好新闻"奖。诗歌作品《故乡》《大河之北》在《诗刊》上发表；《忠诚——致人民解放军》《凤鸣九皋》《启航》《只争朝夕》《静语》等诗歌作品在《中华英才》上发表；长篇情感通讯《半个世纪的两岸情》在《人民日报》（海外版）刊登。著有长篇小说《杜鹃血》，发表作品集《最灿烂的笑容》，出版有《慧读红楼梦——浅谈如何读懂〈红楼梦〉》（人民文学出版社、天天出版社出版），诗歌作品集《静夜龙舞》等图书。本书是作者第五部个人专著。

# 解锁难读的世界名著

——宋志宏教你慧读《红楼梦》

编者按：

新中国红学研究第一人周汝昌老爷子所说：

“如果你想要了解中华民族的文化特点特色，最好的——既最有趣味又最为便捷的办法就是去读通了《红楼梦》。”

那读《红楼梦》有最有趣味又最为便捷的办法呢？那便是慧读《红楼梦》！

《红楼梦》作为我国古典名著之首，被称为“古今中外第一奇书”，它的难，不言而喻。甚至到了21世纪，《红楼梦》还登上网络号称最难啃的大部头之一，且长期高居榜首。

《红楼梦》，这部被誉为中国古典文学的巅峰之作，在世界文学史上也享有极高的地位。其思想之深刻，文字之精美，艺术价值之高，几乎无出其右者。

《红楼梦》里有太多我们中国人的传统智慧、人情世故和世间百态。人物关系庞杂、故事意蕴深厚、篇幅还长。研究《红楼梦》的文章浩如烟海，仅“红学”就有评点派、索隐派、题咏派、评论派、考证派五大流派，横跨文学、哲学、史学、经济学、心理学、中医药学等多个学科。

各路专家学者东读西看，鳞鳞爪爪，碎玉散珠不少，系统地考察探寻则不多，更不深不透。“东一榔头，西一棒子”的文化不少，文学的、文艺学的与小说学的文化研究不够。怎么样从传统文化的角度逼近与把握《红楼梦》，则是一直没有解决的问题。河北学者宋志宏的《红楼大观——宋志宏谈红楼梦》高屋建瓴，提纲挈领地解决了这一问题。

作者宋志宏从大处落墨，成龙配套，将虚虚实实、千端万绪、见头不见尾、令人一头雾水的故事与处理手法，梳理成系统的文本。他从脂砚斋其人、自传还是演义到看版本、主旨、主脉、立意、至情、结构（整体）、续书和代笔、写法、语言、人物刻画、到细节（心理）描写、诗词、日常杂记之外，还探讨了文学以外惊喜和与古典名著的关系。真可谓贯穿全局，不遗细部，全面而系统地疏理了《红楼梦》研究的集大成者，当然，里面也闪耀着作者的真知灼见。

难以读懂的东西，一旦读懂了，其身心之愉悦，其思维之提升，其境界之开阔，其智慧之增强，难以言表。——期待《红楼大观——宋志宏谈红楼梦》带你体验这种感觉！

需要说明的是，这是对2018年由人民文学出版社、天天出版社出版的《慧读红楼梦》的修订版。

# 序：都云作者痴

2015年冬月，津生兄等来，高谈阔论之际，郑重取出宋志宏先生《慧读红楼梦》书稿，嘱为序。吾与津生相交二十余年，该书所论又是素所爱敬之《红楼梦》，敢不承命！

《红楼梦》是我国古典小说的代表作之一，也是一个持续存在的文学巅峰。其所揭示的生命价值和生存意义，所描摹的魂灵之爱与魂灵之痛；其以贾府为圆心铺陈开来的人际关系和生活场景，尤其是那些个性鲜明的各色人等，那镜花水月般的大观园与徜徉其中的少男少女……打动了无数读者，也渐渐形成了一项专门的学问——红学。据说乾隆皇帝曾与宠臣和珅讨论过这本书，谓为“明珠家事”，应算是最早的“索隐派”了。而读和珅的绝命诗，“五十年来梦幻身，今朝撒手谢红尘”，竟似有几分红楼韵致。《红楼梦》第一回所言“乐极悲生，人非物换”，不亦可为和珅的人生轨迹写照吗？

《红楼梦》诞生于清朝的康乾盛世，带着这个时代的鲜明印痕，也带着曹雪芹刻骨铭心的家族记忆。书中以贾府被抄检为一大关目，而查抄这个百年望族出自上谕，领衔查抄的为当朝亲王，抄没造册上呈后又遵旨部分发还，皆有雍乾两朝奉旨办案的影子。该书早期是以抄本流传的，脂砚斋重评《石头记》版本甚多，较重要的有“己卯本”“庚辰本”等。己卯即乾隆二十四年，大小和卓在南疆的叛乱在这年春被彻底平定，清朝之强盛也由此走上巅峰，而《红楼梦》则以深沉警策之笔，摹写人世间悲欢离合，也写盛世光环下的巨大阴影。鲁迅论《红楼梦》，曰“悲凉之雾，遍被华林，而呼吸领会者仅宝玉一人”。是啊，向来都有只见花团锦簇、千娇百媚的读者，有多少人能呼吸领会到其间的悲凉呢？

如同所有不世而出的文学名著，《红楼梦》自问世以来就拥有着一代代读者，也吸引着许多研究者。这是一部值得反复阅读的书，也是一部不易读懂、愈读愈有兴味的书。记得20世纪80年代，本人参加冯其庸先生主持的脂砚斋评本会校工程，将12种传世脂本汇录比对，同样的文字要读20遍以上，而读至宝玉挨打一节，每一遍都深深感动，泪眼迷蒙。毛泽东曾说过至少要读五遍，纳博科夫说“只有重读才是真正的阅读”，冯其庸有诗“大哉《红楼梦》，再论一千年”，都说明我们对于书中旨意的追寻，还有很长很长的路要走。

很高兴看到这部论红新著。据介绍，作者承担着较繁重的行政工作，但仍痴迷于文学、痴迷于红学，一念之诚，让人感动。其在熟读原著的基础上，参酌档案文献和前人著述，几乎对所有重要的红学命题都做了认真考辨，抒写了自己的看法，颇有心得和新见，但也不无可以讨论处。如在“自传还是演义”一节，作者说：“曹家遭败，罪应主要是曹家平时一切用度太过奢华，最终导致入不敷出，难以为继，最后亏空银两，无法还上，结果被抄了家。因此，不应把曹家家败的罪过完全或者主要记在雍正的头上，而是曹家罪在自己。”很有一些道理，书中也提供了许多例证。但还是要考量康熙南巡与曹寅接驾，或是江宁织造亏空的主因；还应考量“盛世”中普遍存在的奢靡之风，从朝廷到士大夫皆被吹得醺醺如醉，又不独一个曹家。至于志宏书中的精彩笔墨，想诸位在阅读时自有获益，这里就不一一论列了。

是为序。

卜　键

丙申新夏于京师西山在望阁

# 谁解"红楼"个中味

——赞宋志宏《慧读红楼梦》的盛情担当

近日里，有两件事足以引得红学界乃至全世间的"围观"。一是南方一家大学出版网，发布了一个"死活读不下去排行榜"，《红楼梦》竟高居榜首，而在榜单的前十名中，中国的另外三大名著以及世界的一些名著也未能幸免。二是2017年高考北京卷《考试说明》正式发布，语文将《红楼梦》等六部经典作品纳入必考范围。这显然对经典阅读的考查内容进一步细化了，要求基于知识积累和生活经验，对作品的文化价值与时代意义有所感悟和评价。面对着如此情势，不管是无知的拒绝，还是愈细的考究，都足可引起学界和业界的深思与起行。此事看去虽小，只是一部古典小说的门里门外，但事关优秀传统文化的继承发展，民族精神的滋养塑造，说来影响堪称巨大。于是，在此关注传统文化的热潮之中，自喟"解析《红楼梦》蓄谋已久"的宋志宏适时地推出《慧读红楼梦》一书，与年轻的初读者和广大的爱好者恳谈如何读懂这部中国封建社会的"百科全书"，真乃功德无量之举。

"《红楼梦》是说不尽的。"自打清朝康乾期间诞生起始，诸多评家论者议不绝口；进入晚清民国，更有新旧“红学”两派之事。新中国成立后，1954年发生了“两个小人物”批判“红楼梦研究”的巨浪风波；过了十年，1964年8月24日，毛泽东同北大副校长周培源、国家科委副主任于光远再次谈到《红楼梦》，毛泽东对胡适考证曹雪芹写自己家族的观点表示了赞同，也亲自“补就了”当年批判胡适“有点片面性”的结论。进入到改革开发的新时期，文坛百花齐放，继俞平伯、周汝昌、王昆仑之后，北京又出现了一位著名红学家，即人民大学教授冯其庸。这位中国红楼梦学会会长，享年93岁离世。生前有诗感叹：“大哉《红楼梦》，再论一千年”。看来，对于这部巨著真义的探求，到了这一代人的手上，依然是容不得绕开的课题，任重而道远。如今，宋志宏作为投身红学队伍的“志愿者”，本着“时不我待”的紧迫感和“舍我其谁”的历史担任，完成了《慧读红楼梦》的著述，实际上是对“未能尽说”的名著“继续说着”。

俗话说得好：“外行看热闹，内行看门道。”如何读懂《红楼梦》？“慧读”在交代开启门道的锁钥之前，先要跟入的读者把紧两点“机杼”所在：“脂砚斋”是何人？不仅是曹雪芹的至亲，而且是全书的合著者。“梦”里的故事是怎样讲的？那是带有自传色彩富于演义性质的说部作品罢了。否则的话，过于轻慢和穿凿，都无法面对“红楼”而登堂入室。好了，基于这样的出发点，“慧读”开始便从宏观视角切入文本，鸟瞰全书，强调要看版本、看主旨、看主脉，而且还要看立意和至情。初读《红楼梦》如果就“啃”没带脂批的普及本，常会被隐去真事的谜团所困扰。看来“慧读”作者在“研红”的过程中，十分钟爱《周汝昌校订批点本＜石头记＞曹雪芹著，脂砚斋批》，并且热情地推荐给读者朋友。至于主旨“风尘怀闺秀”，提倡男女平等！对封建社会男权至上给予当头棒喝；主脉是从宝黛爱情、钗玉爱情、湘玉爱情以及凤姐兴衰四条主动脉来实

现寓意思想的。这些书中笔力最殷，“慧读”的指点着意也最切。其后，点到立意要留心书里的反传统的文学创观，还有反科举、反权贵、反礼教、反等级、反乱祭、反世俗等倾向；点到至情要留心宝玉和黛玉的生死恋情，此外还有小红和贾芸等几对情侣破封建阻力，大胆追求人生幸福，成为全书最能体现思想价值的一部分，也是整部著作的高潮所在。如果只是奔着“好玩儿”看去，那就有些“舍本逐末了”。

“慧读”不仅“慧眼识珠”，而且拒绝谈玄。总是从文本出发，经过精准的研讨判断，进而得出“看门道”的途径。在一些微观分析的篇章里，提醒读者静心地看结构、看读书和代笔、看写法、看语言、看人物刻画、看细节（心理）描写、看诗词等，从而全身心地进入红楼的艺术世界。当然也不忘随带提醒，还可看日常杂记，文学以外惊喜和与古典的关系，让读者对此巨作得到更深透和全面的了解，悟出更多的“好”来。就说“慧读”领路去看“草蛇灰线，伏脉千里”整体结构，以曹家好友富察明义的二十首关于《红楼梦》的七言绝句诗为证，再加上脂砚斋的批注透漏，可知曹雪芹确实完成了这部书稿、有头有尾的故事演义，只不过在继续修订和完善过程中，没有进一步衔接和统一便撒手早逝，于是令人通读便会见有疑团。同时写法中，不走寻常的俗套，而是纯熟地运用谐音、谶语、影射、反衬诸章法，增添了作品的意蕴与神韵。初识红楼，这些都不该成为障目的阻碍，经过“慧读”的透析之功，尽取品味之效。至于看语言、人物刻画、细节描写、诗词表达诸章节，更似引领漫步大观园，俯身花草、凝眸粉黛，在艺术显微镜下，把个镜花水月般的境地和奔忙来往的男女，看个“底儿掉”。特别是满园“京片子”声中，“慧读”竟能闻听到江南织造府的余音，河北方言词语的偶现，真是体味入微，入木三分了。

记得是2014年，习近平同志在文艺工作座谈会上说过：“曹雪芹如果没有对当时的社会生活做过全景式的观察和显微镜式的剖析，就不可能完成《红楼梦》这种百科全书式巨著的写作。”

如今《慧读红楼梦》应时问世勇于担当，告诉并启领年轻的初读者和广大的爱好者，不仅“要读”而且“会读”，智慧地把握宏观与微观的诸多门径，深入堂奥，真切地体味出这部中华优秀传统文化代表名著的音韵来。

刘绍本

河北师范大学文学院教授、河北省写作学会会长

2018年于石家庄

## 钩深致远，用心导读

《红楼梦》内容宏富，包罗万象，被誉为中国封建社会的百科全书。



《红楼梦》是读不尽的。正如鲁迅先生所言：“单是命意，就因读者的眼光而有种种经学家看见《易》，道学家看见淫，才子看见缠绵，革命家看见排满，流言家看见宫闱秘事……”一部作品，它所含的文化积淀越是深厚，它所储存的信息量越大，也就越能引起人们强烈的关注和探讨的热情。研读《红楼梦》就是在研读中国的传统文化，它已经成为民族传统文化的化石和标本。这是中国任何一部其他小说难以达到的成就。

的确，《红楼梦》是我们中华民族的一部古往今来、绝无仅有的“文化小说”。从所有中国明清两代重要小说来看，没有哪一部能像《红楼梦》具有如此惊人广博而深厚的文化内涵的了。不仅如此，《红楼梦》是中国古代小说中最伟大的一部杰作，在世界文学史上占据重要地位。因而成为中国古代文学研究的重要对象，关于红楼梦的研究也繁多，并且形成一门学问——“红学”。人们常感叹“说不尽的《红楼梦》！”

《红楼梦》的永恒魅力吸引着无数读者探幽索隐。作者的生平家世、《红楼梦》的版本、书中出现的名物器具、民俗文化、语言学等方面的考证训释，都在“红学”中蔚为可观。

为了引导爱好者从博大精深的《红楼梦》和浩如烟海的红学研究中走出来，为了更系统地介绍《红楼梦》如何读、从哪方面读、哪些角度下手读，学者型作家宋志宏在反复阅读《红楼梦》原著和充分了解“红学”研究的基础上，遍寻百家、集腋成裘，又本着自己的思考去粗取精，博采众长，“六年不寻常，泣血为红楼”，终成《慧读红楼梦》一书。

书中有作者对《红楼梦》脂砚斋的考证、版本研究、诗词赏析、也有小说艺术（主旨、结构、写法、语言、心理）、人物刻画等的分析，还有各种日常杂记和文学述评之外对历史情境的演绎和勾勒。尤其是本书的第二章——“自传还是演绎”，作者提出了不同于以往“红学”研究成果的创建性思路。比如，作者并未把曹家的衰落完全归咎于绵延至雍正朝的“九子夺嫡”之政治斗争，而指出这与曹家的办差不力、过度奢靡密不可分。又比如，在研究思路上，作者认为将主要研究点集中于文学层面之外，还应关注考古、索隐探秘与史学还原。《红楼梦》中隐喻了太多的宫闱秘史与豪贵权斗，正是因为曹雪芹出身于与皇室有过四五代密切关联的封建贵族家庭，才使他更能洞察封建社会的深层次矛盾。尽管囿于创作时代做了晦涩化处理——真事隐、假语存，正谓“满纸荒唐言，一把辛酸泪。都云作者痴，谁解其中味”。可以说《慧读红楼梦》的用心导读钩深致远，见识卓越，独具匠心，甚具启迪，能够帮助读者事半功倍地厘清读红纲目；高屋建瓴地把握宏观结构，选取角度；并身临其境地感知蕴于其间的生活气息……

一语道不尽，且待后来人。愿更多的朋友在《慧读红楼梦》的引导下成为曹雪芹的知音，真正解得“红楼”之味！

文艺评论于 2018 年　陈乙慧

# 前 言

《红楼梦》是中国许多人所知道，至少，是知道这名目的书。谁是作者和续者姑且勿论，单是命意，就因读者的眼光而有种种：经学家看见《易》，道学家看见淫，才子看见缠绵，革命家看见排满，流言家看见宫闱秘事……

——选自鲁迅《集外集拾遗》

解析《红楼梦》蓄谋已久！

《红楼梦》是封建社会的百科全书。毛泽东同志在1956年发表的《论十大关系》中指出：“（我国）除了地大物博，人口众多，历史悠久，以及在文学上有部《红楼梦》等等以外，很多地方不如人家（西方国家），骄傲不起来。”习近平同志在2014年文艺工作座谈会上也指出：“曹雪芹如果没有对当时的社会生活做过全景式的观察和显微镜式的剖析，就不可能完成《红楼梦》这种百科全书式巨著的写作。”《中国大百科全书》评价说，《红楼梦》的价值怎么估计都不为过。《大英百科全书》评价说，《红楼梦》的价值等于整个的欧洲。有评论家这样说：“几千年中国文学史，假如我们只有一部《红楼梦》，它的光辉也足以照亮古今中外。”作为一名中国人，《红楼梦》是必读的名著，《红楼梦》是中国古典小说的巅峰之作，被称为打开中国五千年文化的一把“总钥匙”。然而就是这样一部巨著，读懂的不多。经常听有人发牢骚：读了几遍了，也不知道《红楼梦》到底说什么。大多数人把这部堪称空前绝后的巨著当作婚姻爱情悲剧故事。正如作者序言自语：“字字看来皆是血，十年辛苦不寻常。”也就是说，经过反复阅读、细细回味，就会发现《红楼梦》处处都是隐秘，处处都是珍藏，处处都是难读难懂的。笔者以为，《红楼梦》犹如广袤、深邃的太平洋、大西洋，其深、其广、其大，让人永远处于探求之中，越探求越有收获；而其他小说，无论《三国演义》，还是《水浒》《西游记》等，犹如高山、湖泊，即使珠穆朗玛峰，也已被人征服，何况其他？正是由于它的艺术性太强太高，因而它的文学价值也最大。难以读懂的东西，一旦读懂了，其身心之愉悦，其思维之升腾，其境界之开阔，其智慧之增强，难以言表。

如何读懂《红楼梦》？第五回针对十二曲有这么一段话："此曲不比尘世中所填传奇之曲，必有生旦净末之别，又有南北九宫之限。此或咏叹一人，或感怀一事，偶成一曲即可谱入管弦。若非个中人，不知其中之妙……"针对个中人，脂砚斋有批语："三字要紧，不知谁是'个中人'？宝玉即'个中人'乎？然则石头亦'个中人'乎？作者亦系'个中人'乎？观者亦'个中人'乎？"这里，曹雪芹提出了读懂《红楼梦》的第一个条件就是：观（读）者必须是"个中人"。何谓"个中人"就是局内人、过来人，就是亲身经历过的人。照此推理，当今应无"个中人"。但我们可以通过学习，站在无数前辈的肩膀上，大体上可成为"个中人"，大体上可以读懂《红楼梦》。

根据这些年查阅资料，并反复阅读脂砚斋的点评，还参考了周汝昌、刘心武、俞平伯、冯其庸、李希凡、梁归智、蔡义江、刘再复等名家和《红楼梦》爱好者关于《红楼梦》的评论性著作，对于如何读、读什么，有了一些粗浅认识，现与大家做一探讨。

为尊重原著原意，引文部分全部来自《周汝昌校订批点本〈石头记〉曹雪芹著，脂砚斋批》（2011 年 8 月 1 日第 1 版，译林出版社）。个别字写法或用法与现代汉语写法、用法不一致，请用心体味。阅读不便，请见谅。

于 2018 年

# 目　录

一

# 脂砚斋其人

读《红楼梦》不能不看脂批，胡适先生说，脂批是《红楼梦》的一部分，《红楼梦》最早公开发表的时候就是带着批语的。当代红学大师冯其庸也说“生根在红楼，溯源到脂批”，就是说脂砚斋在批语里透露出曹家的家事和曹雪芹的身世来。《红楼梦》应该是曹雪芹和脂砚斋一起创作的，最初的《红楼梦》叫作《脂砚斋重评石头记》就是最好的证明。另外，本文很多粗浅认识，都是以脂砚斋批语为据的。因此，对于初读《红楼梦》的，笔者建议涉猎之初最好读一本带脂批的版本对照着看。理解得深，明白得快。如果最初就看没有脂批的普及版，如没有较深的文学素养，一则看不太懂，二则很难读下去，三则不说别的，即使有的字就会成为继续阅读下去的障碍。本人走的就是对照脂批读全书的路子。等大致明白再读没有脂批的普及本，不太懂地方，掩卷而思，悟到其理后妙不可言。不妨一试。

脂砚斋这么重要，那么脂砚斋到底是谁呢？有几点是公认的：首先，脂砚斋非常清楚曹雪芹的生平；其次，脂砚斋了解曹雪芹的创作思路和意图；其三，脂砚斋和曹雪芹关系很亲密。关于脂砚斋的身份，红学界主要有四种说法：（一）作者说；（二）史湘云说；（三）叔父说；（四）堂兄弟说。这些都是针对脂砚斋和曹雪芹的关系而言。笔者的观点趋于史湘云说。红学泰斗周汝昌先生也持此立场。

要了解“脂砚斋”，先得弄明白“脂砚”是什么。经过周汝昌先生的考证、介绍，我们知道了“脂砚”是一种特殊的砚台，这种砚台不是用来研墨的，而是用来研胭脂的，所以才叫“脂砚”。这种“脂砚”，传世只有一方，且极富传奇色彩。从脂砚斋的批语中，可见她是创作者之一，至少是思路开拓者一类的人物。脂砚非凡品，当然人也非例外，且应是女性。

脂砚斋在她的批语中经常指导读者阅读的方法，例如书中出现“风月宝鉴”这面镜子时道士说“千万不可照正面”（第十二回），脂批提醒道：“观者记之，不要看这书正面，方是会看。”啥意思呢？就是说观众或读者记住了，不要只看表面的爱情故事或悲剧，要看书里暗藏的秘密。和风月宝鉴一样，正面是骷髅，后面才是警醒世人的文字。在第一回中她将曹雪芹的写作方法归纳为：“草蛇灰线，空谷传声，一击两鸣，明修栈道，暗度陈仓。”（后面文字会单独解释写作方法）这些岂是普通的读者能体会出的呢？有一条脂批应该写于曹雪芹去世之后：“能解者，方有辛酸之泪哭成此书。壬午除夕，书未成，芹为泪尽而逝。余尝哭芹，泪亦待尽。每意觅青埂峰再问石兄，奈不遇癞头和尚何！怅怅！今而后，惟愿造化主再出一芹一脂，是书何幸，余二人亦大快遂心于九泉矣！甲午八月泪笔。”（第一回）从这条批语中，脂砚斋指明曹雪芹死于壬午（1763 年）除夕。也从中可以看出他们的关系非比寻常，否则她也不会如此悲伤，在芹溪（曹雪芹，自号“芹溪居士”）死后仍然继续整理和批注，写下这条类似遗嘱的批语（这也是笔者认为“畸笏叟”应是曹雪芹去世后，脂砚斋也已年迈，孤独一人，行将就木，凄凉难忍，故此用的第二个笔名。周汝昌先生考证，从文法、用字、题材、感慨、口气各方面去分析畸笏叟和脂砚斋二人批语，都找不到些微不相同的地方。彼自称“批书人”，此亦自称“批书人”；彼爱用特有的感叹号结尾，彼亦如此，等等）。而且，从其他人的批示中也证实了她在此后不久即追随芹溪而去。脂砚斋还会在创作中影响曹雪芹，例如“天香楼”一节就是她让删除的，以免给曹雪芹带来麻烦。见第十二回：“靖：此回可卿梦阿凤，作者大有深意，惜已为末世，奈何奈何！贾珍虽奢淫，岂能逆父哉？特因敬老不管，然后恣意，足为世家之戒。

可卿

‘秦可卿淫丧天香楼’，作者用史笔也。老朽因有魂托凤姐贾家后事二件，岂是安富尊荣坐享人能想得到者？其事虽未行，其言其意，令人悲切感服，姑赦之，因命芹溪删去“遗簪”、“更衣”诸文，是以此回只十页，删去天香楼一节，少去四五页也。”但是她在字里行间提示读者：“九个字写尽天香楼事，是不写之写”，“可笑！如丧考妣。此作者刺心笔也”（第十三回），等等。

可能有人会问：他们关系密切也不能说脂砚斋是女子呀？且看书中这几条脂批：“凡看书者从此细心体贴，方许你看，否则此书哭矣”。（第十二回）“我也要恼！”（第二十六回）“回思将余比作钗颦（pín，皱眉，形容忧愁），乃一知己，余何幸也。一笑！”（第二十六回）“我也心疼，岂独颦颦。他天生带来的美玉，他自己不爱惜，遇知己替他爱惜，连我看书的人，也着实心疼不了，不觉背人一哭，以谢作者。”（第三回）宝钗也忍不住笑着，把黛玉腮上一拧，甲戌侧批：“我也欲拧。”（第八回）这样流露出小女子娇嗔诙谐语气的批语还有许多，每次读到，一个才气逼人顽皮幽默清丽水秀的女孩儿跃然纸上。

从许多脂批中可以看出“一芹一脂”有很深的渊源，简直就是青梅竹马。例如，第三十八回，湘云设螃蟹宴，宝玉叫拿合欢花浸的酒来喝。脂砚斋批道：“伤哉，作者犹记矮䉶舫（据考证应为大观园船形建筑）（䉶 ài，指草木旺盛的样子）前以合欢花酿酒乎，屈指二十年矣！”同样的还出现在第四十一回，妙玉亲自捧了一个海棠花式雕漆填金云龙献寿的小茶盘，里面放一个成窑五彩小盖钟，捧与贾母。脂批道：“尚记丁巳春日谢园送茶乎？展眼二十年矣。丁丑仲春。畸笏。”可见书中此处的描写是曹雪芹根据他与脂砚斋的旧事而来，这种类似场景使他们二人追忆了二十年。又如十七回，宝玉听说贾政要进园急忙逃开，脂砚斋批道：“余初看之，不觉怒焉。盖谓作者形容余幼年往事，因思彼亦自写其照，何独余哉！”可见，脂砚斋也是大家闺秀。脂砚斋和曹雪芹不仅共过富贵，而且共过患难。第二十四回，贾芸向舅舅卜世仁求助未果，脂批道：“余二人亦不曾有是气。”很明显是表明他们潦倒时也不曾去求助有钱的亲戚，在“举家食粥酒常赊”的困境中，他们苦苦支撑，相濡以沫地共同创作了《红楼梦》。第七十七回，王夫人抄检大观园，将分给姑娘们的唱戏女孩子，一概逐出大观园。脂砚斋在此批道：“……王夫人从来未理家务，岂不一木偶哉！且前文隐隐约约已有无限口舌，侵润之谮（zèn，说别人的坏话，诬陷中伤），原非一日矣。若无此一番更变，不独终无散场之局，且亦大不近乎情理。况此亦是余旧日目睹亲闻，作者身历之现成文字，非搜造而成者，故迥不与小说之离合悲欢窠臼（kē jiù，现成格式，老套子）相对。”此批语最主要说类似抄家的事，是批者眼所亲见，作者亲历。如此对照，亲历者宝玉最恰当，亲闻者又湘云者最合适。

至于“脂砚斋即史湘云原型”的观点，我们继续往下看：第二十五回，“说了不多几句话，宝玉也来了，进门见了王夫人，不过规规矩矩说了几句话，便命人除去抹额，脱了袍服，拉了靴子，便一头滚在王夫人怀里。”脂砚斋在此批道：“余几几失声哭出。”紧接着在“王夫人便用手满身满脸摩挲抚弄他”一句，脂砚斋侧批道："普天下幼年丧母者齐来一哭。"下文还有一条侧批："昊天罔极（hào tiān wǎng jí，原指天空广大无边，后比喻父母的恩德极大，无法报答）之恩，如何报得？哭杀幼而丧亲者。"第五回《乐中悲》"襁褓（qiǎng bǎo，古代泛指 1 岁以下幼童）中，父母叹双亡"，脂砚斋批："意真辞切。过来人见之，不免失声！"这几条批语透出的信息是，脂砚斋幼年丧母。而湘云从小父母双亡，正是"过来人"。史湘云看到别人娇儿慈母尽享天伦之乐而想到自己从小就失去了母爱，能不伤心落泪吗？这几条批语是史湘云为脂砚斋的有力证据。再看第二十二回，"凤姐且知贾母喜热闹，更喜谑笑科诨（xuè xiào kē hùn，指情节滑稽引人发笑的动作），便先点了一出，却是《刘二当衣》。"脂砚斋在此有个批语："凤姐点戏，脂砚执笔事，今知者聊聊矣。不怨夫。"此节，主题是为宝钗为生日，列席看戏者皆是内眷，只有薛姨妈、林黛玉、史湘云是外姓亲戚。除宝玉外，更无男宾，凤姐点戏请脂砚斋执笔，试想一下，不是湘云是谁？

湘云喜欢宝钗，不太喜欢黛玉书中是很明显的。第三十二回写道：袭人道："宝姑娘给我的。"湘云笑道："我只当是林姐姐给你的，原来是宝姐姐给了你。我天天在家里想着，这些姐姐们再没一个比宝姐姐好的。可惜我们不是一个娘养的。（脂砚斋在此批道：'感知己之一叹。'）我但凡有这么个亲姐姐，就是没了父母，也是无妨碍的。"说着，眼睛圈儿就红了。（脂砚斋在此批道："千古同慨。"）宝玉道："罢罢罢！不用提这个话。"史湘云道："提这个便怎么？我知道你的心病，恐怕你的林妹妹听见了，又怪嗔我赞了宝姐姐。可是为这个不是？"……想其形景，自然从小儿没爹娘的苦。（脂砚斋在此批："真是知己，不罔湘云前言。"）在这里，史湘云将薛林放在一起对比，意在扬薛贬林。而脂砚斋的评语也是如此。而贾宝玉对湘云明里称赞薛宝钗而暗里贬低林黛玉不满。如第五回中，在"因此黛玉心中便有些悒（yì，忧郁不安的意思）郁不忿之意”一句侧，脂砚斋批道：“此一句，是今古才人同病。如人人皆如我黛玉之为人，方许他妒。此是黛玉缺处。”在“宝钗却浑然不觉”一句，侧脂砚斋批道：“这还是天性，后文中则是又加学力了。”脂砚斋对钗、颦的评价与书中史湘云对钗、颦的评价几乎一样。综上，我们可以肯定，书中的史湘云应就是脂砚斋。如果史湘云是脂砚斋，第二十一回回前诗中的“茜（qiàn，深红色）纱公子情无限，脂砚先生恨几多”这句话就很好理解了。因脂砚斋就是书中的史湘云，茜纱公子贾宝玉对林黛玉爱恋之情绵绵不断，而对同样爱恋茜纱公子的“脂砚先生”史湘云来说，能不“恨”吗？这里的“恨”是“嫉妒”的意思，并非真的“恨”。作者在这首诗中有自我解嘲和调侃的意思。

周汝昌先生指出，全书中凡遇鼎字一律不书正规楷字，而以变形之异字代之。此乃为避曹寅内兄李煦之子李鼎之名讳。据周先生考证，脂砚斋即李煦家之后人。由此，则脂砚斋即湘云之论证又得一有利参证。

湘云

除此以外，笔者认为脂砚斋是《红楼梦》的合著者。最主要疑似部分是尤二姐、尤三姐出场的第六十四回到六十九回，还有夏金桂、宝蟾第六十八回、第六十九回。因为这两大部分的写法不似曹雪芹前面写法，曹雪芹在前面章节里纵横捭阖、各种人、物、情信手拈来，方方面面照顾得无微不至。但反观这两部分，却写得非常集中，尤氏姐妹、薛蟠、夏金桂的家事不说则已，说则说深、说透、说完。同时，两部分表现手法几乎相同，夏金桂与王熙凤采取的都是借刀杀人之法，夏金桂借宝蟾收拾香菱、凤姐借秋桐收拾尤二姐。宝蟾与秋桐相似，放荡、刁蛮；贾琏与薛蟠相似，喜新厌旧、得陇望蜀。夏金桂与王熙凤的语言也有很多相似之处。但有一点说明的是，这几回的语言风格，特别是六十八、六十九回与曹雪芹的手法极其相似，非高鹗续书语言风格可比。因此，包括周汝昌先生在内，都怀疑出自脂砚斋之手。

二

# 自传还是演义

《红楼梦》是自传还是带有自传色彩的、演义性质的小说？历来众说纷纭。

第十六回赵嬷嬷和凤姐的这样一席对话："……说起当年太祖皇帝访舜巡狩的故事，比一部书还热闹，我偏没造化赶上。"赵嬷嬷道："嗳哟哟，那可是千载希逢的！那时候我才记事儿，咱们贾府正在姑苏、扬州一带监造海舫，修理海塘，只预备接驾一次，把银子都花的淌海水似的！""……还有如今现在江南的甄家，嗳哟哟，好势派！独他家接驾四次，若不是我们亲眼看见，告诉谁谁也不信。别讲银子成了土泥，凭你世上所有的，没有不是堆山塞海的，那罪过可惜四个字竟顾不得了。"凤姐道："我常听见我们大爷们也是这等说。岂有不信的。只纳罕他家怎么就这么富贵呢？"赵嬷嬷道："告诉奶奶一句话，也不过是拿着皇帝家的银子往皇帝身上使罢了！谁家有这些银子去买这个虚热闹呢？"

脂砚斋在此处批语是什么："真有是事，经过见过！"据周汝昌先生考证，脂砚斋就是史湘云的原型，即曹雪芹的表妹。

《红楼梦》的：情节叙事是"甄士隐（真事隐），贾雨村（假语存）"。现实若何？历史上，曹家的确与《红楼梦》中的贾家一样，是个"钟鸣鼎食"（古代豪门吃饭时要奏乐击钟，用鼎盛着各种珍贵食品，形容权贵的豪奢排场）之家。在康熙一朝，从曹雪芹的曾祖父曹玺开始，祖孙四人相继出任江宁织造达六十年之久，曹家成为江南显赫一时的望族。雍正即位后不久，曹家连受打击，最后被抄家。曹雪芹正是出生在这样的一个家庭。他生于康熙末年（约1715年前后），死于乾隆二十七（据脂砚斋的

元春省亲



批语）或乾隆二十八年（周汝昌先生考证）。少年时代，他过着“锦衣纨绔”（jǐn yī wán kù，指富贵者的穿着，引申为富贵子弟的代称）、“饫甘餍肥”（yù gān yàn féi，饱食肥美的食品，形容生活优越、奢侈）的富贵生活。十三岁时，家产被抄，一家离开曾任职的南京（江宁织造），迁回北京，开始了“茅椽蓬牖”（máo chuán pén yǒu，形容居住条件简陋，生活贫困）、“瓦灶绳床”（指简陋的生活用具，形容非常贫穷）的贫苦生活；到了晚年，更是陷入了“举家食粥酒常赊”的境地。最后，在乾隆二十七年，曹雪芹在极度忧伤之中贫病而死。曹雪芹从荣华富贵到贫困潦倒的大悲欢，使他对人生，对他所面对的皇权制度、等级观念有了非常深刻的认识，贾家的“好似食尽鸟投林，落了片白茫茫大地真干净！”其实正是曹家的真实写照。故此，胡适、俞平伯等大师直截了当地称《红楼梦》为曹雪芹“自叙”小说，称曹雪芹即：“《红楼梦》开端时那个深自惭愧的‘我’，即是书里的甄贾（真假）两个宝玉的底本。”作者“只是老老实实的描写这一个‘坐吃山空’‘树倒猢狲散’的自然趋势……所以《红楼梦》是一部自然主义的杰作……”。

对于以上看法，本人认为偏颇。曾经沧桑难为水。不经历过大悲大喜，或者没有经过大富大贵的人是不可能对《红楼梦》中的人、物、情等信手拈来的，也就是说曹雪芹有过类似的经历，而且深受皇家恩宠，这是事实，而且有佐证，可以从明清档案中找到答案。曹雪芹的家庭虽是皇家的“包衣”（奴仆），但他的上三代，从他的曾祖父曹玺开始，到他的祖父曹寅达到顶峰，直到他的父辈曹颙（yóng）、曹頫（fǔ），承袭江宁织造达六十年之久。织造的官可不是人人都能当的，它表面是内务府的官儿，实则担负着采办宫廷御用和官用之物；搜集民间舆情、民情民生；监控地方官员的执政情况；团结士绅、清流、学子；暗中监督赋税征收等重任，实为极为重要的职位，是皇帝在地方的耳目喉舌，甚至对国家政策的实施运行都可能产生重要影响。来看康熙四十三年七月二十九日密折：





江宁织造、郎中臣曹寅谨奏：

恭请圣安。

臣寅蒙皇上天恩，生全造就，虽捐糜（juān mí，捐躯，牺牲）难酬万一。去年奉旨著与李煦轮管盐务，今又蒙钦点臣寅本年巡视两淮。臣寅闻命自天，惶悚无地，谨北向顶香九叩谢恩讫。念臣寅于稚岁备犬马之任，曾无尺寸之效，愚昧稚鲁，不学无术，蒙皇上念臣父玺系包衣老奴，屡施恩泽，及于妻子，有加无已（不停地增加）。盐政虽系税差，但上关国计，下济民生，积年以来委曲情弊，难逃皇上洞鉴。

臣寅拟星驰赴阙（què，泛指皇宫）谢恩，恐骇物听，八月上旬料理运务已毕，俟造册报竣，仰求皇上俯准陛见谢恩，以申犬马恋主之诚，得以披陈下悃（kǔn，至诚，诚实），仰聆圣训，祇（zhī，恭敬）遵敬恪，庶（但愿，也许）免覆餗之患（fù sù zhī hùan，鼎足坏了，食物从鼎中翻出。比喻因不能胜任而坏事，出自《三国志·吴志》）。谨具折上奏，伏乞（向尊者恳求）睿鉴（预览，圣览）施行。臣寅无任顶戴悚息（sǒng xī，谓因惶惧而屏息，书信中套语，比喻不怕丢官而敢于直谏）激切屏营（bīng yíng，惶恐，谦辞）之至。

朱批：朕体安善，尔不必来。明春朕欲南方走走，未定。倘有疑难之事，可以密折请旨。凡奏折不可令人写，但有风声，关系匪浅。小心，小心，小心，小心。

这道密折至少透露这几层意思：一是康熙与曹家的旧恩：皇上念臣父玺系包衣老奴，屡施恩泽，及于妻子，有加无已。特别是后四个字，只增加无穷尽，看出康熙对其感情！二是交代其任务很重要，而且不能由人代笔，必须亲自执笔：倘有疑难之事，可以密折请旨。凡奏折不可令人写，但有风声，关系匪浅。三是这种事不可让人知道，也就是面上不显示出来，因此连用四个小心，这种批示对一国之君来说，并不多见！

由此可见，这个官职上的人，必须对皇帝绝对忠诚，必须是皇帝非常了解和信任的人。而曹家恰好是最适合的人选。这源于曹家与康熙的特殊关系。

此事说来颇有渊源。曹玺的妻子（曹雪芹的曾祖母）孙氏被挑选入宫，做了玄烨（康熙）的8个“嬷嬷妈”（皇子的保母，非保姆，相当于现在的家庭教师）之一。因为玄烨的生母佟佳氏，产后不久死亡，23岁的孙氏担任教养保母，负责教导玄烨礼数、言辞、行止、读书、做人的道理等，是实际的慈母。在玄烨年幼、痘疹病危的关键时刻，众人弃之不救，唯独孙氏带着玄烨一力调护3～4年，出好天花，有了“避痘”的免疫能力。当时清廷“畏痘如虎”，正因为有了“避痘”的免疫能力，孝庄文太后临时选定顺治第三子、8岁的孙子玄烨，接替尚未立嗣的顺治皇帝，即康熙皇帝。按立长不立幼的传统，皇位是轮不上玄烨的。至此明白了吧，曹雪芹的曾祖母实际是康熙的救命恩人，曹家辉煌大幕也由此拉开。玄烨当上皇帝的第二年，1663年起，曹玺就被任命为江宁织造，曹家从此大大兴隆。曹玺经过 21 年的管理，使江宁织造的积弊一清。曹玺的儿子曹寅（曹雪芹的祖父）比康熙皇帝（玄烨）小 4 岁，是康熙的“发小”，当过康熙的伴读和御前侍卫，用曹寅自己的话来说：“臣自黄口（宋朝以后一般指 10 岁以下儿童，由此看出曹寅确为伴读和侍卫）充任犬马”。并且跟着康熙打过几次仗（第七回有此对照：尤氏叹道：“你难道不知这焦大的？连老爷都不理他的，你珍大哥哥也不理他。只因他从小儿跟着太爷们出过三四回兵，从死人堆里把太爷背了出来，得了命，自己挨着饿，却偷了东西来给主子吃……”），27 岁时被任命为江苏织造，35 岁时又由江苏织造调任江宁织造，工作 20 年，康熙六下江南，后 4 次由曹寅接驾（江南甄家接驾 4 次），直接住在曹寅家里。1712 年（康熙五十一年），曹寅死后，李煦代管盐差一年所得之银，除补江宁织造亏欠外，余银俱由接班的江宁织造、曹寅的儿子曹顒收受。曹颙死后，由其堂兄弟曹欣接受，曹欣亦由康熙钦点，过继给曹雪芹祖母（即李煦妹妹，贾母原型），更名为曹頫。曹頫在任时，康熙驾崩，雍正上台，雍正在位时，曹家被抄家，彻底衰败。

其实，并非如有的红学家说的，雍正上台伊始就因曹家关照过废太子胤礽（réng，福，福气）及其子女而抄了曹家，热播的电视剧《雍正王朝》里面的情节也基本符合历史事实。曹家被抄实因曹頫、李煦办事不力，奢侈过度引起。据皇帝奏折档案显示，雍正二年四月二十六日，曹頫奏售参银两已解交江南藩库折上，雍正批示：“人参在南省售卖，价钱为何如此贱？早年售价如何？着问内务府总管。”经查果有隐瞒情形，雍正不悦。雍正五年，内务府奏报有人疑设计逮捕曹頫家人吴老汉事，雍正秉公处置，批道：“查处这一案件，很好，应予记录奖赏。”可见，雍正并非一开始就讨厌、盯上曹家，而是曹家办事不力，甚至做出让雍正总是忍无可忍的事。查抄曹頫的圣旨称：“江宁织造曹頫，行为不端，织造款项亏空甚多。朕屡次施恩宽限，令其赔补。……然伊不但不感恩图报，反而将家中财物暗移他处，企图隐藏（第五十六回甄家转移财产否？）有违朕恩，甚属可恶……”即使这样，还是赐曹欣等“福”字。最可怕的是雍正六年，在江宁织造衙门内左侧万寿庵内，查出镀金狮子一对。狮子不打紧，但主人是谁的？系谋逆之臣塞思黑（满语，音译讨厌鬼之意），送给曹頫的！塞思黑就是康熙皇九子胤禟（yìn táng，雍正时以谋反罪下狱）。而另一个妻兄李煦呢，竟然为雍正另一个政敌、康熙皇八子胤禩（yìn sì）购买苏州女子，这才是被抄家的根源。至此，曹雪芹家族史比较清晰了。曹寅是江宁织造，他的内兄（贾母原型亲哥）李煦〔即曹雪芹的祖舅爷。有两个儿子，大的叫李鼐（nài，大鼎），二的叫李鼎〕是苏州织造，杭州织造孙文成，既是曹寅的母系亲属，又是他“曾经保举，实知此人”的旧部下。他们自成一体，不受地方官的管辖，如康熙通过杭州织造孙文成给他们的口谕那样：“三处织造，视同一体，段要和气，若有一人行事不端，两个人说他改过便罢，若不愧改，就会参他。”由此可见，当时的曹氏家族处于清王朝经济、政治、文化旋涡的中心，曹寅是“股肱（gōng）耳目”（比喻辅助得力的臣子）之重臣。虽然是汉族血统，但其母奶养、教导了康熙，其女还与皇族结亲，也就是曹寅的长女、曹雪芹的姑姑曹佳氏于1706年（康熙四十五年）嫁给镶红旗王子多罗平郡王纳尔苏，成为嫡福晋〔第六十三回“寿怡红群芳开夜宴”中，探春掣（chè，抽）签，签上写道“得此签者，必得贵婿，大家恭贺一杯，共同饮一杯。”众人笑道“……我们家已有了个王妃，难道你也是王妃不成。大喜，大喜。”〕结婚时，典礼非常隆重。同时曹寅由于在政治上是康熙皇帝的情报耳目，经济上是皇家产业的台柱子，文化上是诗歌、书法、绘画、戏曲……样样都精通能干的大文人。因此，曹雪芹目睹曹家的奢华排场一点也不稀奇，写起来得心应手、信手拈来。故脂砚斋在批语中讲："真有是事，经过见过！"

古人云："俭则约，约则百善俱兴；奢则肆，肆则百恶俱纵"，"成由勤俭败有奢"。正如赵嬷嬷说的"只预备接驾一次，把银子花的像淌海水似的……""……如今还有现在江南的甄家，嗳哟哟！好势派！独他家接驾四次……别讲银子成了土泥，凭是世上有的，没有不是堆山积海的。'罪过可惜'四个字竟顾不得了。"还有第十九回：彼时他母兄已是忙另齐齐整整摆上一桌果品来。袭人见总无可吃之物……至此，脂砚斋批道："补明宝玉自幼何等娇贵，以此一句留与下部，后数十回'寒冬噎酸荠（因食酸菜渣子而难以下咽），雪夜围破毡'等处对看，可为后生过分之戒，叹叹！"

由俭入奢易，由奢入俭难。其实，曹家遭败，罪应主要是曹家平时儿孙不孝，一切用度太过奢华，导致入不敷出，难以为继，最后亏空银两，无法还上，结果被抄了家。书中曾有此类言语：第二回，冷子兴口中说："如今生齿日繁，事务日盛，主仆上下，安富尊荣者尽多，运筹谋画者无一，其日用排场费用又不能将就省俭。如今外面的架子虽未甚倒，内囊却也尽上来了。这还是小事，更有一件大事，谁知这样钟鸣鼎食之家，翰墨诗书之族，如今儿孙，竟一代不如一代了。"第四回，"贾宅族中凡有子侄……今日会酒，明日观花，甚至聚赌嫖娼，渐渐无所不至，到引诱薛蟠比当日还坏了一倍。"第六十二回，"黛玉道：'……咱们家里也太花费了，……出的多进的少，如今若不省俭，必致后手不接。'"因此，不应把曹家家败的罪过完全或者主要记在雍正的头上，而是曹家罪在自己。但据以上史实就断定其是"自传"，笔者并不苟同，倘按此说，则否定了《红楼梦》是具有高度概括性的艺术典型创造和政治历史价值的作品。但笔者也不否认曹雪芹在贵族社会以及他的家庭生活经历，给他的创作以深刻影响。恰恰相反，正是由于曹雪芹出身于这样一个与皇室有过四五代密切关系的封建贵族家庭，使他更能洞察封建社会的深层次矛盾，更能体会到封建社会的不平、腐朽。同时，恰恰也由于他目睹了家庭由盛到败的现状，因此对于封建社会的残酷无情更有了深刻认识和切肤体会，并把它们融于《红楼梦》的艺术形象之中了。《红楼梦》里肯定有曹雪芹及身边人的影子，但艺术形象都是来源于现实，却高于现实的。正如鲁迅先生说他的小说中的人物形象："往往嘴在浙江，脸在北京，衣服在山西，是一个拼凑起来的角色。"所说的"拼凑"，并非随意生拼硬凑，而是采取许多内在的神貌相同或近似的人物，突出其性格的本质的、主要的方面，塑造成为一个新的典型人物形象。不仅是鲁迅先生，许多小说大家的人物形象均是如此处理。正如《水浒传》《三国演义》甚至于《西游记》里面的人物，比如曹操、宋江、唐僧等历史上确有其人，但如果说几部小说的主人公历史上都如小说里面写的，简单地画上等号，就不太符合逻辑了。因此，笔者认为《红楼梦》里面的人物原型应该是有的，但对原型人物及其经历进行了演义、进行了"拼凑"，将几个原型的人物形象放到某一个人身上，以高于现实的艺术手法进行了再现。

对于探秘《红楼梦》人物原貌，以《红楼四书》闻名文坛、用生命阅读《红楼梦》的著名文学理论评论家刘再复先生是持有不同观点的，他认为，将《红楼梦》的无限自由狭隘化为一个朝代的有限时空，尽管其经世致用可以理解，但其结果毕竟远离文学。因此，他个人意愿是把《红楼梦》研究从历史学、考古学拉回文学。也因此，他对高鹗续写的《红楼梦》并不反对，而作为整体来欣赏、评价。笔者认为，将《红楼梦》研究主要着力点放在文学上是正确的，但考古、索隐、探秘也是不可或缺的重要组成部分，因为不研究真相，就会对人物的语言、行为做出千差万别、甚至南辕北辙的解读，不说主人公，就拿一般人物贾芸来说，续书将其刻画成心术不正的人，而按脂砚斋批语，后三十回他应是一个正义而且关键人物。因此，合二为一的文学观、考古观才是最佳选择，缺一不可！但过犹不及！

三

# 看版本

红楼探佚学大家梁归智先生说：研究《红楼梦》不可不注意版本。

《红楼梦》因为其不可替代和不可超越的品性，如断臂的维纳斯一样吸引着中外读者。也正由于这种原因，加上文字狱横行和印刷技术尚不发达，致使该书手抄本流行，甚至达到抄全本可以换几十两银子的地步。手抄本难免导致错误百出。为什么将看版本拿出一大篇幅来说呢？因为近年来各地出版社争相出版《红楼梦》，由于选择的版本不同，质量高低不齐，在很大程度上影响阅读效果，甚至达到一个字便是两重天的地步。读优版本、劣版本，有时有天壤之别。现借用周汝昌先生《重新认识〈红楼梦〉》一文的文字举几例，比较一下：

第二十七回末：

新高本："……一朝春尽红颜老，花落人亡两不知。正是一面低吟，一面哽咽，那边哭的自己伤心，却不道这边听，早已痴倒了！"

旧本："……一朝春尽红颜老，花落人亡两不知。宝玉，不觉痴倒。"

同样都是《红楼梦》，版本不同，意境、语言简直是两种境界。周汝昌先生感觉还不过瘾，接着说："我的例子，还不够好，说得也还不够痛快，现在借家缉堂兄〔疑指近代诗人，文学批评家狄葆贤（1873–1941），又名狄平子，1911年–1912年，他组织辑印了《红楼梦》戚本，并最早对《红楼梦》脂本和程本进行了比较研究〕举过的几个例子补充一下：

①（戚本）秦氏说："……咱们娘儿们坐坐，多说（下庚辰

本有‘几’字）遗话儿。”凤姐儿听说了，不觉（得）又眼圈儿一红。（笔者注：旧本，下同）

（程本）秦氏说：“……咱们娘儿们坐坐，多说几句闲话儿。”凤姐儿听了，不觉得眼圈儿又红了。（笔者注：新本，下同）

戚本狄批云：“‘多说遗话儿’者，病人自知不起，能多谈一二回话之意，所以凤姐听了，眼圈儿一红，今本改为‘多说几句闲话’，大错！”

②（戚本）一面说（着），一面拿眼睛不住（的）觑着凤姐儿。凤姐儿是个聪明人，见他这个光景，如何不猜透八九分呢！

（程本）一面说，一面拿眼睛不住地观看凤姐（程甲本作“说着拿眼睛不住的观看”）。凤姐是个聪明人，见他这个光景，如何不猜八九分呢？

狄批云：“今本有作‘说看（着）拿眼睛不住的观看’者，有作‘一面拿眼睛不住的观看’而无‘一面说’三字者，皆不如原本写得自然。今本少一‘透’字，文理亦不通矣！”

③（戚本）贾瑞听了这话，再不想到今日得这个奇遇，那神情光景亦发不堪难看了。凤姐儿说道：“你快去（庚辰本无‘去’字）入席去罢，看（庚辰本作‘仔细’）他们拿住罚你酒！”

（程本）贾瑞听了

凤姐

这话，心中暗喜，因想道："再不想今日得此奇遇；那情景越发难堪（程甲作'看'）了。"凤姐说道："你快去入席去罢，看他们拿住了，罚你的酒。"

狄批云："今本于'听了这话'下，无端插入'心中暗喜，因想道'七字，真属蛇足。'看他们拿住，罚你酒！'极好京语，说得极得神，写得凤姐荡态如画，今本加入两虚字，便索然无味矣！"

④（戚本）见宝玉正合（庚辰本作"和"）一群丫头子（庚辰本无"子"）们那里顽呢。

（程本）见宝玉和一群丫头小子们那里顽呢。

狄批云："今本作'合一群丫头小子们那里顽'，只加入一'小'字，便将宝玉身分与丫头身分一齐拖下，吾不为著者叫屈，吾不能不为宝玉与丫头等叫屈也。"





这几个例子，全在第十一回，缉堂也不过随便一举，借狄平子的话，省自己的唇舌罢了，其实举是举不尽的，越举越觉得可气！缉堂说："不用说'越改越不通'，即使越改越通，请问置作者于何地？文学作品若都照这样办起来，成何世界？"即使用现在普及本（又称通行本）来说，以第七十七回为例，宝玉去探望晴雯，被她嫂子灯姑娘调戏，调戏结果呢，不同版本不同结果。古本来说，表现灯姑娘仗义一面，试了试，没成，没有用强，还说一番"正能量"的话来，称"谁知你们两个竟还是各不相扰。可知天下委屈事也不少。如今我反后悔，错怪了你们"，"你但放心，以后只管来，我也不啰唣你"。多么丰满的形象，盗亦有道也。但另一个标注自称权威版的普及本（程乙本），却将灯姑娘写成不顾廉耻的淫妇，霸王硬上弓，眼看宝玉就要"失身"，幸亏柳二娘携四儿送东西，方才脱困，人物形象天壤之别。这样写，把《红楼梦》整成俗书也。

曹雪芹生前，《红楼梦》大概只在朋友间传观，不曾公开流通。当时的富察明义曾说："惜其书未传，世鲜有知者，余见其抄本焉。"《红楼梦》究竟是谁写的？经过红学一百多年的发展，现在大多数人达成了共识：是曹雪芹写的。遗憾的是，直到现在，也没能找到他遗留下的亲笔手稿。曹雪芹去世前，他的书稿没有公开出版过，而只是以手抄的形式，从一本变成两本或更多本，在小范围内流传。最初，可能是跟关系最密切的亲友来抄写，后来，辗转传抄，就更闹不清抄书的人是谁了。早期抄书的人，应该是出于对书稿的喜爱。从别人那里借到一部，读完觉得真好，就想还书以前，自己为什么不留下一部来呢？于是耐心抄一遍。但到曹雪芹去世以后，这书的传播，就像一滴墨水落到宣纸上，逐渐浸润开来，流传的范围越来越大。这时候就开始有出于商业目的而传抄的人士了，他们可能采取了这样的办法：一个人拿着一个底本念，其余几个人边听边写，这样传抄，生产量就变大了。抄那么多部干什么？拿到庙会上去卖。据说当时《红楼梦》已开始"火"了，到了开口不说《红楼梦》，纵读《诗》《书》也枉然的地步。水涨船高，一本手抄《红楼梦》也已能卖几十两银子！到了曹雪芹去世差不多28年的时候，出现了一种活字印刷的版本，印书的老板叫程伟元。他把所得到的《红楼梦》手抄本变成了活字摆印本，使得曹雪芹的这部书更广泛地流传开来。

所谓古本《红楼梦》，古不古，分界线就是程伟元活字摆印本的出现，这之前以手抄形式出现的，都可以算是古本。程伟元通过活字摆印，大量印刷、廉价发行的《红楼梦》，就是"通行本"的发端。当然，因为那也已经是二百多年前的一个版本了，有时也把程伟元的印本，特别是他第一次印刷的那个版本（红学界称作"程甲本"），也算到"古本"的范畴。按说，程伟元把手抄的古本《红楼梦》变成了印刷的通行本，不是做了件大好事吗？怎么现在总说通行本有问题呢？根据周汝昌等红学家的研究，曹雪芹是把整部书大体写完了的，八十回以后，很可能还写出了二十八回，一共一百零八回，整个故事是完整的，把他的总体构思都比较充分地体现出来了，只是还缺一些部件，比如第七十五回里的中秋诗该补还没补；也有一些毛刺没有剔尽，比如究竟把王熙凤这个角色设计成有两个女儿（大姐儿和巧姐儿），还是一个女儿（大姐儿就是巧姐儿）？看得出最后他的决定是只有一个女儿巧姐儿，但他还没有来得及统稿，没把前后各回的文字完全划一，留下了一些诸如此类的痕迹。于是，程伟元的问题就出来了。他主持印刷出版《红楼梦》的时候，前八十回，大体是曹雪芹的古本《红楼梦》，但曹雪芹的古本《红楼梦》八十回后的内容，在他印刷出版的书里，完全没有了踪影，却又出现了后四十回的内容。据他自己说，八十回后的内容，是从挑着担子敲着小鼓的商贩的担子上，陆续找到补齐的。但后来的红学家们经过考证，达成了共识：程伟元是请到了一个叫高鹗的读书人，来续出八十回以后的内容的。高鹗这个人和曹雪芹一点儿关系都没有，不认识，没来往，年龄小很多。他替程伟元把书续出来、形成通行本那阵儿，在科举上还没有考中，“闲且惫（bèi，极度疲乏）矣”，但他是一个科举迷、官迷，后来也果然中举，当了官。他的思想境界、美学趣味、出身经历，跟曹雪芹之间不仅是个差距问题，应该说，在许多根本点上，是相反的。所以说高鹗绝不是跟曹雪芹合作写书的人，把他续的后四十回和曹雪芹写的八十回捆绑在一起出版，是不合理的。

程伟元和高鹗合作出版一百二十回通行本《红楼梦》的时候，曹雪芹去世已经快三十年了。那个时代小说这种东西，当作“闲书”读还可以，当作正经文章去写，一般人是做不到的。即使写了，也很少愿意公开署名，甚至明明写了，别人问到，还会难为情，羞于承认。所以，就是高鹗续写后四十回这件事，也并不是程伟元和高鹗自己宣布的，而是后来的红学家们考证出来的。那个时代对小说这种“稗官野史”（bài guān yě shǐ，古代的一种小官，专给帝王搜集街谈巷语，道听途说，以供省览，后称小说或小说家为稗官。泛指记载逸闻琐事的文字）的著作权根本是不重视的，程伟元印书卖书，显然只遵循三个原则：第一，有人爱看、爱买、能赚钱；第二，书的内容显得完整，特别是讲故事的书，必须有头有尾；第三，安全，别惹事。根据这三个原则，他选择了已经在社会上流传了二三十年的手抄本《红楼梦》来印刷推广，又找到高鹗来写八十回以后的故事，形成了这么一个一百二十回的通行本。高鹗的续书除了将故事写完整，使全书有头有尾外，对程伟元来说，最大的好处是避免了大悲剧的结局，到最后把悲剧转变为喜剧，这样就比较安全，不至于坠进当时相当严密的“文字狱”罗网里。他们在合作中，为了让前八十回将就后四十回，还对前八十回进行了大量的删改。上面提到的“程甲本”，是程伟元头一次的活字摆印本，对前八十回的文字改动得还少一些，第二年因为书卖得好，再加印，加印前又改了一次，那就更伤筋动骨了，许多地方的改动已经不是为了“前后一致”的技术性考虑，而是为了削弱前八十回的批判锋芒的政治性考虑。为了他们的“安全”，当然也就顾不得原作者的什么思想境界和审美追求了。这个第二次印刷的本子，后来被称作“程乙本”。这个“程乙本”结束了《红楼梦》的传抄时代，从那时起的二十年内，以各种形式在社会上广为流传，一般人对《红楼梦》的印象，也就是对这个通行本的印象。因此，从程伟元开端的一百二十回《红楼梦》通行本，就可以说亦功亦过，功在于不管怎么说，将曹雪芹的前八十回流传开了；过呢，则在于使后来的许多读者完全不知道那后四十回根本与曹雪芹无关，而且还大大违背了曹雪芹的原笔原意！

程伟元当年用来进行编辑、摆印的那部手抄本，究竟是一部只有大约八十回的古本呢，还是有八十回以后内容的古本呢？究竟是真为了好卖，才找高鹗合作，弄出一百二十回本子的呢，还是由于政治性的考虑，才舍弃了八十回后的内容，另张罗出了不会惹事的后四十回来呢？这个问题很难求证。在周汝昌先生与兄长周祜昌、女儿周伦玲联合校订的《石头记会真》第十卷中，收有一篇周汝昌先生的长文《<红楼梦>全璧的背后》，通过详细论证，提出了他的独特见解，概括来说，一百二十回印本的推行是一个政治阴谋，是乾隆朝负责文化管制的权臣和珅亲自过问、安排的，后面会较详细介绍。周先生的这个判断，值得参考。因此，我们需要明确的是：一百二十回的通行本《红楼梦》不是曹雪芹的《红楼梦》；要读曹雪芹的《红楼梦》建议读古本《红楼梦》，即“程甲本”之前的《红楼梦》。

那么，现在我们还能看到的古本《红楼梦》，究竟有多少种呢？

**一、甲戌本**。这个本子的全名是《脂砚斋重评石头记》，是迄今发现最早的版本。甲戌年指的是乾隆十九年（公元 1754 年），那一年曹雪芹还在世。这个本子正文里有“至脂砚斋甲戌抄阅再评”的句子。后来这个本子在社会上辗转流传，到晚清时候被一个叫刘诠福的官僚收藏。他很看重这个本子，但后来世事沧桑，他的藏书在旧书店出现，20 世纪初被胡适买到，但那已经是个残缺的本子了，一共只有十六回（不是从第一回到第十六回，而是只存一至八、十二至十六、二十五至二十八各回）。尽管胡适一度认为《红楼梦》价值不高，但对这个残本还是非常珍视的。据传现被上海博物馆购藏。

这个甲戌本是一个“过录本”，就是根据最原始的本子再抄录过的本子。当然，它“过手”的次数似乎不太多，应该是非常接近最原始的那个母本的。那个母本上可能有曹雪芹的亲笔字迹，也可能没有，但肯定是脂砚斋本人的笔迹。说它是甲戌本，是因为这个本子第一回正文上，比他本多出“至脂砚斋甲戌抄阅再评，仍用石头记”十五个字。但脂砚斋的批语，却不完全是甲戌那一年所写的。其实这个现象是很容易解释的：甲戌年脂砚斋整理好这样一个本子以后，一直留着，到了若干年后，还会翻看，偶然有了想法，就又写在上面，并且写下时间。甲戌本虽然只存下了十六回，但它最接近原始的母本，最接近曹雪芹的原笔原意，弥足珍贵。但是，我们读古本《红楼梦》，不能单读甲戌本，它缺失的太多，又不连贯。

**二、己卯本**。因为书中有“己卯冬日定本”题记，它的全称是《乾隆己卯四阅评本脂砚斋重评石头记》。己卯是乾隆二十四年，公元1759年。甲戌本是脂砚斋的重评本，己卯本是四评本，可惜脂砚斋的初评本和三评本没有流传下来。

这个本子也不完整，但存下来的也不算少，有完整的四十回和两个半回。据传现存于北京图书馆，也是个过录本。研究者考证出它最早的收藏者是乾隆朝怡亲王允祥的儿子弘晈。允祥是康熙的第十三个儿子。在雍正夺得帝位后，被封为怡亲王，并且担当重任。曹雪芹的祖父和父辈在康熙朝深得信任宠爱，雍正上台后，在江宁织造任上的曹頫（fǔ）很快受到了训斥和追究，现在可以查到雍正二年皇帝在曹頫请安折上的一段颇长的朱批，全文如下：“朕安。你是奉旨交与怡亲王传奏你的事的，诸事听王子教导而行。你若自己不为非，诸事王子照看得你来；你若作不法，凭谁不能与你作福。不要乱跑门路，瞎费心思力量买祸受。除怡亲王之外，竟不可用再求一人托累自己。为什么不拣省事有益的做，做费事有害的事？因你们向来混帐风俗贯了，恐人指称朕意撞你，若不懂不解，错会朕意，故特谕你。若有人恐吓你，不妨你就求问怡亲王，况王子甚疼怜你，所以朕将你交与王子。主意要拿定，少乱一点，坏朕声名，朕就要重重处分，王子也救你不下了。特谕。”这个奏折透露出怡亲王跟曹家的关系很不一般。特别值得注意的是，乾隆时期卷入“弘晳（康熙朝太子胤礽之子）逆案”的，偏有怡亲王允祥的儿子、弘晈的哥哥弘昌。那些被雍正整治过的皇族成员、他们反对雍正和雍正选择的继承人乾隆倒也罢了，怎么深得雍正恩惠的怡亲王府里，竟也出了反叛？还是怡亲王的大儿子弘昌？这实在耐人寻味。更耐人寻味的是，过了二三十年，偏是怡亲王府里，流传下这么一个己卯本来，作者正是雍正二年雍正让怡亲王亲自看管的曹頫的儿子曹雪芹！

**三、庚辰本**。己卯年过去就是庚辰年，也就是乾隆二十五年，公元1760年。因书中有“庚辰秋月定本”题记，故名庚辰本。经冯其庸先生考证，此本为怡亲王允祥和弘晈家的抄藏本。冯先生对此本评价极高，认为：“确是国内外《红楼梦》早期抄本中最为珍贵的一个抄本。”“是曹雪芹先生生前的《石头记》抄本中最晚期，最接近完整的一个本子。”这个“脂砚斋凡四阅评过”的《石头记》手抄本也是一个过录本。全本七十八回，缺第六十四回和第六十七回，现存北京大学图书馆。庚辰本与己卯本同源，两本有大量共同特点。两本都有脂砚斋第四次写批语评论的批注，但两个版本还是有区别的。现存的这个过录本可能过录的时间离母本比较远，分头抄书的人也不是都那么认真。比如前十回没有批语只有正文，估计并不是原来的母本上没有批语，而是分工抄录这部分的人懒得连批语一起抄下来；而第十一回以后，抄书人比较认真，不但有批语，而且耐心地抄录了回前批、回后批、眉批、行间批、正文下面的双行小字批，有些批语母本是朱批，就也抄成朱批。笔者认为冯其庸先生高度推崇此版本，最主要有两点：一是此版本共七十八回，仅缺两回，而且曹雪芹尚在世；二是庚辰本保存了大量脂批，署有名号、年月的批，也远比他本为多，这些都极有研究价值。但不足之处也有，即使与一年之隔的己卯本相比，己卯本部分章节更接近原稿。己卯本第四回，冯渊家人向贾雨村告状说：“……望大老爷拘拿凶犯，剪恶除凶，以救孤寡。”在庚辰本中，“剪恶除凶”四字被删去，显然不太妥当。

**四、戚序本**。全名为“戚蓼生序本”，故称戚序本。据传现藏于上海或南京图书馆。这个本子很可贵，书名《石头记》，有完整的八十回。它在清末民初以石印的方式流行，有多种印本，其中有正书局的影响最大，书前有一位署名戚蓼生的人写的序。戚蓼生是个真实的名字，他是浙江德清人，跟他合作的书商叫狄楚青，他在书上印了“国初钞本”四个字，有跟已经流行开的通行本叫阵的意思。它所依据的过录本，经研究证明是一个保留了很多曹雪芹原笔原意的本子。

**五、蒙古王府本**。这个本子因据说出自蒙古王府之后人，故得此名，又称“王府本”。据说现存于国家图书馆。据传是从一家没落的蒙古王府收购来的，它叫《石头记》，有一百二十回，而且有程伟元的序，乍看似乎是个通行本。但通过研究发现，它八十回后的四十回是根据程甲本抄配的，序也是抄来的，它的前八十回里，又发现第五十七回至第六十二回也是从通行本里抄来补齐的，但其余的七十四回应该是从没出现通行本以前的一种在贵族家庭间流传的手抄本过录的，属于古本性质。大致推断王府本的过录时间是在乾隆五十六年（辛亥，1791 年）之后。

**六、舒序本**。这个手抄古本书名题为《红楼梦》，过去版本均称《石头记》。应该是一个八十回的抄本，但现在只存前四十回。它的过录时间可以确定为乾隆五十四年（1789 年）。因为前面有一位叫舒元炜的人写的序，所以被红学界称作“舒序本”。

**七、靖藏本**。因扬州靖应鹍所藏而得名，简称靖本。靖应鹍祖籍辽阳，旗人，清末自扬州迁南京。此本保存了很多不见于他本的朱墨批，其中有些极为重要。此外，批语还提供了许多以前不知道的八十回之后的佚稿情节。如妙玉流落瓜洲渡口，屈从于人；刘姥姥与在狱神庙的凤姐相逢，巧姐“遇难成祥，逢凶化吉”；贾芸仗义探庵；黛玉之死回目叫《证前缘》，后来宝玉曾写出类似《芙蓉诔》的悼文来怀念她等，对研究曹雪芹的创作思想和是否完成极有价值，但可惜的是据传全书仅三十五回，更可惜的据说已经失传。

**八、杨藏本**。这个本子最早是由19世纪一位叫杨继振的热爱文化的官僚私人收藏的，现在藏于中国社会科学院文学研究所。我们上面提到的古本，名字都叫《石头记》，这个本子叫《红楼梦稿本》，它是个一百二十回的手抄本，后四十回大体是抄自程甲本，前八十回所依据的过录本看来比较复杂，是用几种流传在社会上的手抄本拼合而成的。前八十回里，它又缺第四十一回到第五十回，杨氏得到它后，据程甲本补入。

**九、俄藏本**。原来是苏联的彼得格勒，现在是俄罗斯的圣彼得堡，那里的图书馆里藏有一部手抄本的《石头记》，是清道光十二年(1832年)由俄国传教士带回那里的。这个八十回的本子缺五、六两回，但有六十四和六十七回。周汝昌先生对这个藏本给予了很高的评价。现藏于圣彼得堡东方学研究所。

**十、程甲本**。上面已经解释了这个本子。这个本子的前八十回尽管经过改动，但仍然保持着程伟元、高鹗他们所掌握的从其他古本系列过录来的那个本子的许多特点，因此还可以把程甲本的前八十回视为一种可资参照的古本。

当然还有其他很多或以后还有一些新发现版本，但因反响不大，故未一一记录。有人会问，当今世界会不会有古本《红楼梦》存在？俄藏本给了我们一个启示：当初中国和苏联同一阵营，所以苏方主动告诉中方他们那边有一个古本《红楼梦》，但是一直到了1984年底，中方才派出专家去考察，可见古本《红楼梦》失散在海外，长期被冷落以致不为人知的情况，还是可能出现第二例、第三例的。西方的一些博物馆、图书馆里的中文旧书，特别是线装书和手抄本，他们虽然早就收藏了，却因为缺乏懂中文，特别是懂中国文化的人才，长期没有整理编目，或者简单地归类编目了，却并不能正确衡量每一种书本的价值，也就可能埋没掉珍贵的古本《红楼梦》。外国的私人收藏也值得探寻，特别是日本和韩国，还有蒙古，那里的私人家里也还有可能寻觅出古本《红楼梦》来。

新中国成立后，为了普及包括《红楼梦》在内“四大名著”的书籍，1953年，以作家出版社（非现在中国作家协会的出版社）的名义，出了繁体字竖排本《红楼梦》。这个版本是用1921年上海亚东图书馆的铅字排印本作底本的，而这个底本是从“程乙本”演化来的一种晚清的通行本，后四十回根本不是曹雪芹写的，前八十回也问题很多，是一个缺点很明显的本子。

到了1957年10月，人民文学出版社以正牌名义再次推出了通行本《红楼梦》，不再用“亚东本”作底本，改用“程乙本”作底本，封面署曹雪芹、高鹗著，简体字横排，利于一般老百姓阅读。以后的二三十年里，中国大陆读者所读到的《红楼梦》，一般都是这个本子。这个本子对普及《红楼梦》起了决定性作用。像影响很大的越剧《红楼梦》，就是根据这个通行本改编的。这个本子也让一般老百姓在欣赏《红楼梦》的同时，形成了一种根深蒂固、至今难以消除的错误印象，那就是以为一百二十回的故事是一个叫曹雪芹的人和一个叫高鹗的人合作写出的。尽管在出版说明里也有高鹗是续书者的说明，但一般读者都是直接去读故事，很少细推敲前面的说明文字，况且封面上并没有准确地印成“曹雪芹著 高鹗续”，而是“曹雪芹 高鹗 著”，因此，也就让一般读者以为一百二十回的《红楼梦》就是曹雪芹、高鹗合写的《红楼梦》。

1958年，人民文学出版社出版了俞平伯先生用若干古本汇校的《红楼梦八十回校本》。俞在“序言”中说：“简单说来，这是一个各抄本的汇校本。以现行的脂戚两本，一本影印，没有经过整理，一本抄印，不免有所妄改，所以不妨说它是抄本系统的普及本。用戚本为主，用脂本来校，参用刻本地方不多，也可以说它是比较接近曹雪芹原著的本子之一。虽意在择善而从，但所‘择’所‘从’是否‘善’，不免有主观的偏见，正不必妥当。尤其是以意致字的地方，恐怕讹谬更多。”以后的实际表明，这是一个不尽如人意的“汇校本”，因此没有引起学界的重视。当时也没有在一般老百姓当中流传开来。

到了 1982 年 3 月，人民文学出版社推出了一个新的通行本，就是中国艺术研究院红楼梦研究所的校注本，这可以说是一个国家投资的“官修本”。相对于 1957 年 10 月推出的那个本子，这个通行本有了很大进步。它的前八十回用庚辰本作底本，再参照其他古本进行校注，每回后有“校记”，还加了不少很有必要的注释，方便一般读者的阅读。现在大家读的《红楼梦》，一般都是它。但它仍然存在着一个老问题，就是把曹雪芹的原作和高鹗的续书合在一起印行，而且封面依然是两个人的名字合署，使得一般读者仍然以为曹、高是合作者。这个本子原来分为上、中、下三册发行，各册容纳四十回，上、中是曹雪芹的，下是高续，这样印还比较合理。后来可能是出版社从印装方便的技术角度考虑，现在买，全是上、下两册的装订发行方式，这样，就无形中更加大了曹、高不分的缺点。

1987 年，由红学大师冯其庸先生主编的以庚辰本为底本，将甲戌本、己卯本、梦稿本、蒙古王府本、戚蓼生序本、南京图书馆藏本、彼得格勒藏本、甲辰本、舒元炜序本、郑振铎藏本、程甲本等汇集的《脂砚斋重评石头记汇校》五卷本由文化艺术出版社出版。冯其庸先生领军推出这样一部集大成式的巨著，确实为《红楼梦》读者和研究者提供了极大的方便，手持一册，十几种抄本的异同就可一目了然，实为一大善举。而红学泰斗周汝昌偕其四兄周祜昌、其女周伦玲则于 2004 年 5 月由海燕出版社出版了由他们校订的《石头记会真》十卷本。为什么周汝昌先生称《石头记》呢？周先生认为曹雪芹原著本名《石头记》，雪芹在世时的传抄本皆题此名。后经高鹗等人伪续后四十回（并偷改前八十回文字）冒称“全璧”，废《石头记》一名而改用《红楼梦》，遂发行于世。但“红楼梦”三字却非高鹗所创，亦出曹雪芹原书，系第五回梦幻镜中所演的曲调之名，借为全书的异称。“红楼”在古代专指富家女儿居地，白居易曾诗云：“红楼富家女，金缕绣罗襦（rú，短衣）”，韦庄也有“美人易情伤，暗上红楼立”的佳句。在此基础上，周汝昌于 2006 年 12 月由人民出版社出版了《汇校八十回石头记》（《红楼梦》）。所谓汇校本，就是把上面开列的十一种古本，一句一句地加以比较，一旦发现不同之处，立刻停下来细细思考，最后选出是——或者说最接近——曹雪芹原笔原意的那一句，耐心连缀起来构成的一个善本。这个本子可以说是八十回的古本《石头记》，也可以说是八十回的古本《红楼梦》。周汝昌先生在这个汇校本的“序言”里，交代了经历半个多世纪才终于成书的艰难历程。这可以说是一个饱含心血的“私修本”，它是一个家族两代数人前仆后继努力奋斗的一个结晶。

这么多版本，到底推荐哪一个本子让大家来读呢？

笔者郑重推荐《周汝昌校订批点本<石头记>》（曹雪芹著，脂砚斋批）一书，译林出版社出版。这部校订本是自 2005 年起，经过长达三年多的艰苦奋斗而成的。校订本是周汝昌先生《石头记会真》汇校本的升华本，是周老先生六十年努力的心力结晶，也是其毕生最完整、集大成的杰作。校订本共分三大部分，其校订包括了《石头记》小说正文、脂砚斋评语和周先生的批点。为什么说这是周先生集大成的杰作呢？因为校订本正文沿用了《汇校八十回石头记》选定的文字，然后又经过逐字逐句重新细加校订，反复核正达四次之多，解决修正了不少疏误遗留问题。更为难得的是，虽然周先生非常重视脂砚斋的批语，但在周先生校订的版本中从来没有出现过脂批。校订本首次汇集了各抄本中所有的，（注意用词）是所有的脂批，在文句上做出了识辨和梳理，只选择其中较为可读的一条或两条作为代表。批点则是周先生毕生研读《红楼梦》的心得。因为此本汇集了曹雪芹原笔原意、脂砚斋批语原笔原意、周先生毕生研究心得，是极其宝贵的集大成之作。细读这个本子，你就会发现它保留了不少看去与高鹗续书不合的文句语词。我们都知道曹雪芹最善于用“草蛇灰线，伏脉千里”的手法，通行本为将就高续，斩断了一些草蛇，抹去了若干灰线，令人遗憾。这个本子的与高续不合处，正说明它呈现的才是涤荡了高续污染的原生态，也说明曹的八十回后会是另外的写法。读者看过后，对八十回后的想象，可能就会进入跟高鹗续书完全不同的思想与艺术境界，激发起参与探佚的热情来。

同时推荐此书的重要原因，笔者认同周先生一些重大观点：比如《红楼梦》是曹雪芹的作品，不是曹雪芹与高鹗合著的。因此，不应该把这两个人写的文字印在一起，尤其不应该在书上联署两个人的名字。再如：曹雪芹不是没有写完《红楼梦》，不是只写了八十回，而是写完了。完稿的《红楼梦》有完整的故事，体现出了他的总体构思，仅差最后的统稿润色。他八十回后的书稿被“借阅者遗失”了，至今没有再呈现人间。其三，曹雪芹的《红楼梦》虽然八十回以后的文字遗失了，但通过研究者的探佚，是能够把八十回后的一些情节、书中若干人物的最后结局，以及全书结束在《情榜》等揭示出来的。探佚的根据，主要是古本《红楼梦》的原文，以及脂砚斋等当时批书人的大量批语。其四，脂砚斋的评语是小说的一个不可或缺的重要组成部分，不是附属物。脂砚斋称得上是曹雪芹的合作者，批语非常重要。

但是，正因为《红楼梦》神秘性和艺术性，任何人的解读只能最接近曹雪芹的愿意，不能完全达到其境界和意境，每位读者都可以根据自己的理解来设身想想该句的意思。比如有红学家就不同意周先生“虎兔相逢大梦归”的观点，（注：周先生据脂砚斋批语，认为贾元春暗伏清朝乾隆年间，以废太子一党密谋推翻乾隆，结果事败，元春在随驾期间被敌对势力的人乘机杀害了）认为“虎兔相逢大梦归”乃影射康熙帝于壬寅年（1722 年）去世，是年胤禛嗣位，明年（癸卯）改元雍正。也就是在这“虎兔相逢”

凤姐知命逞英雄

可卿纵情封龙禁

之年，曹家因失去康熙这棵“大树”而累遭厄运，最终一败涂地。

周汝昌老先生穷其一生为《红楼梦》（虽然老先生不喜欢这个书名，但为读者计，还是用了此名），几人能为之？而且其观点笔者是赞同的，故此，本书引文全部来自《周汝昌校订批点本《石头记》曹雪芹著，脂砚斋批》（译林出版社出版）。

# 四

# 看主旨

所谓主旨，就是主题思想。《红楼梦》表现的是什么意思呢？作者书前自序："今风尘碌碌，一事无成。忽念及当年所有之女子，一一细推了去，觉其行止见识皆出于我之上，何我堂堂须眉，曾不若彼裙钗哉！实愧则有馀，悔又无益之大无可奈何之日也！当此时，则自欲将已往所赖上赖天恩，下承祖德，锦衣纨绔（见前文解释）之时，饫甘厌肥（见前文解释）之日，背父母教育之恩、负师兄规训之德，已致今日一事无成、半生潦倒之罪。"这意思说的是作者一个堂堂男人，已过半百，还一事无成，突然想起过去遇到、生活过的女子，皆比自己强太多了。所以后面说，"编述一记，以告普天下人。我之罪固不免，然闺阁中本自历历有人，万不可因我之不肖，自护其短，则一并使其泯灭也"。意思就是不能因我的无能，把这些奇女子的故事泯灭。

警幻道："即贵省中十二冠首女子之册，故为正册。"宝玉道："常听人说，金陵极大的地方，怎么只十二个女子？如今单我们家里，上上下下就有几百女孩子呢。"警幻冷笑道："贵省女子

警幻指迷

固多，不过择其善者录之。下边二厨，则又次之。余者庸愚之辈，则无册可录矣。”（第五回）故此，作者本意说是写一部“风尘怀闺秀”，就是为奇女子立传。

说白了，就是倡导男女平等的女权主义思想！男女平等观念现在还在深化，但在二百多年前的中国是不可想象的。在传统的封建思想中，男尊女卑的观念深入人心，说得直接点封建社会就是一个男权至上的社会！而曹雪芹塑造的贾宝玉却说：“女儿是水作的骨肉，男人是泥作的骨肉。”在第二回冷子兴介绍贾宝玉时怎么说的？“女儿是水做的骨肉，男人是泥做的骨肉，我见个女儿，便清爽。见了男子，便觉浊臭逼人。”还是这回，贾雨村说到甄宝玉时，怎么讲的？说甄宝玉常对跟他的小厮们说：“这女儿两个字极尊贵极清净的，比那阿弥陀佛、元始天尊的这两个宝号还更尊荣无对的呢！你们这等浊口臭舌，万不可唐突了这两个字，要紧的狠呢，但凡要说时，必须先用清水香茶漱了口才可。设若失错，便要凿牙穿腮（凿牙穿腮为古代酷刑，意指不能犯错）等事……”大家知道甄、贾宝玉其实是一个人，都作为正面描写的，如在两百多年前的封建社会说出这样的话绝对是惊世骇俗的。更何况，通灵宝玉是何人带入凡间？是一僧一道！僧道的祖师不正是上面两位吗？跟通灵宝玉的恩人的祖师比起来都特别尊贵，可见将女权思想提高到了一个什么样的高度。故此，脂砚斋在此批注时还纳闷：“如何只以释老二号为譬，略不敢及我先师儒圣等人，余则不敢以顽劣目之。”（第二回）我想其意概在此吧。特别是第三十七回，大观园起诗社，贾宝玉的别号是什么？“绛（jiàng）洞花王”！什么意思？据红学家邓遂夫先生考证，这个“花王”真正意义上应该是《牡丹亭》里领头的花神，而且通常是男性，这才能够真正体现出“怜香惜玉”的特点。通过“花王”形象定位，可以看出，贾宝玉正是大观园女儿国里的一个超级“护花使者”。以前的所谓的“护花使者”，只是护一个人；书中的贾宝玉不是护一个人，而是护所有的女孩儿，成天为女孩子们奔忙。谁受了一点儿委屈，遭了一点祸事，他就要去帮助她，为她奔走。贾宝玉对任何一个女孩子都充满了爱心，充满了人性化的一种悲悯情怀。第五十一回，宝玉对女性的呵护达到自贱的程度：“我和你们一比，我就如野坟圈子里长的几十年一棵老杨树，你们就如秋天芸儿进我的那才开的白海棠。”

焙茗代祭

他的书童是最了解他的心思的，第四十三回，宝玉去水仙庵祭祀部分，看他怎么说的：“我茗（míng，茶）烟跟随二爷这几年，二爷的事我没有不知道的，只有今儿这一祭祀，没有告诉我，我也不敢问，只是受祭的阴魂，虽不知名姓，想来自然是那人间有一天上无双的，极聪明，极精雅的一位姐姐妹妹了。二爷心事不能出口，等我代祝，你若芳魂有感，香魄多情，虽然阴阳相隔，既是知己之间，时常来望候二爷，未尝不可。你在阴间保佑二爷来生也变个女孩儿，和你们一处相伴，再不可又托生这须眉浊物了。”封建社会里的女孩子是没有地位，更没有掌控自我命运的权利的。《红楼梦》里的很多女主人公（宝钗、探春、迎春）都证明了这一点。作为《红楼梦》第一主人公不愿做男人，却想变为女儿身，不是女权主义又是什么？还有第二十回，有这样一段话：“他（指宝玉）便料定原来天生人为万物之灵，凡山川日月之精秀，只钟于女儿，须眉男子不过是些渣滓浊沫而已……”这些话更是让人惊叹。第十九回，宝玉说起袭人的表妹，怎么说呢？“……我不过是赞他好，正配生在这深堂大院里，没的我们这种浊物到生在这里！”脂砚斋在此大发感慨，并指出：“这皆宝玉意中心中确实之念，非前勉强之词。所以谓今古未有之一人耳。”

第六十六回，尤三姐慧眼识宝玉，一语道破宝玉女权主义思想，尤三姐道：“……行事、言谈、吃喝，原有些女儿气，那是只在里头惯了的。若说糊涂，那些儿糊涂？姐姐记得穿孝时咱们同在一处，那日正是和尚们进来绕棺，咱们都在那里站着，他只站在头里挡着人。人说他不知礼，又没眼色。过后，他没悄悄地告诉咱们说，姐姐不知道，我并不是没眼色，想和尚们脏，恐怕气味薰了姐姐们。接着他吃茶，姐姐又要茶，那个老婆子就拿了他的碗去倒。他赶忙说，我吃脏了的，另洗了再拿来。这两件上，我冷眼看去，原来他在女孩子们前不管怎样都过的去，只不大合外人的式，所以他们不知道。”

尤三姐

特别是第五回，宝玉与世上俗男对于女性的态度有了非常直白的评价。“尘世中多少富贵之家，那些绿窗风月、绣阁烟霞，皆被淫物纨裤与那些流荡女子悉皆玷污。更可恨者，自古来多少轻薄浪子，皆以好色不淫为饰。又以情而不淫作案。此皆饰非掩丑之语也。好色即淫，知情更淫。是以巫山之会，云雨之欢，皆由既悦其色，复恋其情所致也。”脂砚斋在此痛批：“好色而不淫，今翻案。奇甚。”什么意思呢？过去大多数男人淫欲无度，还自诩：“哪个才子不风流？”甚至“人不风流枉少年！”，等等。

过去有，现实中也有，像现在包二奶，三妻四妾等。甚至皇上三宫六院七十二嫔妃，选美纳妃等，美其名曰是好色，实为淫荡！用《红楼梦》原文称："世之好淫者，不过悦容貌，喜歌舞，调笑无厌、云雨无时，恨不能尽天下之美女，供我片时之趣兴，此皆皮肤滥淫之蠢物耳。"（第五回）脂砚斋在此批道："说得恳切恰当之至。"然而宝玉则不同："吾所爱汝者，乃天下古今第一淫人也。"（第五回）一听话中有淫，宝玉吃架不住，慌忙辩解。结果呢，警幻说了，你理会错我的意思了，虽带有淫字，但你跟他们不是一样。他们是为了肌肤之亲、云雨之欢，而你呢，却大大不同了。这也是本书主旨精华所在，需诸公认真理悟："淫虽一理，意则有别。如尔则天分中生成一段痴情，吾辈推之为意淫。意淫二字，惟心会而不可口传，可神通而不可语达。汝今独得此二字，在闺阁（guī tà，家门、家庭等，在此应指女眷，闺房之意）中固可为良友，然于世道中未免迂阔怪诡，百口嘲谤、万目睚眦（yá zì，龙的九子之一，好斗，在此指仇恨）。"这些话，既交代出宝玉"绛洞花王"、护花使者的身份，又点出其"无故寻愁觅恨，有时似傻如狂。……行为偏僻性乖张，那管世人诽谤。……寄言纨绔与膏粱，莫效此儿形状。"（第三回）

对于贾宝玉的女权主义思想，红学专家王昆仑先生上升为："贾宝玉的女性崇拜"，并称："这是与他对以男性为中心的社会的污浊的厌恶分不开的。"他认为，女子在封建宗法社会受压迫最深重，因此崇拜之中也包含着同情。在任何场合他（指贾宝玉）都能独特而深细地去探索着女性的情感，而自然地发生共鸣。宝玉看见农村二丫头家的纺车，感觉新奇，便上来拧转做耍，二丫头让他别动坏了，"宝玉忙丢开手，陪笑说道……"，一个"忙"字，二"陪笑"字，写出宝玉的心思全在女儿身上，不论贵贱出身（第十五回）。晴雯发脾气，大撕扇子，他认为"响得好听"（第三十一回），他从晴雯的快感中得到快感。龄官画蔷，他也

平儿才情堪比凤

随着她的笔触而痴迷了，甚至只想到下雨淋湿了她，而不知道淋湿了自己。藕官烧纸，他不管为了什么内容直接地掩护她。偶然撞见焙茗和一个小丫头的幽会，他认为焙茗连岁数都没有问清，那女孩子真“可怜！可怜！”那女孩子已经跑了，他还追出去叫道：“你别怕，我是不告诉人的！”（第十九回）这一段小插曲使读者发现宝玉保留着人间最无邪的原始性的同情心。在平儿挨打之后，宝玉喜出望外地为她换衣服、洗手帕、拿水、拿粉、拿胭脂，做种种细心的服役，作者说“宝玉因自来从未在平儿前尽过心，深为恨怨”，“亦是今生意中不想之乐也。因歪在床上，心内怡然自得”。（第四十四回）。此外如欣赏莺儿之编结丝络子，强请玉钏儿尝莲芯羹，还有三十五回，玉钏不小心将汤泼了宝玉手上，宝玉自己烫了手倒不觉得，却只管问玉钏儿：“烫了哪里了？疼不疼？”脂砚斋在此批道：“多情人每于苦恼时不自觉，反说彼家苦恼，爱之至、惜之深之故也。”另外，宝玉偶然替香菱借一条裙子供她替换，偷偷地为妙玉送一张谢柬，听刘姥姥讲雪中抽柴女儿的故事等，虽然当时的情绪或是暗淡，或是空虚，或是焦灼，各有不同，但其心理都不外乎是在对当时的社会环境产生厌恶之后，追求特有的灵魂安慰。其实用原著第十九回四个字最能概括贾宝玉对待女性的态度：“任性恣情！”脂砚斋在此评价这四个字是：“四字更好，亦不涉于恶，亦不涉于淫，亦不涉于骄，不过一味任性耳。”

本书既然为女性立传，当然对男人很蔑视，除了正面人物宝玉自嘲、自贬外，书中还多次表现出对男人不屑内容。第四十二回，宝钗说：“男人们读书明理，辅国治民，这便好了。只是能有几个这样？读了书到更坏了。”说起凤姐，更是“琏爷倒退了一射之地”，“言谈又极爽利，心机又极深细，竟是个男人万不及一的”（第二回），“连那些束带顶冠的男子也不能过你”（第十三回）。细思之，全书顶天立地男儿还真没有，这主旨是对封建社会男权至上的当头棒喝，不可做泛泛看。

五

# 看主脉

《红楼梦》主旨是为倡导男女平等，为优秀女性立传。但其通过什么主脉去实现主旨思想呢？贾宝玉为绛洞洞主，花神，护花使者也。笔者以为，本书主要通过四条主动脉来实现其思想的。四条主动脉或明或暗，交错相映。试分析之。

第一条主动脉是明脉，宝黛爱情！在书中爱情是明线，婚姻却是暗线，称得上是木石前盟，有花无果、有缘无分。第二条主动脉是明脉。钗玉爱情！在书中婚姻是明线，爱情却是暗线，称得上是金玉良姻，但有名无实、有始无终！第三主动脉是暗脉。湘玉爱情！书中无正面描写，也无什么感情纠葛，但现实却是麒玉爱情，最早相识，青梅竹马，有始有终！高鹗续书是看不到的，据情节推断湘云是与宝玉患难与共，终老一生的人。第四条主动脉是家庭兴衰关键人物——王熙凤的命运。凤姐的个人经历是大观园由盛至衰的缩影。

先看书中第二十一回：话说史湘云跑了出来，怕林黛玉赶上，宝玉在后忙说："仔细绊跌了，那里就赶上了？"林黛玉赶到门前，被宝玉叉手在门框上拦住，笑劝道："饶他这一遭罢。"林黛玉搬着手说道："我要饶过云儿，再不活着。"湘云见宝玉拦住门，料黛玉不能出来，（请诸公注意，脂砚斋在此批道："写得湘云与宝玉又亲厚之极，却不见疏远黛玉，是何情思耶。"）便立住脚笑道："好姐姐，饶我这一遭罢。"恰至宝钗来在湘云身后，也笑道："我劝你两个看宝兄弟分上，都丢开手罢。"（请诸公注意，脂砚斋在此批道："好极，妙极！玉颦云三人已难解难分，插入宝钗云，'我劝你两个看宝玉兄弟分上'，话只一句，便将四人一齐笼住，不知孰远孰近，孰亲孰疏，真好文字。"）黛玉道：

“我不依，你们是一气的，都戏弄我不成？”（脂砚斋在此批道：“语是颦儿口吻，虽属尖利，真实堪爱堪怜。”）宝玉劝道：“谁敢戏弄你？你不打趣他，他焉敢说你？”（脂砚斋在此批道：“好，二你字连二他字，华灼之至。”）四人正难分解，（请诸公特别注意，脂砚斋在此批道：“好，前三人，今忽四人，俱是书中正眼，不可少矣。”）有人来请吃饭，方往前边来。（请诸公特别注意，脂砚斋在此批道：“好文章。正是闺中女儿口角之事。若只管谆谆不已，则成何文矣！”）

短短一节文字，囊括了全书三条主动脉关系。特别是脂砚斋的点评：“俱是书中正眼，不可少矣。”何谓正眼？笔者理解应如戏中正角，即主角之意。不可或缺！后面的评论也很有意思，好文章，以女儿口角之事将文章铺陈开来，如果仅靠说些大道理，怎样能展开写呢？也就是说，这节文字将四人拢在一起，难分解，才成为贯穿始终的三条主动脉，或明或暗，忽明忽暗，交替上演，有始有终，撑起全书大脉络。即使三者不出现，她们的替身亦沿其脉而涓涓流淌。比如此回前脂砚斋批道：“今日写袭人，后文写宝钗。今日写平儿，后文写阿凤。文是一样情理，景况光阴事却天壤矣。多少恨泪，洒出此两回书。”（第二十一回）我们都知道，袭人身上有宝钗的影子，平儿身上有凤姐的影子，晴雯身上有黛玉影子，香菱身上有秦可卿的影子等，而这些大丫头背后，下一层的丫头又有她们的影子，比如麝月又像极袭人，而小红又似平儿，等等。一以贯之，掩卷而思，全书就是围绕几个主角展开，即使不是她们亲自登场，也是她们的影子交替出现，演绎着全书的故事。

在第二十回目末，还有脂砚斋一批语，很有意思：“有客题《红楼梦》一律，失其姓氏，惟见其诗意骇警，故录于斯：‘自执金矛又执戈，自相戕戮自张罗。茜纱公子情无限，脂砚先生恨几多。是幻是真空历遍，闲风闲月枉吟哦。情机转得情天破，情不情兮奈我何。’凡是书题者不以此为绝调，诗句警拔，且深知拟书底里，惜乎失名矣。”（第二十回）此诗前云：诗意骇警。其意思是什么？惊骇、警示的意思。惊骇什么？警示什么？笔者认为就是通过这首诗，通晓了全部书的大概。“自执金矛又执戈，自相戕（qiāng，系杀害之义）戮自张罗”，既可以指创作手法上的自破自立，也可以指在塑造人物上，不断以主角、副角、再副角的形式，以再主角、再副角、再再副角形式，不断交替出现，制作矛盾，推动情节高潮迭起。“茜纱公子情无限，脂砚先生恨几多”，这应该很好理解，茜纱公子应指的是宝玉，处处留情，惹得青梅竹马的脂砚斋先生，即书中湘云恨恨不已，因为最后真正与宝玉走到一起的人是湘云，即现实中的脂砚斋先生。后面四句无疑是不管真真假假，人也好，情也好，均成过眼烟云，到头来成了一场空。此首诗与前面的《好了歌》有异曲同工之妙。



特别是在第二十回，史湘云首次出场时，“史大姑娘来了”。脂砚斋在此批道：“妙极。凡宝玉、宝钗正闲相遇时，非黛玉来即湘云来，是恐泄漏文章之精华也。”文章精华所在，与前文“俱为书中正眼”，有异曲同工之妙，恰恰说明四人涵盖了三条主脉的关系。

在第四十二回前，脂砚斋有一个很奇怪的批语，诸公请看：“钗玉名虽二个，人却一身，此幻笔也。今书至三十八回时，已过三分之一有馀，故写是回，使二人合而为一，请看黛玉逝后宝钗之文字，便知余言不谬矣。”说的什么意思呢？说宝钗、黛玉虽然名义上是两个人，实则一个人，就如同一个人的两个方面、两种性格、两种结果。想想也是，黛玉刻薄、小气，宝钗大度、宽容，最主要是按照透露出来的情节，黛玉与宝玉是有情无缘，最后黛玉撒手而去，并没有与宝玉走向婚姻。而宝钗与宝玉是无情有缘，最后黛玉逝后，宝钗成了宝玉的新娘。但可悲的是，根据有关情节显示，宝钗与宝玉虽有夫妻之名，却无夫妻之实。正应了判词

《终身误》一样，误了终身，有缘无分。

其实，早在第五回，《红楼梦引子》一曲已经透露出本书的主脉——怀金悼玉的《红楼梦》。脂砚斋在此批“怀金悼玉”，大有深意。玉很明显指的是黛玉。金在《终身误》中有金玉良姻。很明显，金指的是宝钗。怀，在此笔者理解为感怀、感叹、惋惜之意。悼，当然是哀悼的意思了。如此一来，下面的两首判词就好理解了，《终身误》不是仅指宝钗，黛玉也误了终身。《枉凝眉》不是指的是宝玉和黛玉，而是指的宝钗和黛玉。

在第五回开始，一些文字和批语也可看出端倪。

如今且说林黛玉（脂砚斋在此批道：“不叙宝钗反仍叙黛玉，盖前回只不过欲出宝钗，非实写之文耳。此回若仍续写，则将二玉高搁矣。故急转笔仍旧至黛玉，使荣府正文方不至于冷落也。今写黛玉，神妙之至。何也？因写黛玉实是写宝钗，非真有意去写黛玉，几乎又被作者瞒过。”）……日则同行同坐，夜则同息同止，真是言和意顺，略无参商（古指参星与商星，二者交替出现，彼出此没，比喻不和睦，有差别）。不想如今忽然来了一个薛宝钗，（脂砚斋在批道：“此处如此写宝钗，前回中略不一写，可知前回迥非十二钗之正文也。欲出宝钗，便不肯从宝钗身上写来，却先款款叙出二玉，陡然转出宝钗，三人方可鼎立。行文之法，又亦变体。”）年岁虽大不多，然品格端方，容貌丰美，人多谓黛玉之所不及。（脂砚斋在此批道：“此句定评，想世人目中各有所取也。按黛玉、宝钗二人，一如姣花，一如纤柳，各极其妙者，然世人性分甘苦不同之故耳。”）而且宝钗行为豁达，随分从时，不比黛玉孤高自许，目下无尘（形容骄傲自大，看不起比自己地位低的人），故比黛玉大得下人之心。（脂砚斋在此批道："将两个行止摄总一写，实是难写，亦实系千部小说中未敢说写者。"）便是那些小丫头们，亦多喜与宝钗去顽笑。因此黛玉心中便有些悒郁不忿之意，（脂砚斋在批道："此一句，是今古才人同病。如人人皆如我黛玉之为人，方许他妒。此是黛玉缺处。"）宝钗却浑然不觉。（脂砚斋在批道："这还是天性，后文中则是又加学力了。"）

电影中几乎每个主角之间都会有对手戏，而钗、玉就是"对手"，交错比较、互相映衬。如一叶两面，一花两片，一者为阴，一者为阳。二者交错推动了故事情节娓娓而谈。

第十八回：彼时宝玉尚未作完，只刚作了《潇湘馆》与《蘅芜苑》二首，正作《怡红院》一首起草，内有"绿玉春犹倦"之句。宝钗转眼瞥见，便趁众人不理论，急忙回身悄推他道："他（脂砚斋双行夹批：'此"他"字指贾妃。'）因不喜红香绿玉才改了怡红快绿。你这会子偏用绿玉二字，岂不是有意和他争驰了？况且蕉叶之说也颇多，再想一个字改了罢。"宝玉见宝钗如此说，便拭汗道："我这会子总想不出什么典故来。"宝钗笑道："你只把绿玉的玉字改作蜡字就是了。"宝玉道："绿蜡可有出处？"宝钗见问，悄悄地咂嘴点头笑道："亏你今夜不过如此，将来金殿对策你大约连赵钱孙李都忘了呢！唐钱翊咏芭蕉诗头一句'冷烛无烟绿蜡干'，你都忘了不成？"宝玉听了，不觉洞开心臆，笑道："该死，该死！现成眼前之物，偏倒想不起来了，真可谓一字师了。从此后我只叫你师父，再不叫姐姐了。"宝钗亦悄悄地笑道："还不快作上去，只管姐姐妹妹的。谁是你姐姐，那上头穿黄袍的才是你姐姐，你又认我这姐姐来了。"一面说笑，因说笑又怕他耽延工夫，遂抽身走开了。宝玉只得续成，共有了三首。此时林黛玉未得展其抱负，自是不快。因见宝玉独作四律，大废神思，何不代他作两首，也省他些精神不到之处。想着，便

宝黛争俏



也走至宝玉案傍（同“旁”）悄问：“可都有了？”宝玉道：“才有了三首，只少《杏帘在望》一首了。”黛玉道：“既如此，你只钞（同‘抄’）录前三首罢，赶你写完那三首，我也替你作出这首了。”说毕，低头一想，早已吟成一律，便写在纸条上，搓成个团子，掷在他跟前。宝玉打开一看，只觉此首比自己所作的三首高过十倍，真是喜出望外，遂忙恭楷（恭敬地用楷书题写）呈上。

这段文字用脂砚斋话说：“一段忙中闲文，已是好看之极，出人意外。”（第五回）绝非打情骂俏之俗，但让人处处看到情，处处有俏，俏也不争春的俏，一心为宝玉情有独钟之俏。看宝钗动作：“转眼瞥见……急忙回身悄推他……悄悄地咂嘴点头……悄悄地笑道……”关心之情跃然纸上，几个“悄悄”，既点出情之含蓄，又点出两人亲密无间。脂砚斋还有话说，在此批道：“这等文字亦是观书者望外之想。”这等文字绝非黛玉写那几首诗，而是黛玉同样对宝玉“关怀备至”，情有独钟。黛玉见宝玉大费神思，也悄问后，低头想，吟成，搓成团，掷给他。整个场景虽言语不多，但相当动人，宝钗语言声情并茂，黛玉动作寓情于景，有声有色，相得益彰。

还有一节精彩场景在第三十四回，试用脂砚斋点评。宝玉挨打后，二人情状，更是人见皆怜。只见宝钗手里托着一丸药走进来，（脂砚斋批：“请问是关心不是关心？”）向袭人说道：“晚上把这药用酒研开，替他敷上，把那淤血的热毒散开，可以就好了。”……宝钗见他睁开眼说话，不像先时，心中也宽慰了好些，便点头叹道：“早听人一句话，（脂砚斋批：‘同袭人语。’）也不至今日。别说老太太、太太心疼，便是我们看着心里也……”刚说了半句，又忙咽住，自悔说的急速了，不觉红了脸，（脂砚斋批：“行云流水，微露半含时。”）垂下头了。宝玉听得这话如此亲切稠密，竟大有深意，忽见他又咽住，不往下说，红了脸，低下头只管弄裙带，那一种娇羞怯怯，非可形容得出者，不觉心中大畅，将疼痛早已丢在九霄云外。宝钗对宝玉之情，用脂砚斋批的：“同袭人语。”袭人是谁？已内定为宝玉二房的人。可见，宝钗对宝玉之情，非有些人评论的虚伪之情，而实则是真情流露，只是有时“微露半含”而已。再看此回黛玉：

这里宝玉昏昏默默，……忽又觉有人一推，恍恍惚惚听得有人悲戚之声。宝玉从梦中惊醒，睁眼一看，不是别人，正是林黛玉。宝玉犹恐是梦，忙又将身子欠起来，向脸上细细一认，只见他两个眼睛肿得桃儿一般，满面泪光，不是黛玉，却是那个！宝玉还欲看时，怎奈下半截疼痛难禁，支持不住，便嗳哟一声，仍旧倒下。叹了一声说道：“你又作什么来？虽说太阳落了，那地上馀热未散，走了来，倘或又受了暑呢。我虽然挨了打，并不觉疼痛，我这个样儿，也是粧（zhuāng，同‘装’）出来哄他们，好在外头布散与老爷听，其实是假的，你不可信真。”（脂砚斋批：“有这样一段话，方不没减灭颦儿之痛哭眼肿。英雄失足，每每至死不改，皆犹此耳。”）此时林黛玉虽不是嚎啕大哭，然越是这等无声之泣，气噎喉堵，更觉利害。听了宝玉这番话，虽有万句言词，只是不能说出，半日方抽抽噎噎地说道：“你从此可都改了罢！”（脂砚斋批：“心血淋漓，酿成此数字。”）……林黛玉便知凤姐来了，连忙立起身说道：“我打后院子里去罢，回来再来。”宝玉一把拉住说道：“这又奇了，好好的怎么怕起他来了。”林黛玉急得跺脚，悄悄地说道：“你瞧瞧我的眼睛，又该他拿着取笑开心了。”（脂砚斋批：“不避嫌疑，不惜声名，破格牵连，诚为可叹，着实可怜。”）（第三十四回）

潇湘夜雨

宝钗与宝玉之情虽真，但还是不如黛玉与宝玉之情更加动人。宝玉醒来不顾自己，而怜黛玉。而黛玉哭肿了眼，哭得“气噎喉堵”，却最后只说出了八个字：“你从此可都改了罢！”无声胜有声，有声又似无声！千言万语，心血淋漓只此一语！此情此景，用宝玉原话最恰当不过：“我不过挨了几下打，他们一个个就有这些怜惜悲感之态露出，令人可玩可观，可怜可敬。假若我一时竟遭瘟横死，他们还不知是何等悲感呢！既是他们这样，我便一时死了，得他们如此，一生事业总然尽付东流，亦无足叹惜。冥冥之中若不怡然自得，亦可谓糊涂鬼祟矣！”（第三十四回）试想，天下男人遇此景此情，谁没有如此心思呢？宝钗、黛玉与宝玉合为一体的场景有没有呢？第六十二回，袭人给黛玉、宝玉送两盅新茶，宝玉自拿了一盅，剩一盅了，“偏（黛玉）和宝钗在一处，只得一钟茶”，袭人想再倒一盅，宝钗说不用，“先拿起来嗑了一口，剩了半杯递与黛玉手内。黛玉饮干。”不管“体己茶”也好，还是现在结婚、拜师“敬茶”也好，茶是很有文化内涵的。黛玉、宝钗“偏”在一块儿，“偏”同饮一杯茶，以曹雪芹手笔绝不偶然，只说明并验证宝钗、黛玉“二位一体”关系。较以上两位知己，还有一人爱其深沉、默默！这个人就是湘云。

湘云与宝玉绝对是青梅竹马的一对，是有很深的感情基础的。第二十回：二人正说着，只见湘云走来，笑道：“二哥哥，林姐姐，你们天天一处顽，我好容易来了，也不理我一理。”林黛玉笑道：“偏是咬舌子爱说话，连个二哥哥也叫不上来，只是爱哥哥爱哥哥的。回来赶围棋儿，又该着你闹么爱三四五了。”曹雪芹对于美人不是写，而是画。每人一幅画，每景一幅画。正如脂砚斋批道（批自己）：“湘云‘咬舌’不独见陋，且更学轻俏娇媚，俨然一娇憨湘云立于纸上。掩卷合目思之，其爱厄娇音如入耳内。”画的美之外，则看出其对宝玉之情属自然流露。而宝玉呢？第二十一回，湘云睡觉不老实，一把青丝拖于枕畔，被只齐胸，一弯雪白的膀子撂于被外，又带着两个金镯子。宝玉什么表情呢？叹道：“睡觉还是这么不老实，回来风吹了，又嚷肩窝疼了。”一面说，一面轻轻地替她盖上。脂砚斋在此批道：“叹字奇。除玉卿外，世人见之，自曰喜也。”什么意思呢？别人见了美女，肯定垂涎三尺的。但宝玉从小就与她耳鬓厮磨，早知这个毛病，故说了“还是不老实”“又”这两个词，不点自明，二人再熟悉不过了。接下来，不但让黛玉吃醋，而且跟宝玉已有了男女之欢的袭人也不想理他了。为什么呢？看宝玉的！湘云起来洗了面，翠缕要泼，宝玉道：“站着，我趁势洗了就完了，省得又过去费事。”紫鹃递来香皂，宝玉又道：“这盆里的就不少，不用搓了。”翠缕道：“还是这个毛病儿，多早晚才改。”封建社会，男女是泾渭分明的，宝玉这些动作，就是不分你我，用袭人等话说就是在“内闱厮混”。接下来，宝玉见湘云梳完了头，便走过来笑道：“好妹妹，替我梳上头罢。”湘云道：“这可不能了。”什么意思？湘云已懂人事，男女再近也有别，正如贾母初见让她不要叫宝玉小名一样。小名小时候叫的，大了懂事就不能那么叫了。但宝玉却说：“好妹妹，你先时怎么替我梳了呢？”湘云只好说我忘了怎么梳了，但宝玉还是不罢休，结果湘云只好“扶他的头过来，一一梳篦”。梳是梳了，湘云记性还“真好”，说道：“这珠子只三颗了，这一颗不是一色的了，我记得都是一样的来着，怎么少了一颗？”宝玉道：“丢了一颗。”湘云道：“必定是外头去掉下来，不防被人拣了去，到便宜他。”在这当口，宝玉不觉又顺手拈了胭脂，意欲要往口边送，因又怕史湘云说。很显然，湘云过去肯定说过他。正犹豫间，被湘云看见了，一手掠着辫子，另一手“啪”的一下将胭脂打落，很形象，口中还说：“这不长进的毛病儿，多早晚才改？”这毛病翠缕也知道，看出二人感情多深。第二十二回，湘云因说戏子像黛玉，宝玉忙给湘云使眼色。湘云不干了，让翠缕收拾东西回家。宝玉忙赶来解释，说：“好妹妹，你错怪了我。林妹妹是个多心的人，别人分明知道，不肯说出来，也皆因怕他恼。谁知你不防头就说了出来，他岂不恼你？我是怕你得罪了人，所以才使眼色。你这会子恼我，不但辜负了我，而且反到委屈了我。若是别人，那怕他得罪了十个人，与我何干呢？”很诚恳，很入心，但湘云正气头上，听不进去的。宝玉急得说道：“我倒是为你，反为出不是来了！我要有外心，立刻化成灰，叫万人践踹。”千古未闻之誓，恳切尽情可昭日月。湘云是很心疼他的，虽生气却仍说道：“大正月里少信嘴胡说。这些没要紧的恶誓……”第三十一回，宝玉听说湘云有个麒麟，也把张道士送的麒麟悄悄揣在怀里，而且天天带在身上。见了湘云，本想给她，结果一摸丢了，脸都黄了。试想再珍贵的宝贝他在意过吗？单单在意道士送的众多礼物中的一种，只说明他在意的是人！

虽然随着年龄的增长，二人对于爱情会有所变化，比如宝玉喜欢上黛玉，但是二人相互的好感，至少要比宝钗深得多。特别是湘云对于宝玉，更单相思一些。先看第三十二回，袭人跟湘云怎么说？“你还记得十年前，咱们在西边煖阁住着，晚上你同我说的话儿？那会子不害臊，这会子怎么又臊了？”两小无猜时最常说的、害臊的话恐怕是过家家，长大了嫁给谁一类。袭人问话，此情此景，想想宝玉最合适了。再看湘云外表豪爽大气、不拘小节，内心却不可能没有儿女私情，别人说她“大喜”她会脸红，拾到金麒麟，看看比自己佩的又大又有文采，湘云也会擎在掌上，默默不语出神，一定在想这是谁的？另外又有麒麟姻亲一说。更可爱的是，这么洒脱一个人也会吃醋，她知道宝黛之情，得知宝钗给袭人戒指后，夸赞宝钗好。宝玉称别说这个了，史湘云却将矛头对准了黛玉，用现在的话说，黛玉“躺着中枪”，说：“提这个便怎么？我知道你的心病，恐怕你的林妹妹听见，又怪嗔我赞了宝姐姐。可是为这个不是？”宝玉对此哭笑不得，说“你们这几个人难说话，果然不错”。结果，湘云不依不饶，“好哥哥，你不必说话，叫我恶心。只会在我们跟前说话，见了你林妹妹，又不知怎么了！”袭人岔开，说你别说这个了，你给帮忙做点针线活吧，结果呢，湘云又回到黛玉身上，“前儿我听见把我做的扇套子拿着和人家比，赌气又铰了。我早就听见了，你还瞒我。这会子又叫我做，我成了你们的奴才了。”短短一页不到文字，处处对准了宝玉心爱之人，不是吃醋是何为？

其实三者是分不开的，除了前面三女与宝玉难解难分外，第二十一回，黛玉湘云双睡图，有古代娥皇女英共侍舜帝之妙。历史传说尧的两个女儿娥皇女英，嫁给了舜做妻子，后来舜死了以后，两个妻子到南方找他，一路走一路哭，来在湖南，眼泪滴到竹子上成了斑竹。二人后来跳湘江自杀，成了湘水的女神了，竹子呢，叫作湘妃竹，这个典故非常普及。曹雪芹非常巧妙地把这个典故用到了林黛玉身上，第三十七回起诗社的时候，大家互相起别号，贾探春给林黛玉送了个雅号：

探春因笑道："你别忙使巧话来骂人，我已替你想了个极当的美号了。"又向众人道："当日娥皇女英洒泪在竹上成斑，故今斑竹又名湘妃竹。如今他住的是潇湘馆，他又爱哭，将来那些竹子想来也是要变成斑竹的。以后都叫他作潇湘妃子就完了。"大家听说，都拍手叫妙。林黛玉低了头方不言语。这是非常明显地用这个典故，但是大家注意，这个典故是娥皇、女英两个人，如果说林黛玉是娥皇，那么谁是女英呢？就是史湘云，大家看史湘云的"湘"，不就是那个湘妃的"湘"吗？你看她册子判词里边，"湘江水逝楚云飞"，那个《乐中悲》曲子里边，"云散高唐，水涸湘江"这都是用这个典故。所以娥皇女英象征林黛玉史湘云，那就是贾宝玉前一段和后一段真正的爱情的两个象征。

黛湘联诗

还有第五十回，宝玉要去妙玉处乞梅花。湘云黛玉一齐说道："外头冷的狠，你且吃一杯热酒再去。"于是湘云早执起壶来，黛玉递了一个大杯，满斟了一杯。湘云笑道："你吃了

秦可卿

我们这杯酒，你要取不来，加倍罚你。”关怀之情自然而生，毫不做作。在第六十三回，湘云抽签，只令上下二家各饮一杯。恰好黛玉是上家，宝玉是下家。二人斟了两杯只得要饮。以曹雪芹手笔，这样文字绝非闲文漫笔。据专家推断，最终，贾家遭难后，是湘云或者她的丫头帮助宝玉、湘云等脱难的，而用的方法就是女扮男装。前面是有这样的情节的。

第三十一回：宝钗一旁笑道：“姨娘不知道，他（湘云）穿衣裳，还更爱穿别人的衣裳。可记得旧年三四月里，他在这里住着，把宝兄弟的袍子穿上，靴子也穿上，额子也勒上，猛一瞧，倒像是宝兄弟来了，就是多两个坠子。他站在那椅子背后，哄的老太太只是叫，‘宝玉你过来，仔细头上挂的那灯穗子，招下灰来迷了眼。’他可只是笑，也不过去。后来大家撑不住笑了，老太太才笑了说，‘倒是扮上小子更好看了。’”宝玉的丫头不但扮得像，还曾跟宝玉同榻共枕。谁呀？芳官。第六十三回，宝玉过生日，宝玉和芳官都卸了正装划拳。结果芳官“面如满月犹白，眼如秋水还清”，引得众人笑说：“他两个到像一对双生的弟兄两个”。最主要还是此回后节，“湘云素习憨戏（顽皮嬉戏）异常，他也最喜武扮的，每每自己束鸾带，穿折袖，近见宝玉将芳官扮成男子，他已将葵官也扮了个小子。”见葵官改了，李纨探春也就命宝琴的荳官打扮了一个小童，“只差了涂脸，便俨是戏上的一个琴童”。根据此间文字推理，宝玉脱难，甚至湘云、宝琴等人脱困，应是借唱戏之机，由芳官、葵官、荳官等舍命相救的。

第四条主脉，就是前半部分以神秘人物秦可卿为主，后半部分以王熙凤接手的主脉，是贾家由盛到衰的缩影。秦可卿可以称得上整个《红楼梦》中最神秘的人物。几大疑点：

**第一大疑点：** 引导主人公贾宝玉入梦，而且关系贾府命运的点评的为何是秦可卿？换句话讲，是不是秦可卿关系着贾家所有人的命运？第五回，“那宝玉刚合上眼，便惚惚（hū hū，神志不清，心神不宁）地睡去，犹似秦氏在前，遂悠悠荡荡随了秦氏至一所在。”在此，脂砚斋有个很奇怪的批语：“此梦文情固佳，然必用秦氏引梦，又用秦氏出梦，竟不知立意何属。惟批书人知之。”特别最后一句，唯批书人知道为什么秦可卿这么重要。

**第二大疑点：** 为什么秦可卿兼有《红楼梦》两大女主人公之质、之才，并和宝玉有男女之欢（虽为梦中）？第五回：今既遇令祖宁荣二公剖腹深嘱，吾不忍君独为我闺阁增光，见弃于世道，故特引前来，醉以灵酒，沁以仙茗，警以妙曲，再将吾妹一人，乳名兼美。（脂砚斋批：“妙，盖指薛林而言也。”）字可卿者，许配于汝。今夕良时，即可成姻。不过领汝领略此仙闺幻境之风光尚然如此，何况尘境之情哉？今而后万万解释，改悟前情，将谨勤（jǐnqín，谓殷勤，勤勉）有用的工夫，置身于经济之道。

**第三大疑点：** 为什么由秦可卿点破贾府命运，而点破的对象又是《红楼梦》一大主角王熙凤？第十三回：

凤姐弄权

凤姐方觉星眼微朦，恍惚只见秦氏从外走了进来，含笑说道：“婶婶好睡，我今日回去，你也不送我一程！因娘儿们素日相好，我舍不得婶婶，故来别你一别。还有一件心愿未了，非告诉婶婶，别人未必中用。”〔脂砚斋在此批道：“一语贬尽贾家一族空顶冠束带（头戴朝冠，腰束玉带，旧指朝廷命官装束）者。”〕凤姐听了，恍惚问道：“有何心愿，你只管托我就是了。”秦氏道：“婶婶，你是个脂粉队里的英雄，（脂砚斋在此批道：‘称得起！’）连那些束带顶冠的男子也不能过你，你如何连两句俗语也不晓得？常言月满则亏，水满则溢。又道是，登高必跌重。如今咱们家赫赫扬扬，已将百载，一旦倘或乐极悲生，若应了那句树倒猢狲散的俗语，岂不虚称了一世的诗书旧族了！……只是我与婶子好了一场，临别赠你两句话，须要记着。因念道：‘三春去后诸芳尽，各自须寻各自门。’”（脂砚斋在此批道：“此句令批书人哭死。”又批：“不必看完，见此二句即欲堕泪！”）观这些话，哪里是一个侄媳妇说得出的？只有系出高贵，而且经历过大悲大喜的人才能悟出的道理。

**第四大疑点：**秦可卿到底是什么身世？是书里说的育婴堂抱的弃儿？（显然不像）还是神仙姐姐的妹妹？（神仙之妹，非人间可有，倘若按刘心武先生推断是皇家血脉，倒说得过去，因为系龙女或龙孙女！）秦可卿日常用度，虽有夸张成分，但很惹人眼球：“设着武则天当日镜室中设的宝镜，一边摆着飞燕（汉代美女皇后，环肥燕瘦四大美女的主角之一）立着舞过的金盘，盘内盛着安禄山掷过伤了太真乳的木瓜。上面设着寿昌公主（唐朝公主）于含章殿下卧的榻，悬的是同昌公主（唐懿宗爱女，刚出嫁便身死，葬礼浩大惊人）制的联珠帐。宝玉含笑连说：‘这里好！’秦氏笑道：‘我这房子，大约神仙也可以住得了。’”（第五回）提到的几个人物，均具有皇家身份，令人生疑。还有，满书都有看病的，为什么只有给秦可卿看病时留下了药方？有人分析药方的意思是人参白术应该是代表她的父母，把云苓这两个字拆开，就是“人参白术云”，就是她的父母告诉她“令（苓）熟地归身”，命令她在她生长熟悉的地方结束她的生命。

儿媳妇死了，作为公公的贾珍“哭的泪人一般”（脂砚斋在此批道：“可笑！如丧考妣，此作者刺心笔也。”）为何叫刺心笔呢？“如何料理，不过尽我所有罢了”〔脂砚斋在此批道：“尽我所有，为媳妇是非礼之谈，父母又将何以待之？故前此有恶奴酒后狂言（焦大骂爬灰。笔者注）及复见此语，含而不露，吾不能为贾珍隐讳”〕。“恨不能代秦氏之死”（第十三回），很不符合封建社会伦理。更不寻常的是，秦可卿竟然用坏了事的义忠亲王老千岁的棺木入殓（贾政也劝了“此物恐非常人可享”，贾珍也不肯听）。吊唁一个无职无分的媳妇竟然惊动了大明宫掌宫内相戴权，脂砚斋在此批道：“妙！大权也。”而且是先备了祭礼遣人来，次后坐了大轿，打伞鸣锣，亲来上祭。北静王水溶也来了，连贾珍也感觉不好意思，说了句：“犬妇之丧，累蒙郡驾下临，荫生辈何以克当！”怪不怪？还有秦可卿的两个小丫鬟一个名宝珠，另一个名唤瑞珠，也很不合常理，因为宝玉哥哥叫贾珠，是犯了忌的，是绝对应改名的。书中有类似情节，第二回，贾雨村听说黛玉母亲叫贾敏，拍案笑道：“怪道这女学生读至凡书有敏字，他皆念作密字，每每如是。写的字遇敏字，又减一二笔……”第二十四回，“原来这小红本姓林，小名红玉，只因玉字犯了林黛玉、宝玉，便把这个字隐起来，便都叫他小红。”即使作者本人，对仙逝的长辈也是很注意避讳的。第五十二回，“一时只听自鸣钟已敲了四下”。脂砚斋先生批道：“按‘四下’乃寅正初刻。寅此样法，避讳也。”这避谁的讳呢？曹雪芹祖上曹寅也。还有前文提到了，全书中凡遇鼎字一律不用正规楷字，而以变形异字鼎代替。这是为避曹寅内兄李煦之子李鼎的名讳。独独秦可卿的丫头为什么可以不避呢？

而且，脂砚斋第十三回眉批非常奇怪：“此回可卿梦阿凤，盖作者大有深意存焉。可惜生不逢时，奈何，奈何！……秦可卿淫丧天香楼，作者用史笔也。老朽因有魂托凤姐贾家后事二件，嫡是安富尊荣坐享人能想得到处？其事虽未漏，其言其意则令人悲切感服，故赦之，因命芹溪删去。此回只十页，因删去天香楼一节，少却四五页也。”还是在此回：“彼时合家皆知，无不赞叹，都有些疑心。”脂砚斋更有大段批语：“九个字写尽天香楼事，是不写之写。通回将可卿如何死故隐去，是大发慈悲心也。叹叹！壬午春。”人死了，为什么都有些疑心？更何况秦一直有病的？还有“秦可卿淫丧天香楼”用史笔（史家记叙史实的笔法）什么意思？就是照实说了！照实说的，为什么删去呢？有什么隐情？

基于疑点，刘心武先生开创红学新流派“秦学”，以秦可卿入手，推断出秦为废太子之女，虽不完全苟同，却很有道理。这条主脉由凤姐沿袭下来，逐渐由秦可卿“设计”的轨道铺陈开来。

# 六

# 看立意

所谓立意，就是该书所表现出来的一些主要的思想倾向。这种思想倾向，也是作者的初衷，即拥护什么、反对什么，不用自己说，借书中人物之口说出来，借其手做出来。

**先看看其反传统的创作文学观**。在书中的第一回就开宗明义，指出此书无论创作手法，还是人物情节与传统方式、方法均不同。请看："历来野史皆蹈一辙，莫如我不借此套者反到别致新奇，不过只取其事体情理罢了，又何必拘拘于朝代年纪哉！再者市井俗人，喜看理治之书者甚少，爱看适趣闲文者特多。历来野史，或讪谤君相，或贬人妻女，奸淫凶恶，不可胜数。更有一种风月笔墨，其淫秽污臭，涂毒笔墨，坏人子弟又不可胜数。至若佳人才子等书，则又千部共出一套，且其中终不能不涉于淫滥，以致满纸潘安、子建、西子、文君，不过作者要写出自己那两首情诗艳赋来，故假拟出男女二人名姓，又必傍出一小人其间拨乱，亦如戏中之小丑然。且嬛（huán，多指女子体态美好）婢开口即者也之乎，非文即理。故逐一看去，悉皆自相矛盾大不近情理之说。竟不如我半世亲睹亲闻的这几个女子，虽不敢说强似前代所有书中之人，但事迹原委，亦可以消愁破闷，也有几首歪诗熟话，可以喷饭供酒。至若离合悲欢，兴衰际遇，则又追踪摄迹，不敢少加穿凿，徒为供人之目而反失其真传也。"

其实，第五十四回"史太君破陈腐旧套"，更直白地说出当时流行文字的常见病。她听了女说书人讲了《凤求鸾》的故事之后，批道："这些书都是一个套子，左不过是些佳人才子，最没趣儿，把人家女儿说的那样坏，还说是佳人，编的连影儿也没有，开口都是书香门第，父亲不是尚书就是宰相，生一个小姐，必是

湘莲江湖行侠事

三姐静室斩情丝

爱如珍宝，这小姐必是通文知礼无所不晓，竟是个绝代佳人，只一见了一个清俊的男人，不管是亲是友，便想起终身大事来。父母也忘了，诗礼也忘了。鬼不成鬼，贼不成贼，那一点儿是佳人？便是满腹文章，做出这些事来，也算不得佳人了。”

**反皇权倾向明显，但手法隐晦**。皇权至高无上。前文已说，曹家是被抄家了的。从密折专奏之家变为“举家食粥酒常赊”的地步，对皇权的痛恨可想而知。因此，那种愤懑之情无法开怀痛骂，只好借手中笔尽情宣泄。但是手法也相当隐晦，以免杀身之祸。来看第十六回：“宝玉又将北静王所赠鹡鸰（jí lìng，指一种鸟类）香串珍重取出来，转赠黛玉。黛玉说：‘什么臭男人拿过的，我不要他！’遂掷而不取。”此句虽短，但意味深长，北静王所赠香串是谁给的？前面可是有明确交代的。第十五回：“（北静王）水溶又将腕上一串念珠卸了下来，递与宝玉道：‘今日初会，仓猝间竟无敬贺之物，此系前日圣上亲赐脊苓（同上“鹡鸰”）香念珠一串，权为贺敬之礼。’”脊苓香串可不是“臭男人”拿过的，而是当今皇上，并且是“前日”亲赐的。赐给谁的？王爷的。对于皇上和王爷敢称“臭男人”，可见，对于皇权的不屑。后面又对此加以强化。第十六回，夏太监来降旨“吓得贾赦、贾珍等一干人……”“贾母等合家人等心中皆惶惶不定……”“贾母正心神不定，在大堂廊下伫立……”此皆说皇权无常！再看第十八回，贾元春省亲时，对贾母、王夫人怎么说？“当日既送我到那见不得人的去处……”皇宫怎么是“见不得人呢”？此后还对贾政说：“田舍之家，虽齑盐（jī yán，指酸菜和盐，借指贫困）布帛，终能叙天伦之乐。今虽富贵已极，骨肉各方，然终无意趣！”

**反正统思想也是通过一番长篇大论来表达的，但这种思想是值得商榷的**。第三十六回，贾宝玉有这样一篇话：“人谁不死，只要死得好。那些个须眉浊物，只知道文死谏，武死战，这二死是大丈夫死名死节，竟何如不死的好！必定有昏君他方谏，他只顾他邀名，猛拼一死，将来弃君于何地？必定有刀兵他方战，猛拼一死，他只顾图汗马之名，将来弃国于何地？……那武将不过仗血气之勇疏谋少略，他自已无能，送了性命，这难道也是不得已？那文官更不比武将了，他念两句书汙（yū，应同迂）在心里，若朝廷少有瑕疵，他就胡弹乱劝，只顾他邀忠烈之名浊气一湧（同'勇'），即时拼死，这难道也是不得已？还要知道，那朝廷是受命于天，他不圣不仁，那天也断断不把这万几重任与他了。可见那些死的都是沽名，并不知大义。"虽然有些人对这样的话有不同程度理解，但对于传颂几千年的"文死谏""武死战"思想是一种否定。

**反科举思想倾向很明显，而且多次非常直观地表达出来。**第三十二回，湘云劝宝玉讲些仕途经济学问，遭到宝玉的反驳。宝玉说了一句"林妹妹从来说过这些混帐话不曾？若他也说这些混帐话，我早和他生分了。"第三十六回："那宝玉素日本就懒与士大夫诸男人接谈，又最厌峨冠礼服贺吊往还等事……或如宝钗辈，有时见机道劝，反生起气来，只说好好的一个清净洁白的女儿，也学得吊名沽誉，入了国贼禄鬼之流……不想闺阁中亦有此风也，真真有负天地毓秀钟灵（yù xiù zhōng líng，指山川秀美，人才辈出）之德。……独有林黛玉自幼不曾劝他去立身扬名等话，所以深敬黛玉。"以现在观点，科举制度与高考制度、公开招聘制度一样，有其利也有其弊，相比较封建社会"买官"来讲，科举制度为穷学子为国效力提供了可能。同样时下的公开招聘、高考制度也为穷家子弟鲤鱼跃龙门提供了可能。

**反权贵思想是值得提倡的。**旧社会就有"侯门深似海"之说，也有"朱门酒肉臭，路有冻死骨"的反映。封建权贵腐朽、堕落自古有之，出身豪门却反对自己曾经的阶层，实在难能可贵。第七回："宝玉秦钟二人随便起坐说话。那宝玉只一见秦钟人品，心中便如有所失，痴了半日。自己心中又起了呆意，乃自思道：'天下竟有这等人物！如今看来，我就成了泥猪癞狗了。可恨我为什么生在这侯门公府之家？若也生在寒儒(指贫寒的读书人)薄莒(jǔ音，出自《诗经》指收入极少)之家，早得与他交结，也不枉人生一世。若既如此比他尊贵，可知绫锦纱罗，也不过裹了我这根死木。美酒羊羔，也只不过填了我这粪窟泥沟。富贵二字，不料遭我涂毒了。'"还有第四回，薛蟠搬入贾府后，"今日会酒，明日观花，甚至聚赌嫖娼，渐渐无所不至，到引诱的薛蟠比当日还坏了一倍"。（现行普及版本大多写作"更坏了十倍"）

**反贞节旧礼教思想更不容易**。即使在当下中国，人们形容一个人在男女关系上看不开，还会说"老封建"。其实"男女授受不亲"思想到现在还很有市场。在封建社会，丧偶续弦，或改节再嫁是失德之举，视为对配偶不贞。几百年前，曹雪芹能看透这一点很不容易。概括起来，喜新不厌旧！第五十八回："芳官笑道：'那里是友谊，他竟是疯痴的想头，说他自己是小生，菂（dì）官是小旦，常作夫妻。虽说是假的，每日那些曲文排场皆是真正温存体贴之事，故此二人就疯了，虽不作戏，寻常饮食起坐，两个人竟是你恩我爱。菂（dì）官一死，他哭得死去活来，至今不忘，所以每节烧纸。后来补了蕊官，我们见他一般的温柔体贴，也曾问他得新弃旧的，他说这又有个大道理，比如男子丧了妻，或有必当续弦者，也必要续弦为是。但只是不把死的丢开不提，便是情深意重了。若一味因死的而不续，孤守一世，妨了大节，也不是礼，死者反不安了。你说可是又疯又呆，说来可是可笑？'宝玉听说了这篇呆话，独合了他的呆性。"

**反等级至今都很难，更何况几百年前？但曹雪芹做到了**。第十五回，写贾宝玉在村落脚时如何写的？"凡庄农动用之物，皆不曾见过。宝玉一见了锹、镢、锄、犁等物，皆以为奇……只见炕上有个纺车，自为有趣……"宝玉正在玩耍，不想被二丫头喊住。二丫头给他演示了如何使用纺车后，被人叫走。"宝玉怅然无趣”。脂砚斋在此处批语为：“处处点情，又伏下一段后文。”伏什么下文呢，就是当他们走时，赏了村妇。庄妇等来叩赏，“宝玉却留心看时，内中并无纺线的二丫头。”脂砚斋在此处又批语：“妙在不见。出来走不多远，只见迎面那二丫头怀里抱着他小兄弟，同着几个小女孩子说笑而来。宝玉恨不得下车跟了他去，料是众人不依的，少不得以目相送。”脂砚斋在此处再批语：“妙在此时方见，错综之妙如此。”宝玉对平民化、自由自在生活的向往可见一斑。第六十六回，下人兴儿怎样评价第一人物宝玉的呢？兴儿笑道：“……再者也没刚柔，有时见了我们，喜欢时，没上没下，大家乱顽一阵。不喜欢，各自走了，他也不理人。我们坐着卧着，见了他也不理，他也不责备。因此没人怕他，只管随便，都过得去。”封建社会，等级森严，一个奴才见了主人，而且最得宠的主子竟然“不理”，“他也不责备”，可见宝玉是反权贵的，说白了是曹雪芹成书的主旨思想。

**反乱敬神礼佛倡导文明祭祀至今有强烈的现实意义**。许多国人心肠宽厚，不管是哪路神仙，不管三七二十一，见了就叩拜，至今也是如此。改革开放以来，由于人们思想的迷失，这种盲目呈有增无减的趋势。许多官员也加入这一行列，不信马列信鬼神，殊不知早在《红楼梦》中，曹雪芹先生就给出了自己的看法，让我辈汗颜。第四十三回：“宝玉道：‘我素日因恨俗人不知原故，混供神，混盖庙，这都是当日有钱的老公们和那些有钱的愚妇听见有个神，就盖起庙来供着，也不知那神是何人，因听些野史小说，便信了真。比如这水仙庵里面，因供的是水洛神，故名水仙庵。殊不知古来并无有个洛神，那原是曹子建的谎话。谁知这起愚人就塑了像供着，今儿却合了我的心事，故借他一用。’”

先人、亲朋去世，献束花，鞠躬致哀，无可厚非。但时至今日，烧纸祭礼的旧传统仍然盛行。但曹雪芹认为祭祀贵在“诚心”，心诚意结，不但死者可享受，而且鬼神、佛也可，思想奇特，至今让人回味叹服。第五十八回："宝玉道：'已（同"以"，下同）后断不可烧纸钱，这纸钱原是后人异端，不是孔子的遗训。已后逢时按节，只备一个炉，到日随便焚香，一心诚虔，就可感格（感动之意）了。愚人原不知，无论神佛死人，必要分出等例，各式各例的，却不知只以诚信为主。即值怆惶流离之日，虽连香亦无，随便有土有草，只以洁净，便可为祭。不独死者为祭，便是神鬼，皆是来享的。你瞧瞧我那案上只设一炉，不论日期，时常焚香，他们皆不知原故，我心里却各有所因。随便有新茶便供一钟茶，有新水便供一盏水，或有鲜花或有鲜果，甚至荤羹腥菜，只要心诚意洁，便是佛，也都可来享。所以说只在敬，不在虚名。已后快命他不可再烧纸。'"

**反世俗，就对于妓女，还有三教九流式的人物的态度也很有超前性**。在世俗眼中，风尘、卖笑女子最无情。即使现在看来，莫不是如此观点。但在《红楼梦》一书中却打破此观点。尤三姐虽行为放荡不羁，却堪称宝玉知音的"脂粉英雄"，第六十六回："尤三姐道：'咱们也不是（宝玉）见一面两面的，行事、言谈、吃喝原有些女儿气，那是只在里头惯了的。若说糊涂，那些儿糊涂？姐姐记得穿孝时咱们同在一处，那日正是和尚们进来绕棺，咱们都在那里站着，他只站在头里挡着人。人说他不知礼，又没眼色。过后，他没悄悄地告诉咱们说，姐姐不知道，我并不是没眼色。想和尚们脏，恐怕气味熏了姐姐们。接着他吃茶，姐姐又要茶，那个老婆子就拿了他的碗去倒。他赶忙说，我吃脏了的，另洗了再拿来。这两件上，我冷眼看去，原来他在女孩子们前不管怎样都过得去，只不大合外人的式，所以他们不知道。'"但立誓嫁给柳湘莲后，如同换了一个人。却不料多情却被误解，无奈"耻情归地府"！在此，脂砚斋大发感慨："余叹世人不识情字，常把淫字当作情字。殊不知淫里有情，情里无淫，淫必伤情，情必戒淫，情断处淫生，淫断处情生。三姐项上一横是绝情，乃是正情。

湘莲万根皆削是无情，乃是至情。生为情人，死为情鬼，故结句曰来自情天，去自情海，岂非一篇尽情文字。再看他书，则全是淫不是情了。”其实，在《红楼梦》中还有类似人物，第七十七回，晴雯被撵出大观园后，宝玉去看她，突遇“遂恣（zì，纵情）情重欲，满宅内便延揽英雄，收纳才俊，上上下下竟有一半是他考试过的”的姑舅嫂子灯姑娘。如此放荡女子在调戏不成宝玉后，说了一席话，让人动容：“……就比如方才我们姑娘下来，我也料定你们素日偷鸡摸狗的。我进来一会，在窗下细听，屋内只你二人，若有偷鸡摸狗的事，岂有不谈及于此，谁知你两个竟还是各不相扰。可知天下委屈事也不少。如今我反后悔错怪了你们。既然如此，你但放心，已后你只管来，我也不啰唣（luó zào，吵闹）你。”在此，想起《茶花女》中的一句话，大意是：如果获得一个正常女人的爱情、真情容易，但获得一个妓女的真情、爱情却很难很难，因为她们一旦决定，就会至死不渝！尤三姐，不就是如此？还有柳湘莲、蒋玉菡、冯紫英等，有的是戏子，有的是商客，有的是闲士，都是社会的“边缘人”，人世间的浪子。在贵族豪绅眼里，他们都是不可交往的三教九流之辈。可是，身处贵族社会中心位置的贾宝玉，不仅没有瞧不起他们，而且和他们结成深厚的情谊，敬重他们，关怀他们，把他们引为知己，实在难能可贵！

# 七

# 看至情

曹雪芹著书之“大旨谈情”应专指至情，情至极处，即谓情痴、情情、情种。本人认为这是最能体现《红楼梦》思想价值的一部分，也是整部著作的最高潮。《红楼梦》中的贾宝玉不要金玉良缘，不要封建时代的门当户对，他希望的只是自由的恋爱、自主的婚姻。但这种思想却处处碰壁，毕竟，困在笼的小鸟除了挣扎地死去外没有他法。贾宝玉与林黛玉青梅竹马，两情相悦却最终天人永隔，让人惋惜让人叹的同时又让人对罪恶的封建包办婚姻痛恨不已。“侬今葬花人笑痴，它日葬侬知是谁？”一首哀怨的情诗透露出诸多的无奈。《红楼梦》中没有明确地提出婚姻自由的口号，但贾宝玉与黛玉的爱情却是这种思想的最好见证！

过去的文学作品也有这方面内容的，如王实甫的《西厢记》。张生、崔莺莺一见钟情，自由恋爱，但最后他们还是由皇帝赐婚而结合，被纳入皇权的轨道，没有反抗到底。汤显祖的《牡丹亭》最后也是皇帝赐婚，纳入礼教的轨道。宝玉的选择不是轻而易举的，他选择的标准是俩人思想一致，情意相投，带有一种叛逆思想，这对封建时代“门当户对”的择婚标准是一种挑战。对于贾宝玉和林黛玉的经典用言语口述，不如重温《红楼梦》原句来得精彩。

第三回：贾宝玉和林黛玉，不说神瑛侍者和绛珠仙草，单从字面上理解，便知二人属于一见钟情，看：“黛玉一见便吃一大惊，心中想道：‘好生奇怪，到像在那里见过的一般，何等眼熟到如此！’”宝玉呢？“宝玉看罢，因笑道：‘这个妹妹我曾见过的。’贾母笑道：‘可又是胡说，你又何曾见过他？’宝玉笑道：‘虽然未曾见过他，然我看着面善，心里就算是就相认识，今日只作远别重逢，未为不可。”

随着兴趣爱好相投，同居贾母处，后在大观园比邻而居，日久生情，二人已到至死不渝的地步，黛玉多次表露出誓与宝玉共生死的话。而宝玉也表露出黛玉死了，出家当和尚的念头。第五十七回，黛玉的丫头紫鹃谎称黛玉即将回苏州老家，宝玉发疯，得了急痛迷心之病，众人以为活不成了，结果黛玉如何？“黛玉一听此言，……哇的一声，将腹中之药一概呛出，抖肠搜肺炽胃扇肝的大嗽了几阵，一时面红发乱，目肿筋浮，喘的抬不起头来。紫鹃忙上来捶背，黛玉伏枕喘息了半晌，推紫鹃道：‘你不用捶，你竟拿绳子来勒死我是正经！’”黛玉宁可替宝玉去死，而宝玉对其情更深，早在第三十一回就表明心迹：“林黛玉笑道：‘你（袭人）死了，别人不知怎么样，我先就哭死了。’宝玉笑道：‘你死了，我作和尚去。’袭人笑道：‘你老实些罢，何苦来还说这些话。’林黛玉将两个指头一伸，抿嘴笑道：‘做了两个和尚了。我从今已后，都记着你作和尚的遭数儿。’”

黛玉逗鹦

情人吵架是因为在乎。加上宝钗的金玉之说，黛玉对与宝玉的感情并无十分把握。因此，经常在一些小事上和宝玉拌嘴、吵架，自己也大为劳精费神、寝食不安。宝玉看在眼里，疼在心头，说出了一番感人肺腑的情话。第三十二回：宝玉瞅了他半天，方说了“你放心”三个字。林黛玉听了，怔了半天方说道：“我有什么不放心的？我不明白这话，你倒说说，怎么是放心不放心？”宝玉叹了一口气，问道：“你果然不明白这话？难道我素日在你身上用的心都用错了？连你的意思，若体贴不着，就难怪你天天为我生气了。”林黛玉道：“真不明白这放心不放心的话。”宝玉点头叹道：“好妹妹，你别哄我。果然不明白这话，不但我素日之心白用了，且连你素日待我之意也都辜负了。你皆因总是不放心的原故，才弄了一身病，但凡宽慰些，这病也不得一日重似一日。”林黛玉听了这话，如轰雷掣电，细细思之，竟比自己肺腑中掏出来的还觉恳切，竟有万句言语，满心要说，只是半个字也不能吐，却怔怔地望着他。此时宝玉心中也有万句言语，一时不知从那一句上说起，却也怔怔地望着黛玉。两个人怔了半天，林黛玉只咳了一声，两眼不觉滚下泪来，回身便要走，宝玉忙上前拉住说道：“好妹妹，且略站站，我说一句话再走。”林黛玉一面拭泪，一面将手推开说道：“有什么可说的，你的话我早知道了。”口里说着，却头也不回竟去了。

宝玉站着，只管发起呆来。原来方才出来慌忙，不曾带得扇子，袭人怕他热，忙拿了扇子赶来送与他，忽抬头见林黛玉和他站着，一时黛玉去了，他还站着不动，因而赶上来说道：“你也不带了扇子去，亏我看见，赶了送来。”宝玉出了神，见袭人和他说话，并未看出何人来，便一把拉住说道：“好妹妹，我的这心事从来也不敢说，今儿我大胆说出来，死也甘心！我为你也弄了一身的病在这里，又不敢告诉人，只好挨着。只等你的病好了，只怕我的病才得好呢！睡里梦里也忘不了你！”

其实，宝玉对宝钗是很有感情的，他从皇妃姐姐所送礼物独他与宝钗相同，以及家人的暗示中（比如金玉姻缘），知道很多人希望他和宝钗走到一起。但爱情不可替代！宝玉的呆性就在林妹妹身上，日有所思，梦有所悟，但他又不善于表达，不会直接伤害女孩的人，如何表达真实想法，让对方死心，又不至于太尴尬呢？说梦话是个不错的选择。正如有些人借醉吐真言一样！真梦，假梦，只有宝玉清楚！第三十六回：这里宝钗刚做了一两个花瓣儿，忽见宝玉在梦里喊骂说："和尚道士的话，如何信得！什么金玉姻缘，我偏说是木石姻缘！"薛宝钗听了这话，不觉怔了。

宝钗侍寝

其实，最精彩的应该是贾宝玉在林黛玉去世的时候，惊天动地的反应。因为从前八十回中可以看出端倪。比如秦可卿死后，宝玉是何反应？第十三回："如今从梦中听见说秦氏死了，连忙翻身爬起来，只觉心中似戳了一刀的不忍，哇的一声，直喷（同"喷"）出一口血来。"也就是说宝玉与秦有梦中交流，而且知其死了，还吐血了。再看，晴雯这个他心爱的丫头死了，是何反应？第七十七回：至五更方睡去时，只见晴雯从外头走来，仍是往日形景，进来笑向宝玉道："你们好生过罢，我从此就别过了。"说毕，反身便走。宝玉忙叫时，又将袭人叫醒。袭人还只当他惯了口乱叫，却见宝玉哭了，说道："晴雯死了！"除了此前，他偷跑出去探视晴雯外，晴雯死，他又与她梦中交流，并知道她死了。由此推断黛玉死时，他肯定与黛玉有梦中交流，而且在梦中已知其死，场景会很凄美。凄惨又很美丽。但可惜未见，即使很尊重原意的1987年经典电视剧《红楼梦》也没有类似镜头，而且显示黛玉死去多时，人去楼空了，才预感到她不在人间。这很不符合前面的思路。据传昙花一现的靖藏本《石头记》曾披露，黛玉之死的回目叫《证前缘》，后来宝玉曾写过像《芙蓉诔》的祭文来悼念她，我认为这才符合原文原意。续书的粗糙更是无法体会出其中真意的。

除了贾宝玉和林黛玉，《红楼梦》里还有几对情侣冲破封建阻力，大胆地追求自己的爱情。

**小红和贾芸**。二人是很奇怪的一对情侣，说奇怪因二人虽是小人物的一段爱情，却牵涉多个大人物、主人公。先说说小红之奇。

**一奇**是第二十四回："原来这小红本姓林，小名红玉，只因玉字犯了林黛玉、宝玉，便都把这个字隐起来，便叫他小红。"在这短短的一节文字中，脂砚斋有三个批注，这很不寻常。批注的内容更不寻常："又是个林""红字切绛珠，玉字则直通矣""妙文"。这不是很明显地说：林红玉就是影射绛珠仙草林黛玉的吗？小红是连晴雯甚至碧痕都不如的丫头，甚至跟她同级别、掏心说了真心话的佳蕙都不听她使唤，怎么是黛玉的影子呢？另据专家考证在后第二十七回有一个版本里脂砚斋有个这样的批注："凡小红传皆为黛晴而作。"试想也是，三人共同之处均是有才、有貌、心高气傲、口锋伶俐之辈，要说互相影射也说得过去。

**二奇**是大观园除了最神秘人物秦可卿外，谁还说过贾府事败的谶语？就是小红！第二十六回，宝玉患了一场大病，病好后，宝玉身边的丫鬟袭人、晴雯等，都受到了奖赏。小红虽然也在很辛苦地服侍宝玉，但却没有受到主子的赏赐。为此，佳蕙很替她打报不平，小红却说了一句很透彻的话："也不犯气他们，俗语说的千里搭长棚——没个不散的筵席，谁混一辈子呢？不过三年五载，各人干各人的去了，谁还认得谁呢？"这句话，说得真是大彻大悟，到头来还不是好似白茫茫大地，那几个赏钱又算得了什么呢。在那个时候，一个丫鬟的生死都掌握在主人的手中，这话确是至痛之言，一下就把佳蕙说哭了。小红什么身份？什么样的人物？能与十二钗中秦可卿同语？同感慨？怪不得脂砚斋在此批注：“却是小女儿口中无味之谈，实是写宝玉不如一姺（同‘环’）婢。”就是说贾宝玉的见识还不如一个小丫头呢。另外一句批语：“狱神庙红玉茜雪一大回文字，惜迷失无稿。”就是说小红在后三十回将以极重要角色登场。

**三奇**是小红才能。**能说：**第二十七回中，书中写道，小红从王熙凤处归来，恰好遇到了晴雯、麝月、碧痕、绮霞诸人。晴雯见了小红便说道：“你只是疯罢！院子里花儿也不浇，雀儿也不喂，茶炉子也不熿（同‘烧’），就在外头闲曠（同‘逛’）罢！”小红道：“昨日二爷说了，今儿不用浇花，隔一日浇一回罢。我喂雀儿的时候，姐姐还睡觉呢！”这一说，一下就把晴雯噎了回去。接着，碧痕又来发难：“茶炉子呢？”小红又回敬道：“今儿不是我熿的班儿，有茶没茶别问我。”这一句话，回得更干脆。这时，绮霞又发话了：“你听听她的嘴！你们别说了，让她曠去罢。”小红道：“你们再问问我曠了没曠？二奶奶使唤我说话取东西来。”说着，将荷包举给他们看。众人这才没言语，各自走开。你看，小红的这一番辩白，是不是有一种诸葛亮舌战群儒的味道？而且话中绵里藏针，软中带硬，难怪薛宝钗也要躲着她走了。**能干：**小红之所以受到王熙凤的赏识，也是因为一番妙似绕口令般的回话，什么五奶奶来瞧奶奶，奶奶问这里奶奶好，还要和这里的姑奶奶寻两丸延年神验万全丹。若有了，奶奶打发人来，只管送在我们奶奶这里……总之，这一串绕口令似的回话，凸显其思路清晰，遇事敏捷的才能，并最终被凤姐收归于麾下。**心高气傲不惧上：**第二十四回，当她给宝玉端茶时，宝玉说不认识她时，她当即发一声冷笑，说：“爷不认得的也多，岂止我一个。从来我又不递茶递水拿东拿西，眼面前的事一点儿不作，爷那里认得呢！”此话又是绵里藏针、花中吐刺之语，足见小红非等闲之辈。

**四奇**是凤姐要认她做干女儿。大观园里最有权势的女人主动要认她做女儿，虽然差了辈，没认成，但说明凤姐对其各方面的认可，其身上应有凤姐的影子，除了黛玉、晴雯的性格，还有泼辣、有心机、能干。集中凤姐、黛玉之长的人，小红堪称全才人物，大观园里能容得下她吗？后三十回，小红必是出类拔萃、凤毛麟角式的奇女子。

**五奇**是换手帕。黛玉与宝玉换的手帕，而且是旧手帕。笔者推断其意两层：一是让黛玉放心，称咱们是旧人，青梅竹马。另一层是劝她不要伤心。而小红也偏偏用旧手帕寄相思，奇怪否？要知道，曹雪芹从不用相同情节表达故事的。

**六奇**是小红也有花来代替。我们都知道黛玉与晴雯都用芙蓉花来象征，小红是什么花呢？书中有类似情节，第二十五回，宝玉找小红看到什么情景呢？“宝玉便靸（读tā同‘趿’趿拉，穿鞋只套上脚尖）了鞋晃出了房门，只粧着看花儿，这里瞧瞧，那里望望，一抬头，只见西南角上游廊底下栏杆上似有一个人倚在那里，却恨面前有一株海棠花遮着，看不真切。只得又转了一步，仔细一看，可不是昨儿的那个丫头在那里出神。”谁是海棠花？湘云也。为什么不是别的花，却是海棠花，她又与湘云是何关系呢？

**七奇**是书中多次说到小红的正面形象描写，虽不太多，但是除了贾芸眼里，从凤姐、宝玉眼中所得都是如此：“见他生的干净俏丽，说话知趣”（凤姐眼中，第二十七回），“穿着几件半新不旧的衣裳，到是一头黑鬒鬒（zhěn，头发黑而浓密）的好头发，挽着个□（字），容长脸面，细巧身材，却十分俏丽干净”（宝玉眼中）；“却是一个十六七岁的丫头，生的到也细巧干净”（贾芸眼中）（第二十四回）。对一个最末级的丫头有这么多正面描

小红遗帕惹相思

贾芸恭孝献海棠

写，在大观园里是独一份，即使迎春、惜春也比不了，为什么？

在此大篇章说小红，说明并非仅仅是感情的问题，她身上有凤姐、黛玉、湘云、晴雯的影子，能进入她眼中的会是一般的男子吗？绝对不可能！的确如此，虽然贾芸是破落的贵族子弟，但他却是曹雪芹笔下为数极少的没有写缺点的贾家子弟。

**一奇**贾芸外貌：从第二十四回出场，贾芸就表现与众不同，宝玉看时，书中用“生得着实斯文清秀”来形容，殊不知，简单几个字，已是本书最正面、最高的评价。黛玉作为第一主人公，最初出场也只用了“聪明清秀”（第四回）四个字。贾芸还加了两个字“着实”。可见，贾芸在作者心目中的分量。

**二奇**宝玉主动认贾芸当儿子。宝玉见了他说：“你到比先越发出条（同‘挑’）了，到（同‘倒’）像我的儿子。”（第二十四回）这种话很突兀，怪不得连脂砚斋也诧异在此评论：“何尝是十二三岁小孩语。”有人认为这是宝玉对贾芸轻贱。实则不然，首先宝玉不是这样的随便作践别人的人，从后文下人兴儿的口中得知。再者，这句话联系起来看，就明白了，第一句是夸人的，出挑是北方话，类似出息的意思。一个优秀的人最爱的、最希望的就是自己的儿子跟自己一样优秀，甚至超过自己。将别人比得像自己儿子只能说明对对方的认可。

**三奇**白海棠是贾芸所送。前面说了小红为海棠花所挡，湘云又是海棠花的象征。因此，依脂砚斋批注的贾芸和小红后三十回的一番作为来看，笔者推断，贾芸和小红应是宝玉和湘云脱险重逢的关键人物。

**四奇**是贾芸虽然“最伶俐乖觉”（第二十四回），但很有骨气。贾芸是敏感和有骨气的，他听说宝玉的话并非歹话，因此随机应对。跟他后面见舅舅卜世仁刻薄寡恩后，拂袖而去，形成鲜明对照。同时，贾芸赌气离了母舅家门，不想一头就撞在一个醉汉身上，这倪二是个泼皮，专放重利债，在赌场吃闲钱，专管打降（打架）吃酒。这种人物是不把一般人放在眼里的，但听说是贾芸，是何反应？“将醉眼睁开看时，见是贾芸，忙把手松了，趔趄（liè qie，站不稳要摔倒）着笑道：‘原来是贾二爷，我该死，我该死！’”（第二十四回）脂砚斋在此批道：“如此称呼，可知芸哥素日行止，是金盆虽破分两（同‘量’）在也。”并且，倪二主动借给他钱，分量还足。还有他见凤姐送礼、会说话、送宝玉海棠花等一系列事来看，贾芸跟小红一样做得很到位。无论才貌应是跟小红是天生的一对。这也是二十四回后，像脂砚斋批语所道：“此人后来荣府事败，必有一番作为。”此回目前，脂砚斋也有批语：“‘醉金刚’一回文字，伏芸哥仗义探庵。”不看续书，看 1987 年电视剧《红楼梦》有此情节，贾芸在贾府被抄家后，上下打点，有救出小红，并去狱神庙探望宝玉等情节，这应该是符合原著意思的。因此，小红与贾芸的爱情虽然着墨不是特别多，但是最正面、也最值得羡慕的一对，应在后三十回有精彩上演。

龄官画蔷

**贾蔷和龄官**。龄官画蔷，是红楼里很美的一个场景，那是三十回宝玉从贾母那里回来，然后看到蔷薇花下一个女孩子正拿着簪子在地上画什么，画得那么认真，画完一个“蔷”，又画一个“蔷”，已经画了有几千个。后来下雨了她都依然在那里画，这一幕深深地感染了宝玉。后来宝玉去梨香院然后让龄官为他唱一曲《牡丹亭》，可是龄官病着就是不给唱，宝玉落了个没趣儿，这个时候贾蔷回来了，然后给龄官带来了一只漂亮的鸟儿，他原本想让龄官开心的，可是却勾起了她的伤心事，因为龄官是贾家为元妃省亲买来的戏子，毫无自由可言，宛如一只囚鸟。贾蔷对龄官关心龄官也是感同身受，投桃报李，贾蔷要去给龄官请太医，时正中午，日头狠毒，龄官死活也不让去。这一幕贾宝玉看得很清楚，他联想到龄官画蔷的一幕，深悟人生情缘，各有分定。贾蔷是贾家的远亲，主要负责戏班子，也算一个主子了，而无论龄官唱得多么好也只是一个戏子而已，可是他们却走到了一起，深深地相爱了，前八十回没有写出他们的结局，后来红楼十二官都离开梨香院了，龄官自然也不会留在贾家，她不想再没有自由，也许和贾蔷走到了一起，也许独自浪迹天涯了。

**贾环和彩霞（有时写为彩云，系笔误也）**。贾环虽小，但由于是赵姨娘所生，近墨者黑，心肠也变得歹毒。第二十五回，竟然想烫瞎贾宝玉的眼睛。但是就这么一个很讨人嫌的人物，彩霞对其却情有独钟。也在此回，王夫人令贾环抄《金刚经》，贾环对丫鬟们吆五喝六，结果讨众人嫌。只有彩霞给他倒水，贾环却不领情，还恶语相向。“贾环道：‘我也知道了，你别哄我。如今你和宝玉好，把我不答理，我也看出来了。’彩霞咬着嘴唇，向贾环头上戳了一指头说道：‘没良心的，才是狗咬吕洞宾，不识好人心。’”（第二十五回）这样文字何其好看？脂砚斋在此大有感慨：“风月之情，皆系彼此业障所牵。虽云惺惺惜惺惺，但从业障而来，蠢妇配才郎，世间固不少，然俏女慕村夫者尤多。所谓业障牵魔，不在才貌之论。此等世俗之言，亦因人而用，妥极当极！”这话什么意思呢？本意就说缘分自有天定，不都是郎才女貌。还是此回，贾宝玉逗彩霞时，一个小奴才，对贾宝玉怎么反抗的？“宝玉便和彩霞说笑，只见彩霞淡淡的不大答理，两眼睛只向贾环处看。宝玉便拉他的手笑道：‘好姐姐，你也理我一理儿呢！’一面说，一面拉他的手。彩霞夺了手道：‘再闹我就嚷了。’”同样的，贾环小小年纪，也很疼爱彩霞。第六十回，他从宝玉处好不容易求了一包硝，虽然被芳官调了包，但他兴兴冲冲来见彩云，“我也得了一包好的，送你擦脸。你常说蔷薇硝擦脸比外头的银硝强……”得知上当后，贾环仍笑道：“这也是好的，硝粉一样，留着擦罢。自是比外头买的高便好。”主子对丫头呵护如此，可见爱情不分贵贱！

**秦钟与智能儿**。第十五回：且说秦、宝二人正在殿上顽耍，因见智能过来，宝玉笑道：“能儿来了。”秦钟道：“理那个东西作什么？”宝玉笑道：“你别弄鬼，那一日在老太太屋里，一个人没有，你搂着他作什么来？这会子还哄我？”秦钟笑道：“这可是没有的话。”宝玉笑道：“有没有我也不管你，你只叫住他到碗茶来我吃，就丢开手。”秦钟笑道：“这又奇了，你叫他到（同‘倒’）去，还怕他不到？何必要我说呢。”宝玉道：“我叫他到的是无情意的，不及你叫他到的是有情意的。”秦钟只得说道：“能儿到碗茶来给我。”那智能儿自幼在荣府走动，无人不识，因常与宝玉、秦钟顽耍。他如今大了，渐知风月，便看上了秦钟人物风流，那秦钟也极爱他妍媚，二人虽未上手，却已情投意合了。今智能见了秦钟，心眼俱开，走去到了茶来。秦钟笑说：“给我。”宝玉说：“给我！”智能儿抿嘴笑道：“一碗茶也来争，我难道手里有蜜！”宝玉先抢得了，吃着，方要问话，只见智善来叫智能去摆茶碟子，一时来请他两个去吃茶果点心。他两个那里吃这些东西，坐一坐仍出来顽笑。原景再现，活灵活现。秦钟与智能儿的感情，让贾宝玉深为羡慕，正应了他说的“原来缘分自有天定”。

# 八

# 看结构（看整体）

《红楼梦》到底写完了没有？原来如何？历来莫衷一是。“草蛇灰线，伏脉千里”这种写法是《红楼梦》绝佳的大手笔。也就是说《红楼梦》从开篇，每句话都有用，几乎没有废话。“字字看来皆是血，十年辛苦不寻常。”通过“草蛇灰线，伏脉千里”的写法对照和脂砚斋的批注透漏，《红楼梦》是写完了。

第十九回，宝玉说起袭人的表妹：“……我不过是赞他好，正配生在这深堂大院里，没的我们这种浊物到生在这里！”脂砚斋在此大发感慨，并说出了很惊心动魄的文字：“……实亦不能评出此二人终是何等人物，后观情榜评曰：宝玉情不情，黛玉情情，此二评自在评痴之上，亦属囫囵不解，妙甚！”还是此回，说到袭人回家之时，其母兄想将她赎回，她说：“当日原是你们没饭吃，就剩我还值几两银子，若不叫你们卖，没有个看着老子娘饿死的理。”脂砚斋在此评论：“补出袭人幼时艰辛苦状，与前文之香菱，后文之晴雯大同小异，自是又副十二钗中之冠。”第十八回，写妙玉出现的情节时，脂砚斋在此评论，有几句话特别重要：“树处引十二钗，总未的确，皆系漫拟（好像似的意思）也，至末回警幻情榜，方知正副再副及三四副芳讳。”这些评论证明，本部书最后有一个情榜，就跟那个《水浒传》最后一百单八将排座次一样，这个情榜怎么排呢？可以推测，除了贾宝玉全是女性，脂砚斋说贾宝玉后面还有考语（指对人品德行为的评语），就是情榜对每一个人，后面都有一个鉴定，贾宝玉的考语是“情不情”。黛玉的考语是“情情”，黛玉是把她的感情只献给她爱的那个人，很专一。就是说，从第五回册页我们就知道，他是有金陵十二钗正册、副册、又副册的构想，可能到最后，他就决定像《水浒传》

一样，出一个总榜，他是每十二个人一组，分九组，一百零八个女性都在榜上，他写完了的。第十六回："那凤姐儿已是得了云光的回信，俱已妥协。老尼达知张家，果然那守备忍气吞声的收了前聘之物。谁知那个张财主虽如此爱势贪财，却养了一个知义多情的女儿。"至此，脂砚斋评论："所谓老鸦窝里出凤凰。此女是在十二钗之外付（副）者。"周汝昌先生推断，与贾府无关附录者还有十二名，是为"外副钗"。

第二十回："李嬷嬷见他二人来了，便拉住诉委曲，将当日吃茶，茜雪出去，与昨日酥酪等事，唠唠叨叨说个不清。"在此，脂砚斋评论："茜雪至狱神庙方呈正文，袭人正文标昌[目日]；花袭人有始有终。余只见有一次誊清时与狱神庙慰宝玉等五六稿被借阅者迷失。叹叹！"脂砚斋想说的是茜雪后面还有以主角姿态的正面描写，而且是为了安慰身陷牢狱的贾宝玉，并且回目都写好了，还修改了五六次，但可惜的是被人借跑了。第二十六回，脂砚斋再次对此呼应：红玉道："也不犯气他们，俗语说的千里搭长棚——没个不散的筵席，谁混一辈子呢？不过三年五载，各人干各人的去了，谁还认得谁呢？"这两句话不觉打动了佳蕙，由不得眼睛红了，又不好意思好端端的哭，只得勉强笑道："你这话说得却是。昨儿宝二爷还说明儿怎么样收拾房子，怎么样做衣裳，到像有几万年的熬头。"在此，脂砚斋批道："却是小女儿口中无味之谈，实是写宝玉不如一婢婢。"其意思说的是宝玉还不如红玉看得透，因为转眼就大难临头了〔此说法就在此回贾芸随着坠儿，逶迤来至怡红院中。看见了"怡红快绿"匾额，感叹道："怪道叫怡红院，原来匾上是这四个字。"（第二十六回）脂砚斋批道："伤哉，转眼便红稀绿瘦矣。叹叹！"还是在红玉与佳蕙闲聊处，脂砚斋照应前批："狱神庙红玉茜雪一大回文字，惜迷失无稿。"也就是说整个一个篇章的文字是说红玉、茜雪的，后续书却没有发现类似文字。脂砚斋还在第二十一回开头告诉你，八十回后有一个回目叫“薛宝钗借词含讽谏，王熙凤知命强英雄”。评论之前还有这样一句：“按此回之文固妙，然未见后卅（读 sà，三十的意思）回，犹不见此之妙。此曰‘娇嗔箴宝玉，软语救贾琏’。后曰‘薛宝钗借词含讽谏，王熙凤知命强英雄’。”（第二十一回）这个回目续书里是没有的。还有第二十五回，癞头和尚和跛足道人救宝玉、凤姐一节，脂砚斋批道：“通灵宝玉除邪，全部百回，只此一见……”注意用词，是全部百回！证明批书人看完了全本《红楼梦》。第四十二回回首，脂砚斋有个批语：“钗玉名虽二个，人却一身，此幻笔也。今书至三十八回时，已过三分之一有馀，故写是回，使二人合而为一，请看黛玉逝后宝钗之文字，便知余言不谬矣。”〕这段批语表达了至少两个意思：一个是书写完了，而且作者看到了黛玉去世、宝钗替代（非简单替婚）的文字；二是书至三十八回时，已过三分之一有余，如没有看完整部书，怎么会有此断言？三分之一有余之断，证明了很有可能就是多数红学专家推断的全书共一百零八回，三分之一不就是三十六回呀！同样是第四十二回，刘姥姥为凤姐女儿起名“巧姐”，凤姐儿听了，自是欢喜，忙道谢，又笑道：“只保佑他应了你的话就好了。”脂砚斋在此批道：“‘应了这话就好’，批书人焉能不心伤？狱庙相逢之日始知‘遇难成祥，逢凶化吉’实伏线于千里，哀哉伤哉！此后文字不忍卒读。”这里再次提到狱神庙，而且提到了相逢之日，逢凶化吉。在高鹗的续书里是找不到类似的内容的。

最有力的证据，可能是在红学界奉为至宝的富察明义《绿烟琐窗集》中关于《红楼梦》的二十首七言绝句诗。先交代一下此人身份背景，证明其有机会看到完整无缺的《红楼梦》。说白了，也就是说这个人或者与曹雪芹相熟悉，或者与其相熟悉的人熟悉。

明义，姓富察，号我斋，镶黄旗人，乾隆皇帝的孝贤皇后之侄。做过乾隆的驷院侍卫。明义喜欢饮酒赋诗，善于交朋结友。他和雪芹的好友敦敏、敦诚有所接触。从明义《题红诗》的小序看出，他和曹雪芹应是相识的，而且交情不错。富察明义及其胞兄明仁，堂兄明琳，明瑞，堂姊夫墨香等人也是曹雪芹圈子中的人。明义《绿烟锁窗集》有《题红楼梦》组诗二十首，是有关《红楼梦》的最早文献之一。写得最晚的诗，据专家考证，不会晚于乾隆四十六年，也就是公元1781年。 而程伟元、高鹗他们传下来的一百二十回本子，是出现在乾隆五十六年，也就是公元1791年，跟《绿烟琐窗集》里面诗的时间上至少差了十年。所以明义所看到的是完整的有头有尾的《红楼梦》，不可能看到高鹗续的一百二十回的本子。明义的胞兄明仁也是敦敏、敦诚的朋友，敦诚《寄大兄》一文曾将雪芹与明仁并提，称为“故人”，明仁自然也是与曹雪芹相识且同堂欢笑的友朋。敦敏有七律题为《芹圃曹君沾别来已一载余矣。偶过明君琳养石轩，隔院闻高谈声，颖（同“疑”）是曹君，急就相访，惊喜意外，因呼酒话旧事，感成长句》，敦敏在明琳书房中听见隔院曹雪芹的声音，可知雪芹亦正在富察氏家中访友，所访者或即明义、明仁或明瑞等人都可能是曹雪芹熟悉或认识的友人。明义的堂姊夫墨香既是敦敏、敦诚的叔父，又是永忠（康熙帝十四子允禵孙子）的堂兄弟，永忠《延芬室稿》有《因墨香得观〈红楼梦〉小说吊雪芹三绝句》。墨香藏有《红楼梦》抄本，可能亦与曹雪芹熟识。

介绍完背景，再将全文录于此，因为仁者见仁，求同存异。原文是：题红楼梦（曹子雪芹，出所撰红楼梦一部，备记风月繁华之盛。盖其先人为江宁知府，其所谓大观园者，即今之随园故址。惜其书未传，世鲜知者，余见其钞本焉）富察明义

（《绿烟琐窗集》七言绝句，据1955年文学古籍出版社影印本）

（一）佳园结构类天成，快绿怡红别样名。

长槛曲栏随处有，春风秋月总关情。

（二）怡红院里斗娇娥，娣娣姨姨笑语和。

天气不寒还不暖，曈昽日影入帘多。

（三）潇湘别院晚沉沉，闻道多情复病心。

悄向花阴寻侍女，问他曾否泪沾襟。

（四）追随小蝶过墙来，忽见丛花无数开。

尽力一头还雨把，扇纨遗却在苍苔。

（五）侍儿枉自费疑猜，泪未全收笑又开。

三尺玉罗为手帕，无端掷去复抛来。

（六）晚归薄醉帽颜欹，错认猧儿唤玉狸。

忽向内房闻语笑，强采灯下一回嬉。

（七）红楼春梦好模糊，不记金钗正幅图。

往事风流真一瞬，题诗赢得静工夫。

（八）帘栊悄悄控金钩，不识多人何处游。

留得小红独坐在，笑教开镜与梳头。

（九）红罗绣缬束纤腰，一夜春眠魂梦娇。

晓起自惊还自笑，被他偷换绿云绡。

（十）入户愁惊座上人，悄来阶下慢逡巡。

分明窗纸两挡影，笑语纷絮听不真。

（十一）可奈金残玉正愁，泪痕无尽笑何由。

忽然妙想传奇语，博得多情一转眸。

（十二）小叶荷羹玉手将，诒他无味要他尝。

碗边误落唇红印，便觉新添异样香。

（十三）拔取金钗当酒筹，大家今夜极绸缪。

醉倚公子怀中睡，明日相看笑不休。

（十四）病容愈觉胜桃花，午汗潮回热转加。

犹恐意中人看出，慰言今日较差些。

（十五）威仪棣棣若山河，还把风流夺绮罗。

不似小家拘束态，笑时偏少默时多。

（十六）生小金闺性自娇，可堪磨折几多宵。

芙蓉吹断秋风狠，新诔空成何处招。
（十七）锦衣公子茁兰芽，红粉佳人未破瓜。
少小不妨同室榻，梦魂多个帐儿纱。
（十八）伤心一首《葬花词》，似谶成真自不知。
安得返魂香一缕，起卿沉痾续红丝？
（十九）莫问金姻与玉缘，聚如春梦散如烟。
石归山下无灵气，总使能言亦枉然。
（二十）馔玉炊金未几春，王孙瘦损骨嶙峋。
青蛾红粉归何处？惭愧当年石季伦。

（娣娣：dìdì，从女。娣娣姨姨，凡指女子出家时随从的从女从妇）
（瞳咙：tónglóng，眼睛，喉咙）
（猧：同“猾”）
（棣棣：tìtì，文雅安详的样子）

从小序来看，至少包含了四个信息：1. 曹雪芹撰写了一部名为《红楼梦》的书，虽未流传，但明义看过其抄本。2. 曹雪芹的祖先是江宁织造。3. 如今名为随园的花园为曹家所建，在《红楼梦》中被写成大观园。4. 富察明义对曹雪芹比较尊重，因为旧时尊称他人加“子”。

从这二十首诗的内容上来看，很明显是关于《红楼梦》故事情节的概括，而且是依时间为顺序的，至少大致如此的。二十首诗的最后几首，又明明影射了八十回后的情节，因此推测他所见的本子应当是包括后三十回内容的“真本”，应当是脂砚斋批《石头记》之前的一个抄本。但三十回的设想并未全部实现，作者就因病离开了人间（根据第二十二回脂砚斋批语：“此回未成而芹逝矣，叹叹！丁亥夏，畸笏叟。”）

谈谈对诗句的理解，第一首不用说应当是指第十七、十八“试才题对额，归省庆元宵”两回的内容。因为“佳园结构类天成，快绿怡红别样名。长槛曲栏随处有”几句，描写的是大观园的美妙风景。第四首“追随小蝶过墙来，忽见丛花无数开”写第二十七回“宝钗扑蝶”一段，也应当没有任何争议。第五首“三尺玉罗为手帕”写第三十四回宝玉送帕、黛玉题帕，更加明显。第九首“红罗绣缬（xié，有花纹的纺织品）束纤腰，一夜春眠魂梦娇。晓起自惊还自笑，被他偷换绿云绡。”与第二十八回袭人晚间被宝玉偷换汗巾的情节完全吻合。第十首是写第五十四回元宵节夜宴中，宝玉回房遇鸳鸯和袭人说话一段。由于在前八十回中只有这里有隔窗密语的情节，“分明窗纸两挡影，笑语纷絮听不真”两句的含义就不言自明了。第十二首毫无疑问是写第三十五回“白玉钏亲尝莲叶羹”之事。“小叶荷羹玉手将，诒（yì，传给）他无味要他尝。碗边误落唇红印，便觉新添异样香。”四句描述得出神入化、契景合情。第十三首“拔取金钗当酒筹，大家今夜极绸缪。醉倚公子怀中睡，明日相看笑不休。”写第六十三回“寿怡红群芳开夜宴”，芳官与宝玉同榻而眠之事，也是确信无疑的。第十六首“生小金闺性自娇，可堪磨折几多宵。芙蓉吹断秋风狠，新诔（lěi，古代叙述死者生平）空成何处招”写晴雯之死及宝玉诔晴雯，故事发生在第七十七、七十八两回。

既然说续书，下面主要分析一下对应后三十回的几首诗。该书第十七首诗写道：“锦衣公子茁兰芽，红粉佳人未破瓜。少小不妨同室榻，梦魂多个帐儿纱。”此首诗应当发生于八十一、八十二回，可能是言宝玉被元春指婚，或遗失通灵宝玉后神志不清被调包计所骗，迎娶宝钗的情节。锦衣公子当然指的是宝玉，红粉佳人应该指的是宝钗。破瓜，常被用来指女子“破身”，即初次性交。二人成婚却未有夫妻之实，而且在名著中非常明显写出来，可见二人婚后惨状。1987 年版的电视剧《红楼梦》反映就是此情节。第二十八回也有此类暗示，宝玉看见宝钗雪白的一段酥臂，动了羡慕之心，但想的却是：“这个膀子若生在林妹妹身上，或者还得摸一摸，偏生长在他身上。”此非泛笔，很有深意。

再看第十八首："伤心一首《葬花词》，似谶（chèn，迷信的人指将要应验的预言，预兆）成真自不知。安得返魂香一缕，起卿沉疴（kē，病的意思）续红丝？"据此可判定黛玉在"真本"中，确实病死的，应该不像有些作家分析上吊或投河而死。而且落了个"尔今死去侬（nóng，我，多见旧诗文）收葬，未卜侬身何日丧？侬今葬花人笑痴，他年葬侬知是谁？"的境地。还有一个暗示，就是第三十九回，刘姥姥说一个雪地抽柴的小姑娘，名叫茗玉，"知书识字，老爷、太太爱如珍宝"，可惜生到十七岁，一病死了。《红楼梦》配称"知书识字"的女子谁最合适？黛玉宝琴而已。若说主角，当然影射黛玉更恰当。葬她的应不是紫鹃等贴身丫头，

情寄《芙蓉诔》

更不可能是宝玉。据梁归智先生推断林黛玉死时贾宝玉正在从军平叛，没在家中；蔡义江先生推断，黛玉死时，宝玉因贾府被抄家出逃在外，故没在身边。都有一定道理。这些推断都验证出黛玉死时宝玉的确不在身旁，因此埋葬黛玉的，应该是个出乎意料的人，且是草草处理的。

接着瞧第十九首："莫问金姻与玉缘，聚如春梦散如烟。石归山下无灵气，总使能言亦枉然。"应当有宝钗之死、宝玉出家、

探春远嫁、惜春出家、迎春之死等“散如烟”的情节，后两句应指通灵宝玉的回归（甄宝玉送玉）。

再说第二十首：“馔（zhuàn，指饮食，吃喝）玉炊金未几春，王孙瘦损骨嶙峋。青蛾红粉归何处？惭愧当年石季伦。”曹雪芹书里面写的贾氏宗族的生活，是馔玉炊金，他们吃的饭可以比喻成玉，过的是豪华不堪的生活，但是这样的生活没有持续很久，未几春，没有经过几个春天。《红楼梦》的前八十回，里面说得很清楚，“三春去后诸芳尽”，小红也曾言“不过三五载……”“勘破三春景不长”，书里面写荣华富贵的生活也就是三年时间，显然富察明义既看到了前八十回里面三个春天锦衣玉食的生活，又还看到了八十回之后，小说里面的主人公贾宝玉，最后是什么形象呢？“瘦损骨嶙峋”，最后瘦得不成样子了。整个《红楼梦》中，包括续书贾宝玉都没有这样的形象呀。第七十八回，当时大观园已经被抄检过了，贾宝玉最心爱的丫头晴雯，已经被撵出去，死掉了。贾宝玉当时身心受到了很沉痛的打击，但是贾宝玉也不是“瘦损骨嶙峋”的，“秋纹将麝月拉了一把，笑道：‘这裤子配着松花色袄儿，石青靴子，越显出这靛青的头，雪白的脸来了。’”靛青的头，就是头发是非常健康的青黑色；雪白的脸，说明脸是很丰润、白皙的。在高鹗的续书里面，贾宝玉也没有“瘦损骨嶙峋”，虽然后来出家了，大雪天里面，他到码头上，跪在他的父亲贾政所坐的船前，披着大红猩猩毡的斗篷，没有说他瘦成皮包骨头。很显然，富察明义所看到的全本《红楼梦》，跟现在看到的一百二十回《红楼梦》不一样，他不是仅仅看到了曹雪芹的前八十回的《红楼梦》，还看到了全书后面贾宝玉“瘦损骨嶙峋”、潦倒不堪的形象。与此形成极大反差的第十九回：“彼时他母兄已是忙另齐齐整整摆上一桌果品来。袭人见总无可吃之物……”至此，脂砚斋批道：“补明宝玉自幼何等娇贵，以此一句留与下部，后数十回‘寒冬噎酸荠，雪夜围破毡’等处对看，可为后生过分之戒，叹叹！”脂砚斋提及贾宝玉在八十回以后的沦落，引用了八十回后的曹雪芹的原文，叫作“寒冬噎酸荠，雪夜围破毡”。酸荠，就是酸菜渣子。过去腌酸菜，腌完以后，把菜捞出来，剩下的那些烂渣子。他穷困到了抓渣子吃的地步；到了下雪的寒夜，没有办法御寒，捡破毡子围在身上，是一种很不堪的景象。富察明义看到过全本《红楼梦》。因此可以得出结论，曹雪芹虽然死得比较早，但是他是把《红楼梦》大体上写完了。他有一个有头有尾的稿本。可能还没有统稿，有些地方前后有点儿矛盾，没有把整部文稿完全修订好，但是就人物的命运发展来说，他已经完成了这部书稿。

# 九

# 看续书和代笔

前面已经说了，《红楼梦》是一部完整的书。但为什么说只写了前八十回，称后四十回是高鹗续的呢？续书质量如何评价呢？《红楼梦》后面三分之一是如何遗失的？另外，如何看待尤二姐、尤三姐出场的第六十四回到六十九回章节，还有夏金桂、宝蟾第六十八、第六十九回？因为这两大部分的写法不似曹雪芹前面章节写法，有人怀疑非曹雪芹所写，但文笔不俗，非续书可比，因此称代笔。

**先来说说续书，首先来讲，续书是遭到众多红学大师、名家否定的**。红学泰斗周汝昌先生对于续书，是极其否定的，而且达到深恶痛绝的程度，他称：“我说高鹗居心不可测，乾隆皇帝和和珅安排的诡计，伪造的这后四十回，就是这么回事。”周老进一步论证：据赵烈文《能静居日记》载，同治年间听老学者宋翔凤讲雪芹早年放浪，为父辈锁禁空房中，遂写成《红楼梦》；而乾隆末年，宠臣和珅将书呈于乾隆阅而“善之”。其时和珅主编《四库全书》，献计删改古书原文，秘行改篡。他所“呈”的即指伪续全本，所以乾隆许可，遂由武英殿修书处以活字印行，乃是官方默许之本。近年发现莫斯科大学图书馆所藏一部一百二十回活字本，上有俄国教团团长、汉学家卡缅斯基的标题，说是“宫廷印刷的”。至此，完全证实了程高伪“全本”是一部有政治背景的产物。

这种可能性有没有？虽然有点过激，但笔者认为并非不可能，原因是缘于清朝残酷的文字狱政策。清代顺治以来，满族统治者为扼制汉族士人反满思想的滋长，推行残酷的文字狱政策。清朝思想家龚自珍曾指出：清帝“积百年之力，以震荡摧锄天下廉耻”，并用“戮心”来形容其手段之残酷：“戮其能忧心，能愤心，能思虑心，能作为心，能有廉耻心，能无渣滓心。又非一日而戮之，乃以渐，或三岁而戮之，十年而戮之，百年而戮之。”时人李祖陶说：“今之文人，一涉笔唯恐触碍于天下国家……人情望风觇（chān，看，偷偷地观看）景，畏避太甚。见鳝而以为蛇，遇鼠而以为虎，消刚正之气，长柔媚之风，此于世道人心，实有关系。”即使在乾隆后期文网渐弛之后，不少人仍心存余悸，有临渊履冰、动辄得咎（动不动就受到责备或处分）的精神压力：“行世之间，动遭蹇难（jiǎn nán，困苦艰难）；议论所及，娄（lóu，收敛）丛谗讥。故人旧友，或相告绝。幸为太平之人，不撄（yīng，触犯）罗网之累。然身心若桎梏（zhì gù，刑具，囚禁），名字若黥劓（qíng yì，古代刑罚，黥，墨刑，劓，割鼻）。”而且在乾隆的指示下，官方图书机构销毁了大量的文化典籍。以此推断，《红楼梦》八十回后，应是写荣国府、宁国府由盛而衰的部分，也是高潮部分。这部分由前面分析得之，它反映的是对封建君权制度、对封建观念的彻底否定，结局是相当凄惨的。这种思想，在当时是绝对难容于世的。按说，脂砚斋点评是与《红楼梦》原著一起流传的，通过里面透露的枝枝杈杈应该大致知道后面的回目、章节和重要情节的，但是高鹗的续书却视而不见，对于一些重要情节只字不提。这种情况只有两种可能，一种是为了避灾；还有一种可能就是“御用文人”遵旨而续的。将后四十回对封建制度的批判变成贾宝玉个人的看破红尘，而贾家、甄家都蒙皇恩，重新受到重用，这与最初的思想脉络是大相径庭的。后三十回遗失得非常离奇，而且至今未见流传，除了皇权强力干涉，试想又有谁能做到让这部分从人间蒸发呢？周老先生有此否定，不无道理。可以理解。

另一位红学泰斗俞平伯评价相对委婉：“我们看高氏续书，差不多大半和原著相符，相差只在细微的地方。但是仅仅相符，我们并不能满意。我们所需要的，是活泼人格底（同‘的’）表现。在这一点上，兰墅（高鹗字，笔者注）可以说是完全失败。”同时，俞平伯也给出了他对续书的态度：“文章贵有个性，续他人底文章，却最忌的是有个性。因为如表现了你底个性，便不能算是续作；如一定要续作，当然须要尊重作者底个性，时时去代他人立言。但果然如此，阻抑自己底才性所长，而俯仰随人，不特行文时如囚犯一样未免太苦，且即使勉强成文，也只是尸余气（成语，出自《晋书》。像尸体一样剩最后一口气，比喻暮气沉沉，无所作为）了。我们看高鹗续的后四十回，面目虽似，神情全非，真是可怜无补费精神的事情。”……“所以续书没有好的，不是定说续书的人才情必远逊于前人，乃因才性不同，正如其面，强而相从，反致两伤。”他更进一步解释道：“而且续《红楼梦》，比续别的书，又有特殊的困难，这更容易失败了。第一，《红楼梦》是文学书，不是学术的论文，不能仅以面目符合为满足。第二，《红楼梦》是写实的作品，如续书人没有相似的环境、性情，虽极聪明，极审慎也不能胜任。”

文学巨匠鲁迅如何看待续书的呢？他说：“（高鹗）补《红楼梦》当在乾隆辛亥时，未成进士，‘闲且惫矣’，故于雪芹萧条之感，偶或相通。然心志未灰，则与所谓‘暮年之人，贫病交攻，渐渐的露出那下世光景来’（戚本第一回）者又绝异。是以续书虽亦悲凉，而贾氏终于‘兰桂齐芳’，家业复起，殊不类茫茫白地，真成干净者矣。” 在鲁迅看来，曹雪芹写前八十回的时候，家道衰败，贫病交攻而至于举家喝粥的地步，故而书中弥漫着萧条没落的气息。高鹗续写后四十回的时候，仕途坎坷，还没有中进士，也正值人生不得意之时，与曹雪芹有相似之处，因此他续写的后四十回，与曹雪芹所写的前八十回，在总体的格调上有“相通”之处。但是，高鹗续书的时候，终究还没有陷入最后的困顿或绝望，故而他才会写到贾兰和贾桂中举，贾家又重新振兴，这是有悖于曹雪芹的原意的，在前八十回中，曹雪芹已经暗示了贾家最后的结局是彻底的衰败，“落了片白茫茫大地真干净”。

著名作家张爱玲对续书也是极不满意的。她在回忆胡适之先生的文中，是以《海上花》为主题的。她说：第一点，从十二三岁时读《红楼》。第二点，只这年龄而头一回读，读到第八十一回，什么“四美钓游鱼”等等，忽觉“天日天光，百样无味”而感到那是“另一个世界”！她有一部关于《红楼》的专著《红楼梦魇》，内有极精彩的话：“我惟一的资格实在是熟读《红楼梦》，不同的本子不用留神看，稍微眼生点的字自会蹦出来。”精读《红楼梦》的张爱玲认为：“清末民初的骂世小说还是继承《红楼梦》之前的《儒林外史》。《红楼梦》未完还不要紧，坏在狗尾续貂成了附骨之疽（fù gǔ zhī jū，比喻侵入内部而又难于除掉的敌对势力）——请原谅我这混杂的比喻。”她最后说出了一句鲸吼钟鸣（震耳欲聋的意思）的话——“《红楼梦》被庸俗化了！”张爱玲还指出说：《红楼梦》应该把后四十回伪续割去，任其“残缺”不完，后面还可以加上研究佚（yì，散失）稿的成果（按应包括后文情节要点，人物结局，章法结构……）。

著名红学家梁归智先生也有深刻评价：“曹雪芹的《石头记》一诞生就这样遭到了阉割、篡改和蹂躏，这是中国文学史上一个费解的谜，一桩可怕的奇迹，一场永远令人痛心的悲剧。……程伟元、高鹗续书本的《红楼梦》有意识地篡改了曹雪芹的原意，从思想倾向到人物形象，从主题到细节，都遭到了他们惊人的歪曲。他们伪续的后四十回书附骥（fù jì，蚊蝇附在良马的尾巴上，比喻借附名人而出名）于曹雪芹的前八十回，二百年来却一直迷惑、愚弄读者。”

**其次想说的是，续书刻画的人物形象、结局与原著透露的相差实在太远了。**

以主角贾宝玉为例，贾宝玉在前八十回里，是与封建主流社会格格不入的，《红楼梦》第三回：《西江月》中说他：“潦倒不通世务，愚顽怕读文章……可怜辜负好韶光，于国于家无望。……寄言纨绔与膏粱，莫效此儿形状。”脂砚斋在评语中指出：“末二语最要紧”。为什么是“最要紧”？小时候上语文课，学习每篇课文时，语文老师都要让讲出中心思想。我想此两句就是整个《红楼梦》对贾宝玉品性概括的中心思想，是对他本质的写照。也就是说，贾宝玉是一个与世俗不和的人，与正统不和的人，这个形象会贯穿始终，不会有任何改变。第二回：“政老爹便要试他将来的志向，便将那世上所有之物件，摆了无数与他抓取，谁知他一概不取，伸手只把那些脂粉钗环抓来。政老爹便大怒了，说，将来酒色之徒耳！因此便大不喜悦。”第三回：“（王夫人）但我不放心的最是一件，我有一个孽根祸胎，是这家里的混世魔王，今日因庙里还愿去了，尚未回来，晚间你看见便知。你只以后不用采他，……黛玉亦常听得母亲说过，二舅母生的有个表兄，乃衔玉而诞，顽劣异常，极恶读书，最喜在内帏厮混……”至亲都认为不可理喻，何况别人呢？果然不出所料，在外人眼中，宝玉简直不但呆，而且成了“疯子”！第三十五回：“那两个婆子见没人了，一行走，一行谈论。这一个笑道：‘怪道有人说他们家宝玉是外相好，里头糊涂，中看不中吃的，果然竟有些呆气。他自己烫了手，到问人疼不疼，这可不是个呆子！’”第六十六回：“兴儿笑道：‘姨娘别问他，说起来姨娘也未必信。他长了这么大，独他没有上过正紧（同“经”）学堂。我们家从祖宗直到二爷，谁不是寒窗十载？偏他不喜读书。……成天家疯疯颠颠的，说的话人也不懂，干的事人也不知。外头人人看着好清俊模样儿，心里自然是聪明的，谁知是外清而内浊，见了人一句话也没有。所有的好处，虽没上过学，到难为他认得几个字。每日也不习文，也不学武，又怕见人，只爱在丫头群里闹。再者也没刚柔……’”

果不爱读书吗？他不读的是经书、去参加科举考试的书。脂砚斋也在此批道："是极恶每日'诗云子曰'的读书"。（第三回）可是在高鹗的续书里，贾宝玉却变成了封建思想的"卫道士"，不但听贾政的话，一心只读圣贤书，完全取消了他的反对仕途经济的性格特征，而着力描写他为贾政升官欣喜若狂。

续书第八十五回中，贾宝玉给北静王拜寿时听到了巡抚吴大人保举贾政的消息，回家后马上回了贾政；嗣后，果然有人来报喜，他"知道是贾政升了郎中，人来报喜的，心中自是甚喜"；接着又是"喜的无话可说，忙给贾母道了喜，又给邢王二夫人道了喜"。总之，贾政升了个郎中，竟把宝玉喜得不亦乐乎。在前八十回中，贾府发生过那么多光耀门庭的大喜事，如元妃晋封、省亲等，而宝玉却是"置若罔闻"，"虽闻得元春晋封之事，亦未解得愁闷（第十六回）。"前后相比，同一个人物的性格竟发生了如此显著的变化。请看，后四十回中的贾宝玉哪里还有一点"行为偏僻性乖张，那管世人诽谤"的影子呢？贾宝玉这一光彩夺目的文学形象在后四十回中被高鹗严重地篡改、歪曲了，成了一个变形的人物形象。续书第九十二回更写道贾宝玉为堂侄女巧姐大讲《列女传》《孝经》等封建女性守节尽孝的故事。特别是"曹氏割鼻"讲的是一个魏国的寡妇为了不改嫁，守节操，而割去自己的鼻子的故事。如此血淋淋的场面，且是从贾宝玉的嘴里说出来，是与前面贾宝玉倡导的女权主义有天壤之别的。

再说说黛玉。且看看后四十回如何写黛玉的：黛玉的形象同样变得让人诧异。先说说对待科举制度态度，黛玉来了个一百八十度大转变，让人感觉太突然。续书八十二回写道："黛玉道：'我们女孩儿家虽然不要这个，但小时候跟着你们雨村先生念书，也曾看过。内中也有近情近理的，也有清微淡远的。那时候虽不大懂，也觉得好，不可一概抹倒。况且你要取功名，这个也清贵些。'"事实如此否？非也，宝玉为什么与湘云吵架，不喜欢宝钗而喜欢黛玉？其中一重要原因就是黛玉也反对科举制度。来看第三十二回，湘云劝宝玉讲些仕途经济学问，遭到宝玉的反驳。宝玉说了一句“林妹妹从来说过这些混帐话不曾？若他也说这些混帐话，我早和他生分了。”黛玉偷听到这话后，是何反应？“林黛玉听了这话，不觉又喜又惊，又悲又叹。所喜者，果然自己眼力不错，素日认他是个知己，果然是个知己。”大家想想，黛玉再变化、再傻，也不会再触霉头呀。

还有一些，我们信手拈来，全失黛玉平时的性情：“看宝玉的光景，心里虽没别人，但是老太太、舅母，又不见有半点意思；深恨父母在时，何不早定了这头婚姻。又转念一想道：‘倘若父母在别处定了婚姻，怎能够依宝玉这般人才心地？不如此时尚有可图。’‘好！宝玉！我今日才知道你是个无情无义的人了！’‘好哥哥！你叫我跟了谁去！’”（均见第八十二回）“黛玉大叫一声道：‘这里住不得了！’一手指着窗外，两眼反插上去。”（第八十三回）“宝玉近来说话，半吐半吞，忽冷忽热，也不知他是什么意思？”（第八十九回）“或者因我之事，拆散了他们的金玉也未可知？”（第九十五回）……第九十五回，黛玉以拆散金玉为乐事。这样的幸灾乐祸，毫不替宝玉着急，真是毫无心肝，又岂为黛玉？写她临死一节文字，远逊于第七十七回写晴雯，只用极拙极露的话头来敷衍了结，这也不能让人满意。后来贾氏诸人对于黛玉，似太显冷酷了，尤以贾母为甚。这也是续书不合情理之处。第八十二回，黛玉梦中见众人冷笑而去；“贾母呆着笑：‘这个不干我事。’”第九十六回，写凤姐设谋，贾母道：“别的事，都好说！林丫头倒没有什么。”第九十七回，“鸳鸯测度贾母近日疼黛玉的心差了些，所以不常去回。……不见黛玉的信儿，也不大提起。……黛玉见贾府中上下人等都不过来，连一个问的人都没有，睁开眼，只有紫娟一人，自料万无生理……紫鹃看着不详的，去找贾母、宝玉未果，怎么说：‘这些人怎么竟这

黛玉入凡偿情债

妙玉绝尘修佛心

样狠毒冷淡？’”第九十八回，“王夫人也不免哭了一场；贾母说：‘是我弄坏了他了！但只是这个丫头也傻气。’”贾氏诸人对于黛玉这样冷酷，文情虽非必要，情理还有可通。但贾母是黛玉的亲外祖母，到她临死之时，还如此的没心肝，真是出乎情理之外。试举前文第三回，黛玉初见贾母，“方欲拜见时，早被她外祖母一把搂入怀中，心肝肉叫着大哭起来”。“我这些女儿，所疼者偏有你母亲一人……”。第二十九回，“老人家急得抱怨说：‘我这老冤家是那世里的业障，偏生遇见了这么两个不省事的小冤家，没有一天不叫我操心。真是俗语说的，不是冤家不聚头。几时我闭了这眼，断了这口气，凭你两个闹上天去，我眼不见心不烦，也就罢了，偏生不咽这口气。’自己抱怨着也哭了。”脂砚斋在此回前有批：“二玉心事此回大书，是难了割。却用太君一言而定，是道悉通部书之大者。”末回更进一步评道：“一片笑声总因情重。金玉无言，何可为还！”贾母高大的守护神形象巍然耸立！还有第三十八回，包括黛玉、湘云、宝钗三人皆在场，贾母如何呢？“贾母听了笑道：‘正是呢，我怕你们高兴，我走了又怕扫了你们的兴。既这么说，咱们就都去罢。’回头又嘱咐湘云：‘别让你宝哥哥、林姐姐多吃了。’湘云答应着。又嘱咐湘云、宝钗二人说：‘你两个也别多吃，那东西虽好吃，不是什么好的，吃多了肚子疼。’”孰远孰近，一看便知。八十回中虽有时写贾母较喜欢宝钗，但对于黛玉仍十分钟爱，语气全不和这几回相似。续书所补，贾母简直是铁石心肠，到临尸一恸（tòng，极悲哀，大哭）的时候，还要责备她傻气？这成什么文理呢！

妙玉喜欢梅花。梅花代表的是什么？高洁、孤芳自赏！无意苦争春，一任群芳妒！这正如她第五回的判词：“气质美如兰，才华阜比仙。天生成孤癖人皆罕。”同时，前八十回里的出场，都是气质脱俗，卓尔不群。正如第四十九回：“已闻得一股寒香拂鼻！”而续书第八十七回把妙玉写成什么呢：（宝玉）“一面与妙玉施礼，一面又笑问道：‘妙公轻易不出禅关，今日何缘下凡一走？’妙玉听了，忽然把脸一红，也不答言，低了头自看那棋。宝玉自觉造次，连忙陪笑道：‘倒是出家人比不得我们在家的俗人，头一件心是静的。静则灵，灵则慧。’宝玉尚未说完，只见妙玉微微地把眼一抬，看了宝玉一眼，复又低下头去，那脸上的颜色渐渐的红晕起来。……那时天气尚不很凉，独自一个凭栏站了一回，忽听房上两个猫儿一递一声厮叫。那妙玉忽想起日间宝玉之言，不觉一阵心跳耳热。自己连忙收慑心神，走进禅房，仍到禅床上坐了。怎奈神不守舍，一时如万马奔驰，觉得禅床便恍（同‘晃’）荡起来，身子已不在庵中……”到底如何了？原来是走火入魔了。这哪里是冰清玉洁的圣女，简直与多姑娘无异。即使多次写过心理描写、对贾芸暗恋的小红，也没有这样的直白。怪不得有诗云“伴佛红颜一念差，庵名栊翠（笔者注：栊翠庵，周汝昌先生写为拢翠庵，妙玉修行处）是儿家。谁从非想非非想，幻出空中色相花？”这首诗把妙玉当成六根不净的风流尼姑，予以亵渎嘲笑，主要应当归咎于后四十回的狗尾续貂。另外，据周汝昌先生考证，“依旧是风尘肮脏违心愿”中的风尘肮脏不是现在理解的字面意思，而是风尘指的是行路漂泊之词，肮脏实读“慷莽”，意思为不屈。根据妙玉的性格分析，我比较同意周老的观点。但续书显然按世俗方式进行了理解、演绎，而且是最粗鄙的一种。

周姐姐还是周嫂子？第六回，刘姥姥一进荣国府里，去见周瑞家的：“周瑞家的在内听说，忙迎了出来，问是那位。刘姥姥忙迎上来问道：‘好呀，周嫂子。’周瑞家的认了半日，方笑道：‘刘姥姥，你好呀。……’”凤姐见刘姥姥时的原文：“刘姥姥在地下已是拜了数拜，问姑奶奶安。凤姐忙说：‘周姐姐，快搀住不拜罢，请坐。’”再看续书八十三回：“更有那一种嚼舌根的，说我搬运到娘家去了。周嫂子，你倒是那里经手的人，这个自然还知道些。”嫂子近还是姐姐近？周瑞家的是王家的人，当然是称姐姐近，不但是凤姐，在前八十回中，连宝玉、宝钗都称周瑞家的为“周姐姐”。只是平儿等丫头、外人如刘姥姥等，才称周瑞家的为周嫂子或老人家。

凤姐到底识不识字？八十回中文字两条为证：凤姐会吟诗，有“一夜北风紧”之句。（第五十回） “凤姐……每每看帖并账目，也颇识得几个字了。”后来看了潘又安的信，念给婆子们听。（第七十四回）。这是凤姐识字的铁证，怎么在第九十二回里，说凤姐不认得字呢？这虽是与文情无关碍，但却与前八十回前言不搭后语，亦不得不说是文章之病。

除此以外，红学大师俞平伯认为续书多了些“妖气”，来看续书的文字：怡红院海棠忽在冬天开花，通灵玉不见了（第九十四回）。凤姐夜到大观园，见秦可卿之魂（第一百零一回）。凤姐在散花寺拈签，得“衣锦还乡”之签（同回）。贾雨村再遇甄士隐。茅庵火烧了，士隐不见（第一百零三回）。宝玉到潇湘馆听见鬼哭（第一百零八回）。鸳鸯上吊时，又见秦氏之魂（第一百一十二回）。赵姨娘临死时，鬼附其身，死赴阴司受罪（第一百一十二回）。凤姐临死时，要船要轿，说要上金陵归入册子去（第一百一十四回）。和尚把玉送回来。宝玉魂跟着和尚到了“真如福地”，重阅册子，又去参见了潇湘妃子，碰着多多少少的鬼，幸亏和尚拿了镜子，奉了元妃娘娘旨意把他救出（第一百一十五、一百一十六回）。宝玉跟着僧道成仙去（第一百二十回）。这十条都是高氏补的。读者请看，他写些什么？我们只有用曹雪芹的话，“倏（shū，极快地）尔神鬼乱出，忽又妖魔毕露”来批评他。这类弄鬼装妖的空气，布满于后四十回中间，令人不能卒读。而且文笔拙劣可笑，更属不堪之至，此外这类鬼怪文字还多呢〔如第九十五回，妙玉请拐仙扶乩（jī，占卜问疑）；第一百零二回，贾蓉请毛半仙占卦，贾赦请法师拿妖。〕读者试看，前八十回笔墨何等洁净。即如第一回，第五回，第二十五回，偶写神仙梦幻，也只略点虚说而止，绝不像高鹗这样的活见鬼。第十二回，写跛足道人与“风月宝鉴”，是有寓意的。第十六回，写都判小鬼，是一节滑稽文字。这些都不是高氏所能借口的。且高作之谬，还在其次，因为谬处可以实在指出；最大的毛病是“文拙思俗”，拙是不可说的，俗是不可医的。至于怎样的拙和俗，让人难以形容。

**还需要指出的是，续书鲜有经典之笔**。前八十回经典之笔俯拾即是，无论大场面描写，还是个人形象、语言、诗歌等。但后四十回续书简直是喝白开水，淡而无味不说，还很烦琐、冗长。最经典的部分却缺少最应出彩的诗歌。怪不得红学大师俞平伯断言：“凡高作较有精彩之处是用原作中相仿佛的事物作蓝本的，反之，凡没有蓝本可临摹的，都没有精采。”什么意思呢？就是曹雪芹前八十回有类似情节，续书还能照猫画虎，写得有那么点儿意思，如果没有，就是简直一无是处了。以俞平伯大师眼光，后四十回中“较有精采，可以仿佛原作的”是：第八十一回，四美钓鱼一节；第八十七回，双玉听琴一节；第八十九回，宝玉作词祭晴雯，及见黛玉一节；第九十，九十一回，宝蟾送酒一节；第一百零九回，五儿承错爱一节；第一百零三回，宝玉和紫鹃谈话一节。以外较没有毛病的，如妙玉被劫(第一百一十二回)、袭人改嫁(第一百二十回)这几节文字，但也草率得很，比第七十七回，写晴雯之死，相差已很多。至于上边所列举的那几节，虽风格情事，尚可仿佛原作；但除宝蟾送酒一节外都是从模仿来的。

以黛玉为例，俞平伯大师批评：“黛玉底心事，写得太显露过火了，一点不含蓄深厚，使人只觉得肉麻讨厌，没有悲恻怜悯的情怀。”而且大师还不屑道：“以高鹗底笨笔，来写八面玲珑的林黛玉，于是无处不失败。补书原是件难事，补亲见亲闻的《红楼梦》则尤难；高氏不能知难而退，反想勉为其难，真是太不自量了。”

林黛玉爱哭，而且爱一个人无事哭。但是看看前后哭的形象就大相径庭。比如二十三回：“林黛玉听了这两句上，不觉心动神摇。……仔细忖度，不觉心痛神痴，眼中落泪。”第二十六回：“……越想越伤感，也不顾苍苔露冷，花径风寒，独立墙角边花阴之下，悲悲切切。”第二十七回：“那黛玉倚着床上的栏杆，两手抱着膝，（脂砚斋侧批：‘画美人秘诀。’）眼睛含泪（脂砚斋侧批:‘前批得画美人秘诀,今竟画出《金闺夜坐图》来了。’)”脂砚斋在此短短三句文字有两批文，可见文字精美。

再读八十二回：“黛玉进了套间，猛抬头看见了荔枝瓶，不禁想起日间老婆子的一番混话，甚是刺心。……心内一上一下，辗转缠绵，竟像辘轳一般。叹了一回气，掉了几点泪，无情无绪，和衣倒下。”不多举例，单从此对照，上两回是美女伤心落泪亦风景。“心痛神痴，眼中落泪”（第二十三回），八个字写进了多少文字？是不写伤心之伤心也！“悲悲戚戚，呜咽起来”（第二十六回）、“倚床抱膝含泪”又是八个字、三个动作，伤心无处诉，低眉拭衣襟。不着一个泪，最是伤心人！相反续书黛玉的哭得非常“刺心”：“心内一上一下”（第八十二回）、“叹了一回气”，“掉了几点泪”，多么苍白，何其俗也？更要命的是“竟像辘轳一般”，辘轳是打井用的木制的、如水桶粗、圆形的一种东西，无论想怎么表达佳人睡不好觉，曹雪芹断不会用如此“刺心”的比喻。

当然也有认同续书不错的，但极少数，甚至俞平伯先生晚年对于高鹗的续书也持了肯定的态度，主要是续书确保了全书的完整，得以广泛流传。笔者认为续书形似而神不同，徒有其表，狗尾续貂，有不如无！有时缺憾也是一种美，圆月当头一年才几天？断臂维纳斯不就是如此吗？恰恰篡改原意，将人引向歧途，才罪莫大焉！

再说代笔章节：前面文字提到，许多红学研究者认为脂砚斋是《红楼梦》的合作者。其主要疑点就是尤二姐、尤三姐出场的第六十四回到六十九回章节，还有夏金桂、宝蟾第六十八、第六十九回文字，疑似脂砚斋执笔完成。其一，这几章文字，都是为尤氏姐妹、香菱一事，整篇文字几乎无他，忘了宝玉、贾家才是主题。其二，写法上也不似曹雪芹在前面章节里纵横捭阖，各种人、物、情信手拈来，方方面面照顾得无微不至，绝无平直之笔。总是忙里有闲，闲而有味。正说着说着某事，一会儿又穿插了另外一件事，用脂砚斋评语，总是忙中凑上一笔。第四十二回，刘姥姥急于向贾母告辞回家，偏于忙中又添了请医生为贾母看病一节。但观这两部分，却写得非常集中，将尤氏姐妹、薛蟠、夏金桂的家事不说则已，说则说深、说透、说完。

同时，两部分表现手法几乎相同，夏金桂与王熙凤采取的都是借刀杀人之法，夏金桂借宝蟾收拾香菱，凤姐借秋桐收拾尤二姐。宝蟾与秋桐相似，放荡、刁蛮；贾琏与薛蟠相似，喜新厌旧，得陇望蜀。夏金桂与王熙凤的语言也有很多相似之处。但有一点说明的是，这几回的语言风格，特别是六十八、第六十九回与曹雪芹的手法极其相似，非高鹗续书语言风格可比。因此，包括周汝昌先生在内，都怀疑出自脂砚斋之手。

# 十

# 看写法

《红楼梦》最突出、运用最多的一种写法就是“草蛇灰线”写法。草蛇灰线法的应用，常见于明清小说。而最早发现这种艺术手法，对其给予理论概括，并冠之以“草蛇灰线法”之名的，是清代文学评论家金圣叹。他在《读第五才子书》中说：“有草蛇灰线法。如景阳冈勤叙许多‘哨棒’字，紫石街连写若干‘帘子’字等是也。骤看之，有如无物；及至细寻，其中便有一条线索，拽之通体皆动。”

对于金圣叹的“草蛇灰线”一说，评论界有不同的理解。红学家梁归智先生认为，“草蛇灰线”是两个比喻。“草蛇”是说一条蛇从草丛中蹿过去，不会留下脚印，但蛇有体重，还是会留下一些不明显但仍然存在的痕迹，比如某些草棵可能会歪倒一点。“灰线”是说拿一条缝衣服的线，在烧柴后的炉灰里拖一下，由于线特别轻，留下的痕迹也是恍惚隐约的。“草蛇灰线”就是比喻在小说写作中到处留下对后文情节发展的暗示、伏笔，所以说“伏脉千里”“在千里之外”。概括来说，在《红楼梦》中，草蛇灰线主要体现在五种手法：谐音法、谶语法、影射法、引文法、反衬章法等。

**先看谐音法**。《红楼梦》中人物众多，形形色色，层层叠叠，关系复杂。曹雪芹对于塑造这些人物倾注了大量心血，就连起名也颇费了一番心思，紧扣书的主题，与内容协调一致，也与人物形象和情节发展相协调。曹雪芹起名很注意人物的性格化，用字奇，字面广，有的用的是鸟名，有的是花名，有的是珠宝玉器的名字，丰富多彩，富贵高雅。许多人物的名或字，或几个人的名字合起来，都是大有深意的。有的暗示了人物的命运，有的则是对情节发展的某种隐喻，有的概括了人物性格的某些特点，有的是对人物行事为人的绝妙讽刺，有的是人物故事的某种暗示，等等。曹雪芹非常艺术地把这种谐音文化运用到了小说的创作之中。

体现在《红楼梦》的人名这个方面，大家都很熟悉，小说一开始就是两位人物，贾雨村、甄士隐。小说的正文也交代了，它是谐音，“将真事隐去，用假语村言”，当然那个“村言”根据专家们的考证，应该是存在的“存”，语气虚词的那个“焉”，但是文本里边是村子的“村”，言语的“言”，因为要跟这个对仗，那个“隐去”和“存焉”应该是对仗的。那么“贾”和“甄”，这两个姓氏就是谐音“真假”那两个字的。同时我们知道，小说中有一位贾宝玉，经常还提到一个甄宝玉。京城的贾家，又说到江南的甄家。这个小说妙得很，到了第五十六回，贾宝玉就梦见那个甄宝玉了。甄家的人就进京到贾府来拜访了，我们知道小说原著结构是一百零八回，第五十四回是前一半，正照风月宝镜，五十五回以后的后五十四回是反照风月宝镜。你看刚过了五十五回，五十六回贾宝玉梦见甄宝玉了，甄家的人来了，这就是一个大象征。就是假的已去，真的要来了，假的是荣华富贵，真的是什么呀？破败毁灭，这是《红楼梦》的根本的宗旨。所以假和真，这在《红楼梦》它是一个大的隐喻，它也是通过谐音来体现。我们再看贾家的四位小姐，大家都知道，叫元春、迎春、探春、惜春。脂批非常明确地指出，这“元迎探惜”那四个字，是谐音“原来应该值得叹息”那个“原应叹息”四个字，就是她们的命运是非常可悲的，是值得同情的，要为她们发以叹息。所以《红楼梦》的人物很多具有这种谐音的暗示，它暗伏了情节的发展和走向，比如：还有“于大荒山（荒唐的意思），无稽崖（无稽可考也）。”十里街（势利街）、仁清巷（人情巷）、卜世仁（不是人）、霍启（祸起）、戴权（大权）、冯渊（逢冤）、傅试（附势）、娇杏（侥幸）、潇湘馆（消香馆）、梨香院（离乡怨）、蘅芜院（恨无缘）、怡红院（遗红怨）。

还有人认为，书中的主要人物是宝玉、黛玉、宝钗和妙玉，他们之间关系的复杂也反映在了名字中。“钗”与“黛”都是封建社会大家闺秀的代称，宝玉的名字拆开，分别给了两个少女，组成了“宝钗”和“黛玉”，由此可见他们三人的关系非同一般，其间的纠葛也必定是紧密和变幻莫测，以致有了宝玉钟情于黛玉，却与宝钗联了姻的结局。妙玉也由一个“玉”字与宝玉相连，二人情投意合，性格上也具有许多相似之处，是宝玉的一面镜子。

**接着聊聊谶语**（chèn yǔ，迷信的人指当时无意中说出，事后应验的话）**法**。谶语就是对语言有一种迷信，所以咱们讲究要说吉利话，不要说不吉利的话，要多说好话，那么曹雪芹呢，又非常巧妙地把这样一种谶语文化运用到了小说情节的暗示之中。本书中主要用了诗谶、谜谶、戏谶、语谶、曲谶、物谶等几种方法。

**先说说诗谶**，我们知道在贾宝玉梦游太虚幻境那回里边，警幻仙姑带贾宝玉到薄命司，看那个册子，大家都很熟悉了，那不都是一幅画，后边是四句诗嘛，隐喻了她们未来的结局。比如说贾探春，她的册子上，画的是一片大海，一只大船，船上有个女子，在那儿掩面啼哭呢，还有两个人在那儿放风筝。后边它也配上四句诗，“才自精明志自高，生于末世运偏消，清明涕送江边望，千里东风一梦遥”（第五回）。这就是隐喻贾探春将来要远嫁海外嘛，这是一种诗谶。

**曲谶呢，来看第五回演奏的《红楼梦》十二支曲子，曲曲有深意**。虽然具体曲目指的是谁，代表什么众说纷纭，但可以肯定的是《红楼梦》十二支曲子是整部书的大纲，是十二位主要女性的总谶！也就是领悟透这十二首曲子，可以说就明了了整部的全部。《终身误》主要指是薛宝钗，《枉凝眉》主要指是林妹妹，前面也分析了。《恨无常》应指贾元春，《分骨肉》探春，《乐中悲》应指湘云，《世难容》妙玉，《喜冤家》迎春，《虚花悟》惜春，《聪明累》凤姐，《留余庆》的是巧姐，《晚韶华》李纨，《好事终》秦可卿。特别是《收尾·飞鸟各投林》，预示着结局很悲惨："好一似食尽鸟投林，落了片白茫茫大地真干净！""树倒猢狲散"也。这与高鹗的续书是有很大出入的。第二十七回的《葬花吟》中：他年葬奴知是谁？据脂砚斋点评："埋香冢葬花乃诸艳归源，《葬花吟》又系诸艳一偈也。"第六十三回：芳官唱的一支《赏花时》，据说是宝玉与湘云相逢之偈（jì，预言的话语）。

**谜谶，就是谜语，**"制灯谜贾政悲谶语"（第二十二回）。回目上说得非常清楚。那一回元宵节期间，贵妃娘娘贾元春送到贾府一个灯笼，灯笼上有一首诗，其他小姐们也都做了一些灯谜，然后大家都挂着灯笼娱乐了。我们看贾元春的那首诗是"能使妖魔胆尽摧，身如束帛气如雷。一声震得人方恐，回首相看已化灰"（第二十二回），她的谜底是爆竹，就是比较原始的鞭炮了。我们看这不就隐喻她封了皇妃"一声震得人方恐"，但回头一看粉身碎骨了。二小姐贾迎春作了一个算盘诗谜，后两句是"因何镇日纷纷乱，只为阴阳数不同"（第二十二回）。我们知道算盘珠上边两个那是阳数，下边那五个子是阴数，这样子拨拉来拨拉去，它是很乱的了。阴阳当然是象征夫妻关系了，我们知道最后贾迎春是"子系中山狼，得志更猖狂。金闺花柳质，一载赴黄梁"（第五回）。是被她的夫婿孙绍祖给虐待死了，所以算盘诗谜是"因何镇日纷纷乱，只为阴阳数不同"，暗示了她的结局。此外，其他一些回目里边，也都有类似的这样一种谶语式的谜语。贾政看这些小姐们的谜语后，感到一种悲哀，一种不祥的预感，小说是有正文描写的，这是谜谶。

**戏谶，就是演戏，演的曲目伏着事件**。我们知道贾府里边有一个家庭戏班子，贾元春归省的时候买来的一些小戏子经常演戏。我们看贾元春归省的时候，点了四出戏，旁边脂批说得非常清楚，"所点之戏剧伏四事，乃通部书之大过节大关键"（第十八回），那就说这四出戏所象征的四个关键性的情节。一个是《长生殿》里边的一出，那是伏元妃之死。我们知道《长生殿》是清朝洪昇的剧本，内容是唐明皇和杨贵妃的故事，元春也是贵妃，所以它要用杨贵妃的结局来影射贾元春的结局。另外一出戏是《牡丹亭》杜丽娘的故事，旁边脂批说伏黛玉死。它用杜丽娘的悲剧来影射林黛玉未来的悲剧。还有一出是伏贾家之败，那是《一捧雪》里边传奇《豪宴》。还有一个是伏甄宝玉送玉，那个是《仙缘》的那一出。所点之戏剧伏四事，这是影射了八十回以后的四个关键性情节，元春之死，黛玉之死，贾家抄家，贾宝玉出家。这就是戏谶。

**语谶，有个成语叫一语成谶，说的就是一句话说中的意思**。小说中某些人物的某些对话，它是具有谶语性质的，举一个最说明问题的例子。第三十回林黛玉与贾宝玉吵架后，嚷着回家。贾宝玉不允许，结果：“黛玉道：‘我死了。’宝玉道：‘你死了，我做和尚去。’”这是贾宝玉第一次说出家当和尚，后面还有一次在第三十一回，晴雯与袭人相猜忌，林黛玉正好串门，打趣袭人。原文为：“袭人笑道：‘林姑娘，你不知道我的心事，除非这一口气不来，死了到也罢了。’林黛玉笑道：‘你死了，别人不知怎么样，我先就哭死了。’宝玉笑道：‘你死了，我作和尚去。’……林黛玉将两个指头一伸，抿嘴笑道：‘做了两个和尚了。我从今已后，都记着你作和尚的遭数儿。’”……据笔者推断，贾宝玉在后三十回中，应该是出家两次。一次可能是不得已出家，后被人救了，还了俗。后来，看破红尘，主动出了家。第四十二回，“刘姥姥忙笑道：‘这个正好，就叫他作巧哥儿好。这叫作以毒攻毒，以火攻火的法子。姑奶奶定要依我这名字，他必长命百岁。日后大了，各人成家立业，或一时有不遂心的事，必然是遇难成祥，逢凶化吉，却从这巧字上来。’”据大多数红学人士考证，巧姐最后蒙难，正巧被刘姥姥所救。故此脂砚斋批道：“作谶语，以影射后文。”（第四十二回）第四十五回，宝玉雨夜带着大箬笠，身上披着蓑衣看黛玉。黛玉见那蓑衣斗笠十分细致轻巧，宝玉打算送她一顶，结果黛玉如何说？“我不要他。戴上那个，成个画儿上画的和戏上扮的渔婆了。”俗话说：戏台上的夫妻——假的！这也暗示黛玉与宝玉有缘无分也。脂砚斋在此批道：“妙极之文。使黛玉自己直说出夫妻来，却又云画的扮的，本是闲谈，却是暗隐不吉之兆，所谓画儿中爱宠是也，谁曰不然。”（第四十五回）第四十六回，鸳鸯拒绝贾赦后，平儿打趣她跟了贾琏，袭人让她配给宝玉，结果鸳鸯又是气，又是臊，又是急，因骂道：“两个蹄子不得好死的，人家有为难的事，拿着你们当作正紧人，告诉你们与我排解排解，你们到替换着取笑儿，你们自为都有了结果了，将来都是做姨娘的。据我看，天下的事未必都遂心如意，你们且收着些儿，别特乐过了头儿。”袭人最后肯定没当上姨娘，据此语境推断，日后平儿也应没有当上姨娘。第六十三回，宝玉过生日，在怡红院单独摆宴，宝玉和芳官两个先划拳。后也脱掉外装：“引的众人笑说：‘他两个到像一对双生的弟兄两个。’”同样是此回，后面文字中又有芳官喝醉了，与宝玉同榻而眠，加上芳官又擅长装扮，还多次改名（耶律雄奴、温都里纳、玻璃）来推断，她应在真本后三十回中，在贾府落难宝玉收监后，假扮宝玉，助宝玉脱身，并与湘云相聚。

**物谶，就是用物件把两个人的命运牵起来**。第八回：“宝玉忙托了锁看时，果然一面有四个篆字，两面八个，共成两句吉谶。亦曾按式画下形相：宝钗看毕，又从翻过，正面来细看，口内念道：‘莫失莫忘，仙寿恒昌。’莺儿嘻嘻笑道：‘我听这两句话，到像和姑娘的项圈上的两句话是一对儿。’宝钗的项圈是什么字？不离不弃，芳龄永继。怪不得宝玉看了，也念了两遍，又念自己的两遍，“因笑问：‘姐姐这八个字，到真与我的是一对。’”这也暗伏二人最终结成了大妻。还有袭人与琪官蒋玉菡情定茜香罗（指茜香园特有的染料染成的汗巾），湘云与宝玉因麒麟最终相聚都是由物将他们联系在一起。

宝玉宝钗对照
通灵宝玉和金锁

**影射法也是书中用得较多的一种写法**。影射法可以分好几种,主要谈三种:一是时空事件影射。比如:有的说《红楼梦》影射康熙雍正乾隆朝更迭换代的事。特别是抄了曹家的雍正皇帝更是指摘最多。有的说《红楼梦》里有一副很有名的对联:“假作真时真亦假,无为有处有还无。”(第五回)上联影射雍正之登基,下联比喻雍正之驾崩。秦氏影射雍正,秦氏谐音“顷逝”,秦氏又称秦可卿,正读倒读都是“顷刻倾”,就是马上完蛋的意思。雍正暴亡至今还是一团迷雾,当时更是如此。雍正一死朝野议论纷纷,小道消息频传,成为街谈巷议的热门话题。书中写的“彼时合家皆知,无不赞叹,都有些疑心”。极有可能是比喻朝野议论的情景。著名作家刘心武先生独辟蹊径开创“秦派”,认为秦可卿实为康熙废太子的女儿,坏了事的义忠亲王就是废太子。当然还有学者认为《红楼梦》影射朱明,秦可卿乃崇祯化身。还有的认为《红楼梦》影射康熙皇帝大红人明珠家族秘史等。可谓仁者见仁,智者见智。

另外一种是人物之间的影射,大家都很熟悉,“晴有黛风,袭乃钗副”。晴雯有林黛玉的风流,袭人是薛宝钗的影子,每一个读《红楼梦》的读者,都有明显的感觉。袭人与宝钗很相像,极端恪守封建礼教的丫鬟,又很会来事儿。与之相反,晴雯似乎是与黛玉灵性契合,倔强、果敢,性格上与袭人完全两样儿。因此作者在写晴雯袭人的时候,其实她们的结局,已影射出林黛玉和薛宝钗将来类似的结局，这就是影射法。我们也举一个最能说明问题的例子，我们看第七十七回“俏丫嬛抱屈夭风流”，晴雯死了，贾宝玉怀念晴雯，写了一个诔文（lěi wén，古代哀悼死者的文章），“痴公子杜撰芙蓉诔”（第七十八回）。然后在芙蓉花前念这个诔文，念完以后，突然听到有一个人说，“好新奇的祭文”（第七十九回），定睛一看原来是林黛玉，然后林黛玉和贾宝玉讨论这个祭文，说里边有些词句不太文雅，需要修改。于是两个人讨论来讨论去，最后贾宝玉说，我想到了一个好的改法，说“茜纱窗下我本无缘，黄土陇中卿何薄命”，原来是“红销帐里公子多情，黄土陇中女儿薄命”（第七十九回），“公子、女儿”不太文雅，最后改来改去，改成这个了。结果林黛玉听了以后，脸上忡然变色，心中有无限狐疑，只是面上不肯露出。为什么呢？“卿”就等于当面说你我呀，“卿本佳人，奈何做贼”的那个“卿”，就等于是贾宝玉当面和林黛玉说，咱们两个没缘分，“茜纱窗下我本无缘，黄土陇中卿何薄命”，这就用林黛玉和晴雯之间的影射关系，通过晴雯的死来暗示林黛玉的死，这都是人物之间互相影射。

其实，《红楼梦》中人物的影射还是很多的，秦可卿是谁的影子？“早有一位女子在内，其鲜妍妩媚，有似乎宝钗；风流袅娜，则又如黛玉。……乳名兼美字可卿者，许配与汝。今夕良时，即可成姻。”（第五回）比如王熙凤身上有贾母的影子，原在贾宝玉屋里的小红在三十回后，颇有王熙凤风采。平儿又像极宝钗，香菱又与秦可卿几分相像（第七回：“到好个模样儿，竟有些像咱们东府里蓉大奶奶的品格”），等等。还有在众人玩耍时，一个人留在贾宝玉房内照应，“公然又是一个袭人”（第二十回）的是谁？麝月也。龄官画蔷场景很美，龄官像谁呢？“大有黛玉之态”“独龄官冷笑了两声，赌气仍睡去了”，“今儿我咳嗽出两口血来，太太叫大夫来细问我。你且弄这个取笑。偏生我这没人管没人理的，又偏疼。”说着，又

哭起来。（第三十回、第三十六回）

还有一种影射就是一种象征性的，用物品来影射人。比如说风筝就是贾探春的象征，放风筝就象征着贾探春后来漂流海外。此外小说中给一些重要的女儿，都有一种特定的花卉做吉祥物。实际上吉祥物是薄命物，比如说林黛玉和晴雯都用芙蓉花象征，所以晴雯是芙蓉花神，史湘云是海棠花，等等。



**引文法用得也很多**。就是前八十回中的某一个情节，它实际上像引子一样，引导着八十回以后的另外一个情节。比如说第四十一回刘姥姥二进荣国府，她带来的外孙板儿和王熙凤的女儿巧姐，开始还不叫巧姐，后来刘姥姥给起的名。两个人交换了柚子和佛手。旁边脂批指得非常清楚，“小儿常情，遂成千里伏线”，就是通过这两个小孩交换柚子和佛手，暗示了八十回以后贾家败落，刘姥姥救出巧姐，巧姐嫁给了板儿。所以第五回册子判词上，巧姐是画着一个村妇在那儿纺线呢，那不是“事败休云贵，家亡莫论亲。偶因济刘氏，巧得遇恩人”。她最后嫁给了板儿了，这就是说前面的这个情节，两个小孩交换水果，实际上是引导着八十回以后他们的结局。还有一个完整的回目，它引导着后边一个相应的回目，周汝昌先生提出《红楼梦》是个大对称的结构，那是非常具有文学慧眼的，确实是这样的。前面的五十四回写兴盛，后边五十四回写衰败，就是风月宝镜的正面和反面，所以甚至在具体某一个回目上，它后边和前边都是有一些对应的。一个最明显的证据，就是第二十一回，“贤袭人娇嗔箴（zhēn劝告，劝诫）宝玉，俏平儿软语救贾琏”，在这回前边，有一段很长的脂批，说“按此回之文固妙，然未见后卅回”，你还懂不到它的妙处呢，这就是说八十回以后只有三十回。然后说怎么妙呢，他说“此曰‘娇嗔箴宝玉，软语救贾琏’。后曰‘薛宝钗借词含讽谏，王熙凤知命强英雄’。今只从二婢说起，后则直指其主”。现在这回写的是袭人和平儿，这是两个仆人丫头，那么后边则要直接写到她们的女主人了，那就是薛宝钗和王熙凤。说“何

晴雯情迷病补裘

袭人情痴试云雨

今日之玉犹可箴，他日之玉已不可箴耶”，说第二十二回的时候，花袭人劝贾宝玉，贾宝玉虽然是根本不接受，但是表面上还是接受点。但是到了那一回以后，贾宝玉的逆反思想就非常彻底了，根本不接受任何的劝诫。然后又说“今日之琏犹可救，他日之琏已不能救耶”，第二十一回的时候，王熙凤还占贾琏的上风，还威风八面，而到了王熙凤知命强英雄的时候，已经是勉强在挣扎了，她的地位已经不行了，即将走向衰败了。然后脂批就感叹，说盛衰的对比是多么强烈呀。我们看它这里边影射一个完整的回目，前后呼应的，也就是说第二十一回是直接引导着后边的那回的。

除了明引，也有暗引，比如第六回刘姥姥一进荣国府时：“刘姥姥因说：‘这位凤姑娘今年大不过二十岁罢了，就这等有本事，当这样的家可是难得的。’周瑞家的听了道：‘嗐（hài，叹词），我的姥姥，告诉不得你呢。这位凤姑娘年纪虽小，行事却比世人都大呢。如今出挑的美人一样的模样儿，少说些有一万个心眼子。再要赌口齿，十个会说话的男人也说他不过，回来你见了就信了。就只一件，待下人未免太严些。’”第二回“谁知自娶了他令夫人之后，到上下无一人不称颂他夫人的，琏爷到退了一射之地（一箭所能达到的距离，约当200米）。说模样又极标致，言谈又爽利，心机又极深细，竟是男人万不及一的！”刘姥姥与周瑞家的对话反映出凤姐几个特点：能干、美丽、有心计、口齿伶俐、对下属苛刻。想一想，整部书是不是围绕着凤姐这几个特点来写的？对付贾瑞的淫心、协理东府、大闹宁国府，等等。

第三十一回，贾宝玉与晴雯拌嘴，吓唬将晴雯撵了出去，结果晴雯怎么说呢？“晴雯哭道：‘我多早晚闹着要去了？饶生了气，还拿话压派我。只管去回，我一头碰死了也不出这门儿。’”这种话为什么引文呢？为金钏之死！在封建社会，被主家撵出如同被夫家休了，没脸活的。因此第三十二回金钏被撵，投井而死并不意外。

**反衬章法用得很隐晦，但非常巧妙，不细细品味不得其妙**。比如第一回说甄士隐嫡妻封氏，情性贤淑，深明礼义。这是不写香菱实写香菱也，说她的母亲人品端正，性情很好，不是反衬出香菱根源不凡吗？同样，说黛玉的父亲姓林名海，表字如海。我们都知道，曹雪芹起每个名都是有寓意的，黛玉父亲的名字寓意什么呢？盖云“学海文林”也。父亲才学渊博，学富五车，父亲又特别钟爱独女，想想黛玉才气能差吗？总是暗写黛玉。我们都知道贾赦是非常好色荒淫无度的，书中直写了吗？没有。但用一个方法表现了出来，就是第三回，“（黛玉）再一时进入正室，早有许多盛妆丽服之姬妾、丫嬛迎着……”盛妆丽服之姬妾丫鬟自然想到贾赦的爱好、取向了。

香菱风流亚宝卿

**深山藏古寺的写法也让人眼亮**。宋徽宗赵佶（jí）喜爱书画，常出题考画家。有一次考试，主考官出的题目是“深山藏古寺”。这个题目要画好并不容易。有的在山腰间画座古庙，有的把古庙画在丛林深处……主考官都不满意。就在他感到失望的时候，有一幅画深深地吸引了他，那幅画好在哪里呢？好就好在构思巧妙，那位高明的画家，根本就没有画庙。画的是崇山峻岭之中，一股清泉飞流直下，跳珠溅玉。泉边有个老态龙钟的和尚，一瓢一瓢地舀了泉水倒进桶里。就这么一个挑水的和尚，就把“深山藏古寺”这个题目表现得含蓄深邃极了。这种写法就是用含蓄的方法写故事。说第七回，“周瑞家的悄问奶子道：‘奶奶睡中觉呢？也该请醒了。’奶子摇头儿。正说着，只听那边一阵笑声，却有贾琏的声音。接着房门响处，平儿拿着大铜盆出来，叫丰儿舀水进去。”这就是用深山藏古寺的写法写凤姐与贾琏做爱的事情。也可以用脂砚斋的说法：“柳藏鹦鹉语方知”之法。

**当然在写法上，还有一种方法不得不提，就是脂砚斋提到的《水浒》文法**。第二十六回：“说着只见有个丫嬛到了茶来与他。那贾芸口里和宝玉说着话，眼睛却瞅那丫头。细条身材，容长脸面，穿着桃红袄儿，青缎背心，白绫细折裙子。不是别人，却是袭人。”脂砚斋在此批道：“《水浒》文法。用的恰当，是芸哥眼中也。”所谓的“《水浒》文法”其实是《水浒》笔法，系清朝文字评论家金圣叹提出的，后面还会提到。究竟具体指什么呢？根据说法，它至少包括下列十五种方法。

（一）**倒插法**。“谓将后边要紧文字，蓦地先插放前边。”即脂砚斋所说的“伏笔”。比如在《红楼梦》前五回将所有人结局全盘暗示，然后再娓娓道来，这类笔法在悬疑公案小说比较多见，吊足读者胃口。

（二）**夹叙法**。笔者认为主要指两件事交替进行，你中有我，我中有你地进行表述。比如第十回、十一回，这边正说着张友士给秦氏看病不知什么结果呢，下回开头交代给贾敬过寿辰了。寿辰中王夫人又提到了秦可卿的病，不露声色，娓娓道来。

（三）**草蛇灰线法**。“骤看之，有如无物，及至细寻，其中便有一条线索，拽之通体俱动。”这个前面已提到，这个很多，比如茜雪被撵一段，后至狱神庙方呈正文。

（四）**大落墨法**。笔者认为主要指着意描写，反复渲染。如秦可卿死后场面，洋洋洒洒，不惜笔墨。

**（五）绵针泥刺法**。这指的是寓讽刺于叙述。比如说宝玉“不肖无双”。

**（六）背画铺粉法**。即人物描写的对比衬托。比较多，举一个典型事例，就是写刘姥姥进荣国府，以她的贫贱低俗忠厚，来反衬荣府人富有高雅虚伪。

**（七）弄引法**。“谓有一段大文字，不好突然便起，且先作一段小文字在前引之。”就从大局结构上看，先写甄家的破落，再写贾府的破落。

**（八）獭尾法**。“谓有一段大文字后，不好寂然便住，更作余波演漾之。”若娇杏扶正那一小段文字便是个收尾。

**（九）正犯法**。“故意把题目犯了，却有本事出落得无一点一画托借。”主要的意思应该指作者创作手法高明，没有简单的重复，比如书中各人的结局各个不同等。

**（十）略犯法**。这指的是事相似而描写不同。这样的也很多，典型的主要指书中互为影射的人物，性情相似，但又不尽相同；下场应该相似，但是肯定不一样。

**（十一）极不省法**。即为了高潮到来的需要而必须事先展开的各种矛盾描写。比如要渲染宝玉挨贾政打前，先有金钏死、忠顺亲王要人等情节。

**（十二）极省法**。即顺笔收住，一笔带过，也有规避风险之意。这样例子很多。比如第十三回：“无不赞叹，都有些疑心。”脂砚斋在此批：“九个字写尽天香楼事，是不写之写。”还是此回：“于是合族人丁并家下诸人都各遵旧制行事，自不得紊乱。”脂砚斋在此批：“两句写尽大家。”

**（十三）欲擒故纵法**。这指的是为了文字的曲折而故作险笔。就第三十一回宝玉遭打前遇到的那个聋老婆子，尤其是妙，若上来直接就是痛打，感觉不似这般有味。

**（十四）横云断山法**。即叙述一事时应有间隔，不应当一口气说下去，而必须中间小作停顿，插叙另一事。“只为文字太长了，便恐累坠，故从半腰间暂时闪出，以间隔之。”比如晴雯临终之前贾宝玉到她家探望那一幕，可以说悲伤悲绝到极点。在这样沉重的瞬间，曹雪芹插入晴雯嫂子调戏宝玉的片段，让人泪中带笑。还如刘姥姥一进荣国府，刚想如何开口说，正支支吾吾，只听得二门上小厮们回说：“东府里小大爷进来了。”凤姐忙止刘姥姥不必说了。一面便问：“你蓉大爷在那里呢？”（第六回）脂砚斋在此批道：“惯用此等横云断山法。”

（十五）**鸾胶续弦法**。这指的是巧合必须合理，即注意描写的偶然性中应具有必然性。花袭人和蒋玉菡因一条茜香罗的汗巾子，经过宝玉的手拴在了一起应属此法。

以上就是金圣叹说的“《水浒》笔法”的最主要的内容。脂砚斋所论“《水浒》笔法”其具体称谓或与金圣叹所说不同（脂砚斋在二十七回回末总评的批注，指出：“《石头记》用截法，岔法，突然法，伏线法，由近渐远法，将繁改俭法，重作轻抹法，虚稿实应法，种种诸法总在人意料之外且不见一丝牵强。所谓信手拈来无不是是也。”）正如鲁迅所言：传统的思想和写法都打破了，即“诸法总在人意料之外”，但其实质却是大同小异，故不会影响我们对“《水浒》笔法”内容的理解。

当然，书中还提到其他一些写法，比如第十六回，贾元春省亲事。通过贾琏与凤姐夫妻之间闲叙点出，省去读者了解元春如何请旨、皇上如何恩准、贾府如何配合、安排等种种文字。脂砚斋称此为避难法。

诸法并用，方呈《红楼》巨典，读者可细细品味。

# 十一

# 看语言

《红楼梦》的语言堪称经典。精彩的语言为塑造《红楼梦》之魂披上华美的外衣，使其既好吃，也更好看。端木先生〔端木蕻（hòng）良，原名曹汉文，1985年出版《曹雪芹》〕在谈到《红楼梦》的语言时说："在古典小说之林中，《红楼梦》的语言最好。从每个人物的说话声中，可以分辨出是哪个人物出场了。《红楼梦》是语言艺术的典范。"

语言虽只是文学工具，却跟思想内容息息相关。《红楼梦》的语言不只在叙述上用得很好，而且擅用语言来表现人物的个性。凤姐开口便是凤姐，宝钗是宝钗，袭人是袭人，绝不相混。第六回，"刘姥姥一进荣国府……次日天未明，刘姥姥便起来梳洗了，又将板儿教训了几句。那板儿才亦五六岁的孩子，一无所知，听见带他进城逛去，便喜的无不应承。于是刘姥姥带他进城，找至宁荣街，来至荣府大门石狮子前，只见簇簇轿马。刘姥姥便不敢过去，且弹弹衣服，又教了板儿几句话，然后侦到角门前。只见几个挺胸叠肚、指手画脚的人，坐在大凳上说东谈西呢。刘姥姥只得侦上来问：'太爷们纳福。'众人打谅了他一会，便问那里来的。刘姥姥陪笑道：'我找太太的陪房（女方出嫁时从娘家带的仆人）周大爷的，烦那位太爷替我请他老出来。'""天未明""便起来""又将板儿教训"，通过这几句话，可以看到刘姥姥初进荣国府既激动又害怕的样子，特别是"又"字，肯定是反复说板儿去了要听话，不要乱跑乱要嘴，等等。为了平静自己的心情，她"弹弹衣服"，并且"又教了板儿几句话"，连用两个"侦"字把刘姥姥走路的情形勾勒得一清二楚，一系列的动作表现了刘姥姥此时紧张迟疑、小心翼翼的心理，塑造出一个活脱脱的未经世面的农村老太婆的形象。“陪笑”“周大爷”“烦”“替我请”等字眼，体现出刘姥姥低三下四，忍耻想达到目的忐忑心理。

刘姥姥一进荣国府中，刘姥姥见王熙凤的场景同样精彩：“平儿站在炕沿边，捧着一个小小的填漆茶盘，盘内一小盖钟。凤姐儿也不接茶，也不抬头，只管拨手炉内的灰，漫漫地问道：‘怎么还不请进来？’一面说，一面抬身要茶时，只见周瑞家的已带了两个人在地下站着了，这才忙欲起身。犹未起身时，满面春风地问好，又嗔（chēn，责怪）着周瑞家的怎么不早说。刘姥姥在地下已是拜了数拜，问姑奶奶安。凤姐忙说：‘周姐姐，快搀住不拜罢，请坐。我年轻，不大认得，可也不知是什么辈数，不敢称呼。’周瑞家的忙回道：‘这就是我才回的那个姥姥了。’凤姐点头。刘姥姥已在炕沿上坐下，板儿便躲在背后，百端的哄他出来作揖，他死也不肯。”（第六回）单此一段，就写尽了“侯门深自海”的威严和气魄。来了客人，按说起身相迎、笑脸相送吧，但已知是多年不来往的穷亲戚，见一面已给足面子，证明良心未泯。不像一些戏曲、小说写一些人忘恩负义得不但不认旧情，还恩将仇报。这样人有吗？有，但极少。恰恰凤姐的这种姿态才最真实、最符合常情。比如：“忙”“犹”“嗔”再“忙”几个字，写尽凤姐的虚情假意同时，也要顾及大家族声誉的做派，这不是跟现实非常类似吗？正如脂砚斋点评的“还不请进来五字，写尽天下富贵人代（待）穷亲戚的态度”。诚如斯言，写活了，两百年以后仍是如此吧？

还是此回，继续看：“凤姐笑道：‘亲戚们不大走动，都疏远了。知道的呢，说你们弃厌我们，不肯常来。不知道的那起小人，还只当我们眼里没人是的。’刘姥姥忙念佛道：‘我们家道艰难，走不起。来了这里没的给姑奶奶打嘴，就是管家爷们看着也不像。’凤姐笑道：‘这话叫人没的恶心。不过借赖着祖父虚名，作个穷官儿罢了。谁家有什么？不过是个旧日的空架子。俗语说，朝廷还有三门子穷亲呢，何况你我。’说着，又问周瑞家的：‘回了太太了没有？’周瑞家的道：‘如今等奶奶的示下。’凤姐儿道：‘你去瞧瞧，要是有人有事就罢，得闲呢，就回，看怎么说？’周瑞家的答应着去了。”（第六回）此段话何其精彩？何其生动？何其真实？但凡权贵、富裕人家见了久未谋面的不得志或贫贱的亲朋好友，不都是如此语言？不是我不照顾你，是你瞧不上我，饶是不接济、不照顾失意的亲朋，还占了理，让人没了脾气。同时，不接济你，肯定还会说类似的话：“不过是个旧日的空架子。”说白了，家家有本难念的经，不周济也是有原因的。持这种说法、做法的人，即使现在也是如此？去富贵之家借钱，不借还有一摊理由。凤姐之能还在于她不仅会哭穷，而且还把球抛给王夫人（“看怎么说”），因为毕竟还要顾及大家族的面子还有周瑞家的面子，因为周瑞家的是她们王家的人，更是王夫人的人。怪不得脂砚斋在此批：“看之一字细极。”

第四十回写刘姥姥在大观园进餐，故意寻开心的凤姐和鸳鸯为她准备了一双老年四楞象牙镶金筷子，让她去夹那小巧圆滑的鸽子蛋，众人笑态，绝对称上群艳共乐图：“凤姐儿偏拣了一碗

刘姥姥逗堂

鸽子蛋放在刘姥姥桌上。贾母这边说声‘请’，刘姥姥便站起身来，高声说道：‘老刘，老刘，食量大似牛，吃个老母猪，不抬头。’自己却鼓着腮不言语。众人先是发怔，后来一听出来了，上上下下都哈哈的大笑起来。史湘云撑不住，一口饭都喷了出来。林黛玉笑岔了气，伏着桌子‘嗳（同“哎”）哟’。宝玉滚（同“躺”）倒贾母怀里。贾母笑地搂着宝玉叫‘心肝’。王夫人笑地用手指着凤姐儿，只说不出话来。薛姨妈也掌（同“撑”）不住，口里茶喷了探春一裙子。探春手里的饭碗都合在迎春身上。惜春离了坐位，拉着他奶母叫揉一揉肠子。地下的无一个不湾（同“弯”）腰屈（同“曲”）背，也有躲出去蹲着笑去的。也有忍着笑上来替他姊妹换衣裳的。独有凤姐、鸳鸯二人掌着，还只管让刘姥姥。”换作庸手，此段可用“哄堂大笑”四个字结，也可到“上上下下哈哈大笑”止。曹雪芹不惜笔墨，大肆渲染了一幅群艳共乐图，一人一姿态，一态一性格，尽情铺陈：湘云笑得畅快，毫无拘节；黛玉笑得娇媚，柔弱中表现出节制；宝玉笑得随性、撒娇、恃宠；贾母笑得大度、宽宏；王夫人笑中含嗔，嗔中含笑；薛姨妈笑得猝不及防，失态不失礼，一口茶喷在晚辈的裙子上；探春笑得防不胜防，碗丢裙湿；惜春笑得娇弱，不找祖母找奶母。奴仆丫头们只是淡淡两笔，却是清清楚楚地呈现出前面提到“上”与“下”的区别界限，丫头虽笑却不忘身份、“躲出去笑”“替他姊妹换衣裳”。独能“撑着”的凤姐和鸳鸯，一看便知是“总导演”。黛玉笑岔气、湘云喷饭、宝玉倒在怀里、贾母叫心肝、王夫人欲说还休、薛姨妈失态未失礼、丫鬟侍女躲了、忍了，皆是性格决定笑态，身份决定笑容，一笑传神，同中有异，仪态万方。寥寥几笔，勾勒了一幅或笑、或叫、或滚、或搂、或指、或拉、或伏、或蹲、或躲、或忍的百笑图，鲜明个性人物特征呼之欲出。

**语言幽默也是《红楼梦》一大看点**。第七十三回，呆大姐无意间得了一个五彩绣香囊，上面两个人赤条条地盘踞相抱，这呆大姐不认得是春意，心里盘算：“敢是两个妖精打架？”引得周汝昌老先生评价：“妖精打架一语趣甚亦奇甚。即此可见雪芹秉性诙谐，触境生春，非常人所可及。”第七十七回，晴雯将专能庖宰（páo zǎi，为厨房宰杀畜禽）、沦落在外的姑舅哥哥求了赖家的收买进来吃工食。“赖家的见晴雯虽到贾母跟前，千伶百俐，嘴尖性大，却到还不忘旧，故又将他姑舅哥哥收买进来，把家里的一个女孩子配了他。成了房后，谁知他姑舅哥哥一朝身安泰，就忘却当年流落时，任意吃死酒，家小也不顾。偏又娶了个多情美色之妻，见他不顾身命，不知风月，一味死吃酒，便不免有蒹葭倚玉（jiānjiā yǐ yù，指两人的品貌极相称）之叹，红颜寂寞之悲。又见他器量宽宏……”按照时下说法，就是老婆给他戴了无数顶“绿帽子”，他却不以为然、胸怀大度。故此，脂砚斋妙批：“趣极，量器宽宏如此用，真扫地矣。”第七十四回，王夫人抄检大观园审问晴雯时，称：“王夫人原是天真烂漫之人，喜怒出于心臆，不比那些饰词掩意之人……”天真烂漫几时用于形容过祖母级的老太太？偏偏用在王夫人身上，而且是在一个如此威严、肃杀时刻，让人在紧张之时不禁莞尔。第二回，“又寄一封密书与封肃，转托问甄家娘子要那娇杏作二房。封肃喜的屁滚尿流，巴不得去奉承。”屁滚尿流，现在总是形容受惊吓过度导致的生理失调，哪有喜欢得如此呢？怪不得脂砚斋评价：“一语道尽。”第六回，“刘姥姥先听出艰难，只当是没有心里便突突突的。后来听见给他二十两，喜的又浑身发痒起来……”浑身发痒本是病态，原来喜出望外也能发痒！曹雪芹真是圣手圣笔也。

**语言简洁，不入俗套**。第一回，贾雨村偶遇娇杏，如何写娇杏外貌的？“虽无十分姿色，却亦有动人之处。”娇杏没有“羞花闭月”之类形容，在落难的贾雨村眼中，有点姿色，便为上品，便是西施嫦娥也。对于黛玉介绍，语言清丽。“夫妻无子，故爱女如珍，且又见他聪明清秀。”（第二回）由书中知道，黛玉绝对大观园一等一的才女、美女，而且是上了神仙榜的。但书中仅用四字来概括，何其清新脱俗也。更可难得的是，后面介绍她文才时，用了“便也欲使他读书识得几个字”（第二回），一笔带过，于无声处听惊雷也。同样，在第一回，那疯跛道人听了，拍掌笑道：“解得切，解得切！”士隐便笑一声“走罢！”脂砚斋在此批道：“如见如闻，走罢二字，真悬崖撒手。若个能行？”（第一回）

还有第二十回，史湘云首次出场，宝玉听了，抬身就走。宝钗这时啥表情：宝钗笑道：“等着，咱们两个一齐走，瞧瞧他去。”笑道、等着、咱们、一齐、瞧瞧，何其简洁、传神？将二人动作、关系表现得淋漓尽致。故脂砚斋在此批道：“等着二字，大有神情，看官闭目热（熟）思，方知趣味。”第三十三回，贾政气急打宝玉，一迭连声：“拿宝玉！拿大棍，拿绳捆上！……”三个“拿”何其简洁生动，与前面贾政“气得面如金纸”，后面“立刻打死”相呼应，凸显贾政气极之态。



**语言称谓堪称一绝**。第八回，“偏顶头遇见了门下清客相公詹光、单聘仁二人走来。一见了宝玉，便都笑着赶上来，一个抱住腰，一个携着手，都道：‘我的菩萨哥儿！我说作了好梦了呢，好容易得遇见了你。’”看看二位，一个爱“沾光”、一个“善骗人”，谁最好骗，也最好说话呢？当然是宝玉了。因此，二人见了宝玉，比见了亲爹还亲。如同见了乐善好施、宽宏大度的菩萨一样，不讲理论不论伦理，一味阿谀奉承。

第八回，“薛姨妈笑道：‘老货，你只放心吃你的去！你们哥儿吃多了，回去老太太问时，有我呢。’”宝玉的乳母自恃有功，倚老卖老，惹得小辈们很是嫌烦，碍于宝玉面子，又不好当面顶撞。但薛姨妈是王夫人亲姐妹，身份不同，一句“老货”（老家伙之意）既替小辈们出了头，解了气，又在语调上显得与李嬷嬷显得亲近，拿捏得十分到位。同上回，“那李嬷也素知黛玉的，因说道：‘林姐儿，你不要助着他了，你到劝劝他，只怕他还听些。’”这个称谓又有文章，一听就知道李嬷嬷生黛玉的气了。为什么生气呢？因为她悄悄跟宝玉说了句“别理那老货，咱们只管乐咱们的”。老货薛姨妈可以叫，但黛玉你一个外甥女也这么叫，李嬷嬷可就不干了，也回了一句轻佻的称谓。因此，脂砚斋在此批道：“如此之称，似不通，却是老妪真心道出。”类似的情节也出现在第七回，对贾家祖宗有救命之恩的焦大如何称呼贾蓉的呢？“蓉哥儿，你别在焦大跟前使主子性儿。别说你这样儿的，就是你爹，你爷爷，也不敢和焦大挺腰子呢！不是焦大一个人，你们作官儿享荣华受富贵？你祖宗九死一生，挣下这家业，到如今不报我的恩，反和我充起主子来了……”

再看第十五回，“秦钟求道：‘好人，我已急死了。你今日再不依，我就死在这里。’智能道：‘你想怎么样？除非我出了这牢坑，离了这些人，才依你。’”秦钟为求与智能鱼水之欢，而急不可耐的称呼，类似今天的“宝贝”“亲爱的”！让人忍俊！第十九回，“宝玉忙笑道：‘你说那几件？我都依你。好姐姐，好亲姐姐……’”整个《红楼梦》中，与宝玉有床第之欢的，只有袭人一人，故宝玉也自待她不同。现在听说袭人要离开而去，自是非常伤心。突然袭人说只要宝玉依她三件事，刀搁在脖子上，也不出去了。立即喜出望外，有了这样急切、亲密无间的称谓。脂砚斋先生也说：“叠二语，活见从纸上走一宝玉下来，如闻其呼见其笑。”第二十九回，“那张道士先呵呵笑道：‘无量寿佛！老祖宗一向福寿康宁？众位小姐奶奶们纳福？一向没到府里请安，老太太气色越发好了。’贾母笑道：‘老神仙，你好！’”道士不称“无量天尊”却称“无量寿佛”，却因贾母具有佛相，信佛礼佛。贾母不称“天师”，却称“老神仙”，实在对等地抬高对方的称谓。很是般配，却又耳目一新！第三十五回，“贾母听了笑道：‘猴儿，把你乖的，拿着官中的钱你作人。’说的大家笑了。”“猴儿”的称谓多次用到凤姐身上，既是对其反应灵敏、口齿伶俐、办事利索的肯定，也是对其精明的一种包容！第三十九回，刘姥姥初次见贾母，称呼“请老寿星安”。很好，因为有人称“老太太”，在凤姐等口中则为“老祖宗”，在僧尼中则为“老菩萨”，在刘姥姥中称什么对身份，又让贾母高兴，“老寿星”简直叫绝了。而对刘姥姥怎么称呼，也存在这样问题，刘姥姥系王家亲戚，属“亲家”门的，“老”是尊称，“老亲家”呼之即出，既现成，又大方，而且贴切，有情理，让人拍案叫绝！

曹雪芹还在《红楼梦》运用了大量的地方方言，即地方口语。它用北京话做基础，掺上了他家的方言（如原籍丰润）（笔者注：曹雪芹祖籍唐山丰润，出生南京，居住北京）和一些白话小说传统的语言。这些文言成分不但不妨碍白话的生动活泼，反而丰富了口语。比如第四十六回：因贾赦要纳鸳鸯为妾，惹火贾母，贾母同时迁怒他人，惹来凤姐一席话，其中有一句：“凤姐道：‘琏儿不配，我和平儿这一对烧胡了的卷子和他混罢。’”卷子即为河北一带（笔者系石家庄人，也如此叫法）的常见面食，与馒头相似，但是长条形的。第三十九回：“那婆子一时去了，回来说：‘二奶奶说，叫奶奶姑娘们别笑话要嘴吃。’”要嘴即为河北一带（笔者也如此叫法）方言，意思是嘴馋，对某食物喜欢，不管对方愿不愿意，主动张口索取。第四十三回：“贾母忙向李纨道：‘你寡妇失业的，那里还拉你出这个钱，我替你出了罢。’”寡妇失业的即为北方一带（笔者也如此叫法）方言，主要指孤苦无依的意思，多指失去丈夫，自己带孩子的女人。同样是这回：“袭人等都不在房里，只有几个老婆子看屋子，见他来了，都喜的眉开眼笑说：‘阿弥陀佛，可来了！把花姑娘急疯了。上头正坐席呢，二爷快去罢！’”坐席即为河北一带（笔者也如此叫法）方言，意思主要指的参加喜庆的宴会（比如结婚、孩了过满月等）。第五十九回：“他娘也正为芳官之气未平，又恨春燕不随他的心，便走上来打耳刮子，骂道：‘小娼妇，你能上去了几年，你也跟那起轻狂浪小妇学，怎么就打不得你了？干的我管不得，你是我屄（bī，女性生殖器官）里吊（同“掉”）出来的，难道也不敢管你不成？既是你们这起蹄子到的去的地方我到不去，你就该死在那里伺候，又跑出来浪汗（同“汉”，浪荡之意）！’一面又抓起柳条子来直送到他脸上，问道：‘这叫什么？这编的是你娘的屄！’”这两句很粗俗，但就对照人物刻画来说，非常形象、非常生动、非常精彩，正如宝玉所说：“女孩儿未出家，是颗无价的宝珠，出了嫁，不知就怎么变出许多的毛病来，虽是颗珠子，却没有光彩宝色，是颗死的了，再老老，更变的不是珠子，竟是鱼眼睛了。分明一个人，怎么变出三样来？”（第五十九回）。上面两句即为北方一带（笔者也如此叫法）口语，反衬出《红楼梦》中已婚女的粗鄙。

# 十二

# 看人物刻画

脂砚斋曾自云：“画神鬼易，画人物难。”栩栩如生的人物刻画让《红楼梦》“活”了，这也是书的精华所在。《红楼梦》描写了近千个人物形象，不论是贾宝玉、林黛玉、薛宝钗和史湘云，还是贾母、王夫人、邢夫人、王熙凤、李纨，以及贾政、贾珍、贾琏、贾蓉、薛蟠，还有那些数不尽的丫鬟婢女、王公伯侯、和尚道士、平民百姓等，都在现实生活中有迹可循，无怪忽鲁迅先生说：“（《红楼梦》）和从前的小说叙好人完全是好，坏人完全是坏的，大不相同，所以其中所叙的人物，都是真的人物。”

脸谱化自古是中国小说普遍存在的痼疾（gù jí，经久难愈的病），所刻画的人物好好到了极致，可以成佛成仙，坏坏到了极点，必须打入十八层地狱。四大名著《三国演义》塑造的诸葛亮，“神奇近乎妖”（鲁迅语）。而曹操“乱世奸雄”刻画得入木三分，尤其“宁可我负天下人，不可天下人负我”，让人恨不得将其打入地狱。他们往往不够真实，不够丰满，并且缺乏典型意义，与现实生活相去甚远。四大名著尚且如此，何况其他？新中国成立以后至改革开放初期，中国的影视作品仍继承此“传统”，以至看电影先问谁是好人，谁是坏人。红学大师俞平伯对此深有感触：“《红楼梦》的最大特色，是敢于得罪人的心理。《红楼梦》开罪于一般读者的地方很多，最大的却有两点。社会上最喜欢有相反的对照。戏台上有一个红面孔，必跟着个黑面孔来陪他……在小说上必有一个忠臣，一个奸臣；一个风流儒雅的美公子，一个十不全的傻大爷……雪芹先生于是狠狠地对他们开一下玩笑。宝玉亦慧、亦痴、亦淫、亦情，但千句归一句，总不是社会上所赞美的正人。十二钗都有才有貌，但却没有一个是三从四德的女子；并且此短彼长，竟无从下一个满意的比较褒贬……”

其实，作为万物之灵的人，人性是矛盾的，人无完人，大奸之人并非一无是处，比如林彪，反党前，一直是受国人推崇的常胜将军之一。大善之人并非完人，比如毛泽东，“文革”之痛不堪回首。即使现在每年抓的，甚至被执行极刑的贪官污吏，其在任上时，也为老百姓办了不少好事。如果轻易将一个人定性为好人、坏人，则失其偏颇。

这又可以用《红楼梦》第五十四回贾母的原话来说明：“这些书都是一个套子，左不过是些佳人才子，最没趣儿，把人家女儿说的那样坏，还说是佳人，编的连影儿也没有，开口都是书香门第，父亲不是尚书就是宰相，生一个小姐，必是爱如珍宝，这小姐必是通文知礼无所不晓，竟是个绝代佳人，只一见了一个清俊的男人，不管是亲是友，便想起终身大事来。父母也忘了，诗礼也忘了。鬼不成鬼，贼不成贼，那一点儿是佳人？便是满腹文章，做出这些事来，也算不得佳人了。比如男人满腹文章去作贼，难道那王法就看他是才子，不入贼情一案了不成？ 可知那编书的是自己塞了自己的嘴。再者，既说是世宦书香大家子小姐，都知礼读书，连夫人都知书识礼，便是告老回家，自然这样大家人口不少，奶母、丫鬟、服侍小姐的人也不少，怎么这些书上，凡有这样的事，就只小姐和紧跟的一个丫鬟？你们白想想，那些都是管什么的？可是前言不搭后语？……这有个原故！编这样书的，有一等妒人家富贵，或是有求不遂心，所以编了来，污秽（wū huì，不干净）人家。再一等，他自己看了这些书看魔了，他也想一个佳人，所以编了出来取乐。何尝他知道那世宦读书家的道理！别说书中那些世宦书礼大家，就如今眼下真的拿我们这中等人家比说，也没有那样的事，别说是那些大家子。可知诌掉了下把的话。”

而《红楼梦》则开天辟地实现了以“人性”为本，将每个人立体化、真实化，开创中国小说先河。鲁迅先生对此叹服：“自有《红楼梦》出来以后，传统的思想和写法都打破了。”《红楼梦》中的人物，现实生活中遍地可寻，真实可信。无论主角男女，还是丫鬟奴役，血肉丰满，惟妙惟肖，同现实生活极为接近。人物形象的主导性格刻画得非常突出，比如宝玉兼爱、容爱，即使暗害他的赵姨娘、环兄弟，也不留恶声，但对于老婆子，不也是发出这样的恶毒咒语吗？“女孩儿出家前，是颗无价的宝珠，出了嫁，不知就怎么变出许多的毛病来，虽是颗珠子，却没有光彩宝色，是颗死了的，再老老，更变的不是珠子，竟是鱼眼睛了。”（第五十九回）这就是人物形象刻画另一重要方面，充分表现了人物性格的多维性、复杂性和立体感。清代大评点家张新之说，《红楼梦》“写薛姨妈，不是贾母、不是王夫人、不是邢夫人、不是刘姥姥，而是处处掩卷能认得他；写薛蟠，不是纨绔、不是邢大舅、不是醉金刚，亦处处认得他，是为能品”。在分析每个人物时，曹雪芹给每一个建立档案，深入人物的性格，深入他们的心灵深处，而使之形象丰满，人物只要一出现，便知其脾气秉性。几十个典型人物在曹雪芹笔下活了，未见其人，先闻其声，无论语言、动作、性格，绝对具有专属性和排他性，只有相似，绝无相同。谁最懂茶道？首先想到的应该是妙玉！高雅脱俗！谁最会写诗？肯定是黛玉！多愁善感！谁最会说？当然非凤姐莫属！纵横捭阖的大管家！

一号人物贾宝玉先看外形，“面若中秋之月，色如春晓之花，鬓若刀裁，眉如墨画，脸若桃瓣，睛若秋波。虽怒时而若笑，即嗔视而有情。”（第三回）这是一种什么形象？俗话说：腹有诗书气自华。这是一种文采飞扬、气质脱俗的形象。虽然不为世人所容，“于国于家无望。天下无能第一，古今不肖无双。”果真如此吗？“神仙姐姐”可不这么认为。第五回，“宝玉还欲看时，那仙姑知他天分高明，性情颖慧”， 后面还有宁荣二公托梦，贾家虽历百年，遗之子孙虽多，竟无可以继业。“其中惟嫡孙宝玉一人，禀性乖张，生情诡谲（jué，怪奇），虽聪明灵慧略可玉成”。王爷不这样认为，第十五回：“水溶见他语言清楚，谈吐有致……”国公爷替身张道士也不这样认为，第二十九回，“张道士道：‘我前日在好几处看见哥儿写的字，作的诗，都好得了不得。怎么老爷还抱怨说哥儿不大喜欢读书呢？依小道看来，也就罢了。’又叹道：‘我见哥儿的这个形容身段，言语举动，怎么就同当日国公爷一个稿子！’说着，两眼流下泪来。贾母听说，也由不得满脸泪痕，说道：‘正是呢，我养了这些儿子孙子，也没个像他爷爷的，就只是玉儿还有个影儿。’”还有一点，阴间判官也不这样认为。第十六回秦钟魂魄被鬼拿住，都判官听说宝玉来了，“先就唬慌起来”“众鬼见判官如此，也都忙了手脚”“你老人家先是那等雷霆电雹，原来见不得宝玉二字”，都判官如何评价宝玉：运旺时盛。不务正业的会有这样评价吗？

再从宝玉性格上看，他优点很多，比如怜贫惜老，第四十一回当刘姥姥用妙玉的茶杯吃过茶后，宝玉和妙玉赔笑道：“那茶杯虽然脏了，白撂了岂不可惜！依我说，不如就给了那贫婆子罢，他卖了也可以度日。你道可使得？”比如不把丫头当奴才、爱花、惜花，第三十回龄官画“蔷”时，天突降雨，他求龄官避雨，自己却遭雨淋；亲姐姐元春省亲，他却偷偷祭自杀的丫头等，举不胜举。但其毁花、践花的行为同样让人侧目，虽非本意，但事实却如此，第三十回，他从黛玉处回来晚了，丫头们没有听见，袭人开门去，他发起了贵族公子脾气，不问缘由，不管是谁，抬脚就踹，而且够狠的，踹得袭人都吐血了，嘴里还骂道：“下流东西们！”还有第八回，小丫头戴不好大红猩毡斗笠，惹得宝玉大骂“好蠢东西！”这样的语言和场景跟他平时对女儿的态度是大相径庭的。还有黛玉的“化身”晴雯（第三十一回）顶撞了他几句，他不是也想撵了出去。茜雪被逐，金钏自杀，宝玉也难脱干系。更感觉不可理解的是，小说还写出了贾宝玉有“双性恋”倾向。第九回：“恋风流情友入家塾……”，他与秦钟还有“香怜”“玉爱”四人互有“窃慕”之意。“每日一入学中，四处各坐，或设言托意，或咏桑寓柳，总以心照……”正因为此，才引起学堂里面的“下流人物”产生了误解，争风吃醋，大打出手。第二十八回与蒋玉函，“宝玉见他妩媚温柔，心中十留恋，便紧紧地攥着他的手……”当蒋玉函将大红汗巾解下来与宝玉交换时，“宝玉听说，喜不自禁，连忙接了过来，将自己一条松花绿的解了下来，递与琪官。”汗巾系贴身贴肉的相当于现在内衣，如果没有这方面倾向，实难想象两个大男人换内衣穿。这样的贾宝玉让人耐看，喜欢看，想看。

林黛玉“两湾似蹙（cù，缩放）非蹙笼烟眉，一双似泣非泣含露目。态生两靥（yè，酒窝）之愁，娇袭一身之病。泪光点点，娇喘微微，闲静时如名花照水，行动处似弱柳扶风。心较比干多一窍，病如西子胜三分。”（第三回）脂砚斋先生说：“此十句定评，直抵一赋。”的确如此，黛玉的这段描写，把黛玉“病西施”“娇佳人”的形象淋漓尽致地勾勒出来。黛玉美不美？“两弯似蹙非蹙笼烟眉，一双似泣非泣含露目。”这种眉目，从古到今，闻所未闻，因此，脂砚斋先生说：“奇眉妙眉、奇目妙目、奇想妙想。”黛玉这种美是一种独一无二的美！黛玉之病也是一种美。“态生两靥之愁，娇袭一身之病。泪光点点，娇喘微微。”为什么称黛玉又为“颦儿”？就是因为黛玉“蛾眉常蹙”！闲静时如姣花照水，安静的时候就好像娇羞欲滴的花一样，静静地倒映在水中。行动处似弱柳扶风，更有精彩形象展示，第八回：“话犹未了，林黛玉已摇摇的走了进来。”摇摇，正是美人走路的样子。心较比干多一窍，说明黛玉小性、多疑。虽说出自名门，但毕竟现在父母双亡，她现在是寄人篱下。这样的人表现的性格就是自尊心特别的强，如张开的刺猬，不但敏感，而且尖酸刻薄，语语带刺，一张嘴儿不肯饶人。第八回，李嬷嬷嫌黛玉劝宝玉喝酒，

甄宝玉怜护仙草

贾宝玉爱呵黛妹

说了黛玉几句。林黛玉怎么反击的？黛玉冷笑道：“……你这个妈妈也太小心了，往常老太太又给他酒吃，如今在姨妈这里多吃一口，料也不妨事。必定姨妈这里是外人，不当在这里的也未可知。”听听说话，这不是明摆挑拨事的吗？李嬷嬷又急又笑，急是急了，笑却是赔笑也。类似情节还有第七回，周瑞家的送宫花，顺便将别人的都送了，最后两枝给黛玉。“黛玉只就宝玉手中看了一看，便问道：‘还是单送我一个人的，还是别的姑娘们都有？’周瑞家的道：‘各位都有了，这两支是姑娘的了。’黛玉再看了一看，冷笑道：‘我就知道，别人不挑剩下的，也不给我。’周瑞家的听了，一声儿不言语。”送花顺序这一细节，别人是不在意的，而黛玉在意了，并马上认为是别人挑剩下才给她的，一席话说得人无言以对。黛玉的诗才，曹雪芹没有明说，但是从她的《葬花吟》《桃花行》等诗来看，没有能超过她的。

至于薛宝钗，“唇不点而红，眉不画而翠，脸若银盆，眼如水杏。罕言寡语，人谓藏愚。安分随时，自云守拙”（第八回）。雍容华贵、大度包容的刻画就不用提了。只谈谈她工于心计、惯于逢迎的另一面，或者叫大智若愚，很值得回味。第二十二回贾母为宝钗过生日，问宝钗爱听何戏，爱吃何物。宝钗投贾母所好，点热闹

戏文，吃甜烂食物，最后博得了贾府最高当权者贾母的喜悦。从这样一个微小的细节，我们可以看出薛宝钗用心之深。在同一回里，当凤姐说唱戏的小旦在扮相上像一个人，叫大家猜时，“宝钗心内也已知道，便只一笑不肯说。宝玉也猜着了，亦不敢说”（第二十二回）。宝玉是不敢说，怕得罪了黛玉；宝钗却是不肯说，不肯说也就罢了，偏偏还要一笑，表明自己是知道的，这个细节写出了她城府颇深。还有《红楼梦》中一经典画面宝钗扑蝶中，有一个不雅的镜头，就是第二十七回，宝钗在滴翠亭无意中听到了小红与坠儿的隐事，在躲避不及的情况下，宝钗使了一个“金蝉脱壳”的办法，成功地消除了一切祸患。她是没事了，却将祸水引向了黛玉，惹得小红和坠儿非常紧张。这点使宝钗在读者心中的形象大打折扣。遇难力求自保是正常现象，这也使宝钗相对于黛玉的尖刻，也有了另一个不闪亮的形象。真实感更强。

湘云“真名士自风流”（第四十九回），前面也说了她应

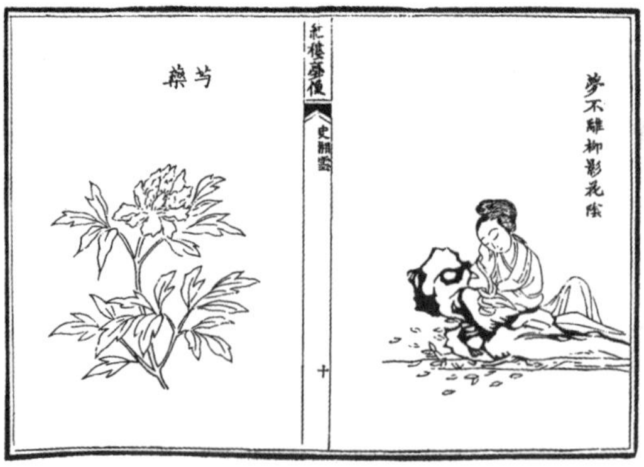


该就是脂砚斋，与曹雪芹最终走到一起的人，据专家考证，她在《对菊》《供菊》的诗是典型的黄昏恋意境：“数去更无君傲世，看来惟有我知音。秋光荏苒

（rěn rǎn，时光远去）休辜负，相对原宜惜寸阴。……傲世也因同气味，春风桃李未淹留。”（第三十八回）也因此，她在书中几乎没有负面形象。为此，多次与《红楼梦》爱好者闲聊，红楼女性最喜欢谁？大多数选择湘云。因为她的豪气、直爽，坦诚相对，彼此不累。宝钗的谨慎、黛玉的小性、妙玉脱俗、熙凤女汉子等，皆非中国大多数男人的首选也。湘云整个形象可用一个字形容，就是“豪”！书中用她的言谈和肢体语言将这种旷达豪爽的个性大张旗鼓地表现了出来。第四十九回：“湘云笑道：‘你们瞧我里头打扮的！’一面说，一面脱了褂子。只见他里头穿着一件半旧的靠色三镶领袖，秋香色盘金五彩绣龙窄褃（kèn，同“裉”），小袖掩襟银鼠短袄。里面短短的一件水红妆缎狐肷（qiàn）褶子，腰里紧紧束着一条蝴蝶结子长穗五色宫绦，脚下也穿着鹿皮小靴，越显得蜂腰猿背，鹤势螂形。众人都笑道：‘偏他只爱打扮成个小子的样儿，原比他打扮女儿更俏丽了些。’湘云道：‘快商议作诗，我听听是谁的东家。’……史湘云悄合（同“和”）宝玉计较道：‘有新鲜鹿肉，不如咱们要一块自己拿了园中弄着，又顽又吃。’……湘云一面吃一面说道：‘我吃这个，方爱吃酒，吃了酒，才有诗，若不是这鹿肉，今儿断不能作诗。’……湘云笑道：‘傻子，过来尝尝。’……湘云笑道：‘你知道什么，是真名士自风流，你们都假清高，最可厌。我们这会子腥膻（xīng shān，鱼和牛羊肉的气味）大吃大嚼，回来却是锦心绣口。’”第六十三回，“湘云忙一手夺了，掷与宝钗。……探春笑着，伸手掣（chè，抽）了一根出来。……该湘云掣。湘云笑着揎拳掳袖（xuān quán lǔ xiù，撸胳膊挽袖子）……”

其实，湘云不仅仅是豪，还有两个很美丽的画面是跟湘云紧紧联系在一起的。第二十一回，“那林黛玉严严密密裹着一幅杏子红绫被，安稳合目而睡。那史湘云却一把青丝拖于枕畔，被只半胸，一湾雪白的膀子掠于被外，又带着两个金镯子。”一动一静，跃然纸上！第六十二回，“憨湘云醉眠芍药裀（yīn，垫子，褥子）”，“果见湘云卧于山石僻处一个石凳子上，业经香梦沉酣，四面芍药花飞了一身，满头脸衣襟上皆是红香散乱，手中的扇子在地下也半被落花埋了。一群蜂蝶闹穰穰（ráng，同“嚷”）地围着他，又用鲛（jiāo，皱纹）帕包了一包芍药花瓣枕着。”世间醉态，独湘最美！

重点说说王熙凤：“一双丹凤三角眼，两湾柳叶掉梢眉，身材窈窕，体格风骚，粉面含春威不露，丹唇未启笑先开。”（第三回）王熙凤是《红楼梦》中着笔最多、也刻画得最为生动的一个人。前面也说过，贾府由荣到衰，预感巨变的只有贾宝玉、秦可卿、王熙凤，而且均是由梦中得知。凤姐是什么形象？从书中第二回冷子兴口中得知：“（贾琏）自娶了他令夫人之后，到上下无一人不称颂他夫人的，琏爷到退了一射之地。说模样又极标致，言谈又爽利，心机又极深细，竟是男人万不及一的。”凤姐之美自不用说：一双丹凤三角眼配上两湾柳叶掉梢眉，这样的女子世间难找，这也是贾瑞迷上她不能自拔的原因。焦大醉骂“偷小叔子”的女主角应指凤姐，男主角至少包括贾蓉。

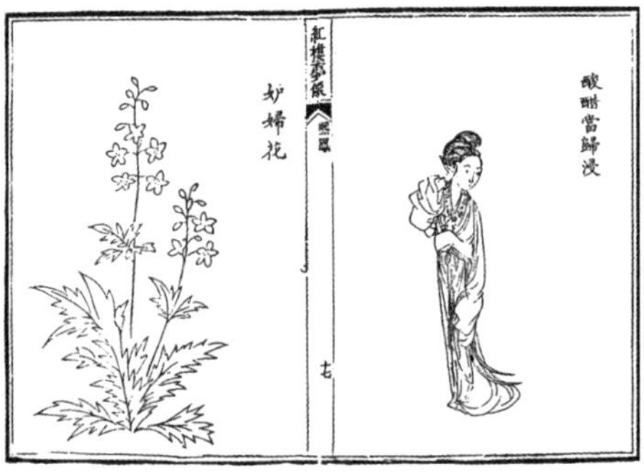


对凤姐的刻画，主要体现的几个字：**凤姐之“辣”**：凤姐之“辣”更多表现为逞威弄权、滥施刑罚。她素常惩治丫头的办法怎么样呀，说这个“垫着磁瓦子跪在太阳地下，茶饭也别给他们吃”，“便是铁打的，管叫一日招了”（第六十一回）。当她发现为贾琏望风的小丫头，喝命“拿绳子、鞭子，把这眼睛没主子的小蹄子打烂了”（第四十四回），而且威吓她要用烧红的烙铁烙嘴，要用刀子来割肉，而且当即就拔下那个簪子来戳小丫头的嘴，扬手一巴掌打得那个小丫头立刻两腮紫胀；另外你看在清虚观的时候，一个小道士，无意中冒撞到王熙凤身上，王熙凤扬手一巴掌打得那个小道士都站不住。这种地方，王熙凤的出手之重、之狠、之快，是名副其实的“辣手”了，在贾府的主子里面绝无仅有。王熙凤什么狠心的事都做得出来。从贾瑞到无辜的张家女儿和某守备之子，以及尤二姐及她腹中的胎儿，前前后后的几条人命，无一不和王熙凤有着或直接或间接的关系。其中，纨绔子弟贾瑞虽然是死有余辜，但在“毒设相思局”中却也让我们看到了她报复的残酷性，而其他几条更为无辜的生命更让我们见识了她的强悍与狠毒。

**凤姐之“能”**：凤姐所作所为，如果没有得到贾府至高无上的贾母支持，肯定不行的。凤姐有什么能耐获得贾母欢心呢？第三十八回，贾母说出了缘故：“我喜欢他这样，况且他又不是那不知高低的孩子。家常没人，娘儿们原该这样，横竖礼体不错就罢，没的到叫他从神儿似的作什么。”说什么呢？就是说只有家里人时，就应该不要刻意地遵守礼法，应该大大方方、张弛有度。凤姐深谙此道，故此在贾母说小时候差点淹死，头碰了坑后，说“寿星老儿头上原是一个窝儿，因为万福万寿盛满了，所以到凸高出些来了”（第三十八回）；在贾母的丫头差点被邢夫人要去时，贾母埋怨凤姐，凤姐却说：“‘我到不派老太太的不是，老太太到寻上我来了。’贾母听了，与众人都笑道：‘这可奇了，到听听这不是。’凤姐道：‘谁叫老太太会调理人，调理的水葱儿似的，怎么怨得人要？我幸亏是孙子媳妇，我若是孙子，我早要了，还等到这会子呢！’”（第四十六回）随机应变、谄媚奉承之能世无第二！这样例子还很多，比如第二十回凤姐教训贾环，贬中含褒，褒的是贾环，更褒老太太、王夫人、宝玉，贬的是赵姨娘，更贬的是赵姨娘的为人，庶出的身份。语带机锋，骂人不带脏字，非常精彩，但也为受魇魔埋下伏笔。

**凤姐之“机”**：机关算尽的“一万个心眼子”，心计之多，机变之速，绝无仅有。大观园诗社的费用要点花销，王熙凤就笑李纨，“亏你是个大嫂子呢”，她就算“你一个月十两银子的月钱，比我们多两倍子……又有个小子，足的又添了十两……年中分年例，又是上上分儿……一年通共算起来也有四五百银子。”“这会子你怕花钱，调唆他们来闹我……”（第四十五回），就说了一大堆的话，李纨就回她“你们听听，我说了一句，他就疯了，说了两车无赖的泥腿市俗家常打算盘分金拨两的话出来……”，“天下人都被你算计去了！”（第四十五回）李纨的这句话虽然语带玩笑，但对王熙凤评价恰如其分。王夫人屋里的金钏投井以后，丫鬟名额出缺，王熙凤作为管家，这个名额迟迟不补，为什么？她说等着人送礼送够了，因为很多人看上这个缺。诸如此类的事很多，“大闹宁国府”的时候还不忘记向尤氏要五百两银子，其实她打点只用了三百两，赚了二百两。王熙凤的算计之精、聚敛之酷，是出了名的，连她自己也都知道，她跟平儿说：“我的名声不好，再放一年（高利贷），都要生吃了我呢！”（第七十二回）

**凤姐之“善”**：同样是王熙凤，善良之处也随处可见。她对自己的女儿巧姐是那样的疼爱，俨然是一位慈母；刘姥姥是一个乡村老妪，但是王熙凤也曾周济过她，说明她也有惜老怜贫的一面。她对投亲的邢岫烟“反怜他家贫命苦，比别的姊妹多疼他些”，还送给她一件雪褂子（第四十九、五十一回）贾琏想通过鸳鸯私自借贾母钱，凤姐言“只是鸳鸯是正经女儿，带累了他受屈，岂不是咱的过失”（第七十四回）。王夫人深恨晴雯，让凤姐回忆对景，凤姐推说“我也忘了那日的事，不敢乱说”（第七十九回）。总之王熙凤这个人物，历来融化在中国女性人格中深入骨髓的从属意识，在她身上居然相对弱化，不仅可与男性争锋，甚至还能居高临下。刘再复先生说：“她的可恶之处，恰恰就是她可爱之处，她的可爱之处，也恰恰就是她的可恶之处，所谓善在恶之中，恶在善之中，美在丑之中，丑在美在之中”。这二者交织、纠结、迭合而形成了一个所谓“凤辣子”的中国女性形象。

当然，凤姐还有一个形象不得不提，就是凤姐之“浪”。焦大醉酒后说的“养小叔子”指的是谁？非凤姐莫属！养的是谁？第六回，凤姐当着刘姥姥面，与贾蓉玩暧昧；给外形俊美的贾蔷安排工程，对宝玉的格外照顾，等等。正如贾琏言“他不论小叔子、侄儿，大的小的，说说笑笑，就不怕我吃醋了”（第二十一回）。正因“名声在外”，才让贾瑞起了淫秽之心，想吃“天鹅肉”。凤姐乃“脂粉里的英雄”，万男不及其一，以现代人眼光追求并不为过，但放在古代则有“鲍二家的”之嫌，俨然有多儿姑娘的一面。

贾母，很正面、很神秘的人物。如果曹雪芹有自传之意吧，笔者认为贾母形象当以康熙来对照。前面说了，康熙是贾家的保护伞，大恩人。以他为影，将贾母塑造成堪称《红楼梦》中唯一

贾母游园

成功女性很是对景。贾政以雍正看，是不是有点意思？有人统计，贾母出场次数排列前五，比主角黛玉还多。来看看怎么刻画活灵活现的“老太太”“老祖宗”的。

首先，系出名门的“老封君”。她来自于四大家族的“阿房宫三百里，住不下金陵一个史”，嫁给了荣国公贾源的长子贾代善。前面提到贾家是跟着皇上出生入死，立过战功的，而且史太君嫁入时，仍担任着皇家要职，因此史太君被皇上册封很正常。因为“当重媳妇起五十四年来”，她对大家族发生一切耳濡目染，因此自然见多识广，很有修养。元宵节，贾母点戏，一出《寻梦》、一出《下书》，吩咐只用箫和笙笛。同是贵夫人的薛姨妈甚为惊奇，说：“实在戏也看过几百班，从没见过只用箫管的。”贾母认为不稀奇，只是在个人讲究罢了。贾母品位高雅，很有生活情趣，会吃，会穿，懂茶道，喝老君眉这样的养生茶，取用梅花雪水浸泡；她欣赏戏剧，爱听琴，讲究赏月之道，说“如此好月，不可不闻笛”；她的音乐审美趣味，是“铺排在藕香榭的亭子上，借着水音更好听”；她指导惜春的画，不管从布局着色，还是穿插照应上都说得十分到位。告诉凤姐蝉翼纱和软烟罗的区别，在潇湘馆发表的窗纱配色理论等都透着不凡。

其二，大观园里慈祥可爱的“老祖宗”。子孙满堂，享受天伦，是中国老年人最大的追求。贾母就把这个形象表现得堪称完美。她对宝玉极为宠爱，视作“命根子”，对黛玉视为“心肝”，对于湘云、宝钗、探春、宝琴等所有女性都视如己出，对于亲戚朋友的女孩子的到来，都非常欢迎，“到园里各处女人们跟前嘱咐嘱咐，留下的喜姐儿和四姐儿虽然穷，也和家里的姑娘们是一样，大家照看精心些。我知道咱们家的男男女女都是‘一个富贵心，两只体面眼’，未必把他两个放在眼里。有人小看了他们，我听见可不依”。（第七十一回）很符合“幼吾幼以及人之幼”的传统。包括已为皇妃的元春从小也是跟着贾母长大。她是大观园的保护神，对于贾政的严厉管教，她不以为然。宝玉不敢去见贾政，她就说“不要紧，有我呢”。贾政有一次打了宝玉，贾母大发雷霆，说出了很“不像样的话来”，并要立即收拾东西回金陵老家。在贾母的庇护下，宝玉和大观园中姐妹们可以自由起诗社、赏美景、品茶、戏酒，甚至闹个小别扭。祥和、安定，“放荡弛纵，任情恣性”（第十九回）。子孙也“老吾老以及人之老”，不管至亲的宝玉、黛玉，还是没有血缘的宝钗、宝琴、妙玉等，都对贾母尊敬有加。一来一往，和谐共荣、共生的祖宗形象表现得淋漓尽致。

其三，外人眼里的“老菩萨”。菩萨普度众生，倡导众生平等。不说贾母平时敬佛礼佛，其一举一动，堪称菩萨行径。第二十九回，凤姐一巴掌打得小道一个筋斗，不知所措，贾母是何反应：“忙道：‘快带了那孩子来，别唬着他。小门小户的孩子，都是娇生惯养的，那里见的这个势派。倘或唬着他，倒怪可怜见的，他老子娘岂不疼的慌？’……又让贾珍去好生带了来……叫他别怕，问他几岁了。贾母还说‘可怜见的’，又向贾珍道：‘珍哥儿，带他去罢。给他些钱买果子吃，别叫人难为了他’。”正因为对刘姥姥怜贫惜老，贾府上下不敢轻视。贾母不但夸赞她带来的瓜果比外面好吃，还招呼她多住几天。并将自己的菜挑了几样给她吃。而且亲自带着刘姥姥见识大观园。刘姥姥滑倒，骂小丫头只顾站着笑。甚至贾母吃了半杯茶，笑着递给刘姥姥同饮。临走，赠送礼物颇丰，如没有贾母的菩萨心肠，想想黛玉、妙玉的态度，实难想象刘姥姥后三十回“正巧儿”救了其孙女的报恩之举。

其四，大智若愚的“老太太”。宝钗曾说：“凤丫头凭她怎么巧，再巧不过老太太去。”尤氏也说过：“老太太也太想到，实际我们年轻力壮的人捆上十个也赶不上。”李纨也说过：“凤丫头仗着鬼聪明儿，离脚踪儿还远，咱们是不能的了。”在第三十五回里，贾母自己说：“当年我像凤哥那大年纪比她还来得呢！”贾母犹如佛祖，一切尽在掌握，明察秋毫，心知肚明，但她很会装糊涂，一切都不说，但有时明点，有时暗示。比如：为凤姐过生日，管家老太太们想比少奶奶们少出点，贾母怎么说的？“这使不得。你们虽该矮一等，我知道你们这几个都是财主，分位虽低，钱却比他们多。”（第四十三回）因为书中多次提到凡管事皆有来钱之道。贾芸找差事可见一斑！第二十五回，马道婆要香油钱，她怎么表态？“贾母听了，点头思忖”。为什么“点头思忖”？笔者认为一个是考虑有无必要，最主要是不想上当受骗，因此脂砚斋称赞：“太君细心若是。”即使对于她深为喜爱和信任的凤姐，她平时最喜欢用什么称呼？“猴儿”！当然，这首先说她为人机智、机灵，但在北方一带，这个称呼是暗含贬义的，“精明过度、耍小聪明的”意思，正应了她的判词“聪明反被聪明误”。而且在五十四回，更是以说故事方式，直接点了出来：第十个媳妇为什么人伶俐嘴乖？因为吃了猴尿！这是个很尴尬的故事，凤姐很快意识到是点她的，所以立即否认，但尤氏等旁观者心知肚明：“咱们这理谁是吃过猴尿的，别装没事人儿。”但凤姐反应机敏，马上“还击”，说了一个并不笑的故事，合家子说了一大群，想表达什么意思呢？笔者认为是说：咱家人太多了，当家不容易，贾母你得理解我呀。贾母的大智慧最后由平儿嘴里道出：“这也无妨。鸳鸯借东西看的是奶奶，并不为的是二爷。一则鸳鸯虽应名是他私情，其实他是回过老太太的。老太太因怕孙男弟女多，这个也借，那个也要，到跟前撒个娇儿，和谁要去，因此只装不知道。”（第七十四回）

除了以上，贾母在宝黛婚姻到底是什么态度的呢？抛开续书不说，单是前八十回也有前后矛盾的地方。“既吃了我们家的茶，怎么还不给我们家作媳妇？”的凤姐之语。（第二十五回），民俗中女子受聘，其礼曰“下茶”“吃茶”等，凤姐又深谙贾母心思，应是代表贾母之意。贾母更直接对宝黛有“不是冤家不聚头”直白表露，感情极深而又时常吵架的小夫妻才配称“冤家”，贾母用此称呼应是对二人关系的高度认同。即使私下凤姐与平儿算账、下人兴儿闲聊都认定宝黛爱情了，证明其得到广泛认可。但为什么贾母又大张旗鼓地为宝钗过生日（没有提为黛玉过）、问宝琴婚配问题似乎是为了宝玉提亲，等等。笔者推之，这正说明贾母大事不糊涂，藏而不露。其实，她并不喜欢宝钗的行事风格，第四十回，她到宝钗住所时，看见屋内的摆设说了一些很重的话：“年轻的姑娘们，房里这样素净，也忌讳。”从宝钗的影子袭人身上，也可看出端倪，第七十八回，“袭人本来从小儿不言不语，我只说他是没嘴的葫芦。”而对于黛玉，前八十回中，贾母对黛玉疼爱至极，首先爱屋及乌的，“我这些儿女，所疼者独有你母”（第三回），因此“黛玉自在荣府以来，贾母万般怜爱，寝食起居，一如宝玉，迎春、探春、惜春三个亲孙女倒且靠后，便是宝玉和黛玉二人之亲密友爱处，亦自较别个不同，日则同行同坐，夜则同息同止，真是言和意顺，略无参商。”（第五回）“一桌子吃饭，一床上睡觉。”（第二十八回）。而且从对黛玉的影子的态度也反映出贾母的喜好：“晴雯那丫头，我看他甚好……这些丫头的模样、爽利、言谈、针线，多不及她，将来只他还可以给宝玉使唤得。”（第七十八回）但王夫人及贾元春却与贾母的态度是相左的。王夫人不喜黛玉多处有体现，即使有一次正面称呼也是“大姑娘”（第二十八回），何其远也？元春与母相同，所赠礼物独宝钗与宝玉一样，已不是暗示，成明示了。贾母想在此不利情况下扭转乾坤，何其难也，因此以退为进，在第二十二回，大张旗鼓地为宝钗过了及笄之年的生日，就是让大家都知道宝钗已到了结婚年龄！宝玉合适吗？不合适！第二十九回，贾母便借着张道士为宝玉提亲，明说了：“上回有和尚说了，这孩子命里不该早娶，等再大一大儿再定罢。你可如今打听着，不管他根基富贵，只要模样配得上就好，来告诉我。便是那家子穷，不过给他几两银子罢了。只是模样性格儿难得好的。”宝玉的标准，宝钗不对，因为宝钗根基不错、家又不穷、性格又非贾母所喜。贾母还会给薛姨妈等灌迷糊汤，“千真万真，从我们家四个女孩儿算起，全不如宝丫头（看看贾母如何称呼？）。”（第三十五回）至于跟宝琴提亲，笔者认为明知宝琴已许配梅翰林，还故意提亲，只想清楚表达：我压根就没有看上你家宝钗！宝钗与宝玉婚姻没门儿！至于最后宝玉与宝钗又走到了一起，一则是黛玉早逝，二则贾母也应去世。但即使二人最终成婚也没有夫妻之实，结局很惨。

刘姥姥进大观园，现已成为专有名词，表示大开眼界的意思，也有没有见过世面的意思。但提起刘姥姥，想到三个词或句：忍耻、食量大如牛、巧姐。刻画刘姥姥这个人物其实说明与权贵相比，还是农村人来得朴实。

忍耻，前面分析了，很久不联系的富亲戚，想攀亲何其不易？刘姥姥初进大观园时的小心、紧张，以及凤姐不屑，即使现在也知“开口求人难”。不到万不得已，有几人愿意求人的？

食量大如牛的刻画，说明了刘姥姥是聪明人，给人一种带泪

姥姥入园

的欢笑，酸中有笑，笑中有酸。凤姐将一盘子花横三竖四地插了一头。刘姥姥笑道：“我这头也不知修了什么福，今儿这样体面起来。”她夸赞大观园“竟比那画儿还强十倍”。听说惜春会画画，她惊叹：“我的姑娘，你这么大年纪儿，又这么个好模样，还有这个能干，别是神仙托生的罢。”看见“省亲别墅”的牌坊，刘姥姥道：“嗳呀！这里还有个大庙呢。”说着，便趴下磕头。称赞老太太屋子内“满屋里的东西都只好看，都不知叫什么，我越看越舍不得离了这里”。特别是她通过自我丑化自己（“老刘，老刘，食量大似牛，吃一个老母猪不抬头。”自己却鼓着腮不语）惹来贾府哄然大笑。虽然深知“咱们哄着老太太开个心儿，可有什么恼的！你先嘱咐我，我就明白了”，但不得不为之，让人心酸。引得脂砚斋也忍不住评论道：“寓贫贱辈低首豪门，凌辱不计，诚可悲乎！此故作者以警贫穷。而富室贵家亦当于其间着意。”（第四十回、四十一回）

巧姐“遇难成祥，逢凶化吉，却从这‘巧’字上来。”（第四十一回）为什么让刘姥姥起名，凤姐说得很明白，也很直白，一则借借寿；二则庄家人贫苦，贫苦人起个名字容易长寿。又是轻视但不得不为之。刘姥姥忍耻换来了不小的收获，且出乎众人意料，成为后半部的主角，救助巧姐，收拾了贾府最后一点残片。正应了全书大纲：留余庆，幸娘亲，积得阴功。偶因济刘氏，巧得遇恩人。劝人生，济困扶穷，休似爱银钱忘骨肉的狠舅奸兄！正是乘除加减，上有苍穹。

再拣几个相对反面人物说说。先说薛蟠，这位爷可是坏事几乎做尽了的：杀人、抢妻、同性恋、赌博、打架斗殴、甚至还包括“妻管严”。虽然“妻管严”不是什么坏毛病，但他这个“妻管严”可是大问题，他的纵容致使一缕“香魂返故乡”，也就是后面谈到的，夏金桂设计害死了全书的一大总纲式人物——香菱。就这样的一个人物，他有优点吗，当然是有的。第六十六回，他与侠义人物柳湘莲义结金兰。他怎么说的：“天下竟有这样奇事，我同伙计贩了货物，自春天起身往回里走，一路平安。谁知前日到了平安州界，遇见一伙强盗，已将东西劫去。不想柳二弟从那边来了，方把贼人赶散，夺回货物，还救了我们的性命。我谢他又不受，所以我们结拜了生死弟兄……从此后，我们是亲弟亲兄一般。”细想一想，柳湘莲在第四十七回，可是嫌弃薛蟠，并将其骗到河边，痛打了一顿，逼他喝脏水，更让人无法忍受的是逼他吃喝酒吐出来的秽物。薛蟠一家对其可是恨之入骨的。但二人最后却成了异姓兄弟。什么原因，书上说得不是很清楚，但有一点可以猜得到，“侠者，义也”。能得到柳湘莲极度赏识的，只可能是薛蟠也做了义薄云天的事情了，据周汝昌考证，在后四十回里，他还有义举出现，可惜被高鹗“篡改”了。第六十七回薛蟠听说柳湘莲跟道人走后，怎么说呢？“我一听见这个信儿，就连忙带了小厮们在各处寻找去，连个影儿也没有。又去问人，人人都说不曾看见，我因如此急的没法，惟有望着西北上大哭了一场回来。”虽说此回有人怀疑非曹雪芹原笔，但从侧面也反映出薛蟠有情有义的一面儿。还有第二十六回，薛蟠得了稀罕食物，“连忙孝敬了母亲，赶着给你们老太太、姨父、姨母送了些去。如今留了些，我要自己吃，恐怕折福……”。还有第三十五回，薛蟠因宝玉挨贾政打与母亲、妹妹发生冲突，非常后悔，言道：“如今父亲没了，我不能孝顺妈，多疼妹妹，反教妈生气，妹妹烦恼，真连个畜生也不如了”，说完，还滚下泪来。这些都是薛蟠孝顺、情义很好的展示。贾琏也是如此。缺点不少，与良家妇女通奸，私藏尤二姐等。但其正义感方面也表现得很突出。第十六回，贾琏替贾蔷谋个差事，贾蔷悄问贾琏要什么东西？顺便织来孝敬，贾琏教训“你别兴头，才学着办事，倒先学会这把戏……”。第四十八回，他父亲为了强取几把扇子，陷害石呆子，贾琏不忿，竟当众顶撞父亲，说：“为这点子小事，弄得人坑家败业，也不算什么能为。”结果“老爷把二爷打了个动不的。”还有他对于

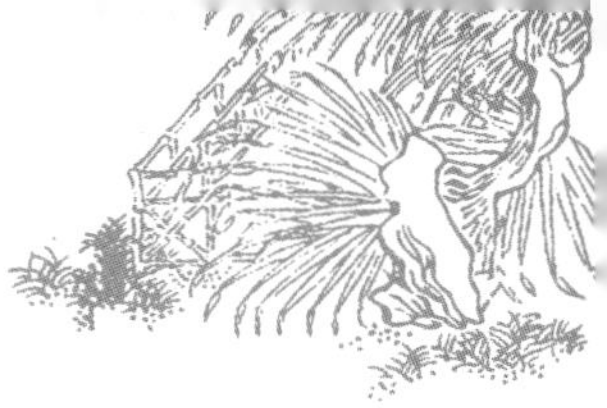

与之通奸的多儿、尤二姐，都是有情有谊的。即使赵姨娘，也写了她对贾环的母爱，以及受到歧视的可怜。

# 十三

# 看细节（心理）描写

《红楼梦》以前的小说，一般很少有或不太注意对人物的心理细节进行描写，即便描写了人物的心理细节，往往也是非常简单的一两笔，很少做深入细腻的描绘。而《红楼梦》则不然，人物形象的心理细节描写不仅很细腻，而且也很深刻，不仅起了表现主题的作用，同时还深化了作品的主题，起了画龙点睛的作用，从而使人物形象更加丰满，更加鲜活。

第四十五回："丫嬛报说：'宝二爷来了！'一语未尽，只见宝玉头上戴着大箬笠（ruò lì，用竹或草编的帽子），身上披着蓑（suō，用草等物制成的雨具）衣。黛玉不觉笑了，说：'那里来的渔翁！'宝玉忙问：'今儿好了？吃了药没有？今儿一日吃了多少饭？'一面说，一面摘笠脱蓑，忙一手举起灯来，一手遮着灯光，向黛玉脸上照了一照，觑（qū，把眼睛合成一条细缝看）着眼细瞧了一瞧，笑道：'今儿气色好了！'……黛玉又看那蓑衣斗笠，不是寻常市卖的，十分细致轻巧，因说道：'是什么草编的？怪道穿上不像那刺猬似的。'宝玉道：'这三样都是北静王送的……下雪时男女都戴得，我送你一顶，冬天下雪戴。'黛玉笑道：'我不要他。戴上那个，成个画儿上画的和戏上扮的渔婆了。'及说了出来，方想起话未忖度，与方才说宝玉的话相连，后悔不及，羞的满面飞红，便伏在桌上嗽个不住。"

这短短一节的细节描写，将宝玉对黛玉的关心和二人的情有独钟表现得淋漓尽致。宝玉见黛玉连续三问，关心得几乎语无伦次了。然后用的几个动作："说""摘""脱""忙举""遮""照""觑""细瞧""笑"，多么形象生动？急切、迫切之情跃然纸上。黑格尔说："能把个人性格、思想和目的最清楚地表现出来的是动作，人的最深刻方面只有通过动作才能见诸现实。”《红楼梦》中人物刻画正是如此。同样这样的动作还有第十九回：“袭人见总无可吃之物，因笑道：‘既来了，没有空回之礼，好歹尝一点儿，也是来我家一淌（同“趟”）。’说着便拈了几个松子穰（ráng），吹去细皮，用手帕托着送与宝玉。”哪几个动作细致？“拈”“吹”“托”，衬托出袭人对宝玉的“一腔心思”和委婉多情到了细致入微的地步。

《红楼梦》中人物与人物之间，特别是宝玉、黛玉、宝钗、湘云四人之间，存在着微妙的复杂关系，但作者自己从来没有站出来解释这种关系，而是通过具体的细节描写，看出四者之间的矛盾纠葛，有意制造一些矛盾，经常发生一些误会，造成欲近反疏的情况，从这些细节的变化中使读者看到他们之间的“暗战”，看到他们之间关系的发展变化。

如第八回，宝玉听从了宝钗别吃冷酒的劝告，黛玉马上就借丫头送手炉的机会奚落宝玉，暗刺宝钗，临走之前还亲自帮助宝

宝钗藏诈

玉戴斗笠来向宝钗示威。宝钗也不失时机地讽刺宝玉，实刺黛玉。第二十九回，贾母因看见有个赤金点翠的骐驎（同“麒麟”），便伸手拿了起来笑道：“这件东西好像我看见谁家的孩子也带着这么一个。”宝钗笑道：“史大妹妹有一个，比这个小些。”宝玉说没见过，探春夸宝钗是有心人，黛玉冷笑道：“他在别的上心还有限，惟有这些人带的东西上越发留心。”宝钗听说，便回头粧（同“装”）没听见。第三十回：宝钗借扇机带双敲，说的是宝玉没话找话，便向宝钗搭讪，口误将宝钗比作唐朝的杨贵妃，说她“原来也体丰怯热”。宝钗听说，不由大怒，反饥他：“我到像杨妃，只没有个好哥哥好兄弟可以作得杨国忠的。”同时捎上黛玉：“这叫《负荆请罪》么？你们通今博古，才知《负荆请罪》，我不知道什么是《负荆请罪》。”一句话还未说完，宝玉林黛玉二人心里有病，听了这话早把脸羞红了。为什么羞红呢？因为宝玉黛玉吵完架，宝玉主动道歉，刚和好了。所以心里有鬼也。第三十一回，宝玉称赞史湘云办事周全，会说话，林黛玉听了道：“他不会说话，他的金麒麟也会说话。”一面说着，便起身走了。幸而诸人都不曾听见，只有薛宝钗抿嘴一笑。宝玉听见了，到自己后悔又说错了话，忽见宝钗一笑，由不得也笑了。这一类的细节在作品中很多，充分表现了三者之间的矛盾。

第三十四回，宝玉被打，宝黛之间的爱情已确定下来，钗黛之间的关系也得到和解，黛玉认了薛姨妈做娘，认了宝钗做姐姐，为自己的爱情最后胜利创造条件，在暗地里进行着另一种斗争。宝黛之间变得相互体贴相互关心，两人之间形成一种默契，关系更加密切。为了表现这种关系，作者抓住了这样的细节：第四十二回，“宝玉和黛玉使个眼色儿，黛玉会意，便走至里间屋里将镜袱揭起照了一照，只见两鬓略松”。第四十五回，天下雨，宝玉来看黛玉，已出门回去，“又番（同“返”）身进来问道：‘你想什么吃，你告诉我，我明儿一早回老太太，岂不比老婆子们说得明白！’黛玉笑道：‘等我夜里想起来，明儿早起告诉你。你听，雨越发紧了，快去罢。可有人跟着没有？’”一贯清高不让别人用自己东西的黛玉，还硬将自己的玻璃绣球灯给宝玉用，以防跌跤。第五十二回，宝玉“一面下了阶矶，低头正欲迈步，复又忙回身问道：‘如今夜越发长了，你一夜咳嗽几遍，醒几次？’黛玉道：‘昨儿夜里好，只咳嗽了两遍，却只睡了四更一个更次，就再不能睡了。’宝玉又笑道：‘正是有句要紧的话，这会子才想起来。’一面说，一面便挨过身来，悄悄道：‘我想宝姐姐送你的燕窝……’(黛玉)一面又使眼色与宝玉，宝玉会意，便走了出来。”从这些细节中，我们可以看出宝黛二人之间是多么的体贴关怀，从吃的、用的到休息养病无微不至，相互间的眼色都有特定的含义，不独宝黛二人会意，就是读者也应会意了。第五十七回，“慧紫鹃情辞试忙玉”这一细节，更是表现了宝黛之间真挚的爱情，这一试也就使二人的爱情变得更加深厚。我们将这一系列的细节联系起来，画出宝黛爱情发展的曲线。

《红楼梦》还常常通过一些心理描写，表现出不同人物在同一时刻同一动态下不同的心理状态，将他们的精神世界表露出来，达到塑造形象表达主题的目的。

第二十九回：

且说宝玉因见黛玉又病了，心里放不下，饭也懒去吃，不时来问黛玉。黛玉又怕他有个好歹，因说道：“你只管看你的戏去，在家里作什么？”宝玉因昨日张道士提亲，心中正大不受用，今听见黛玉如此说，因想道：“别人不知道我的心还可恕，连他（同‘她’）也奚落起我来。”因此心中烦恼更比往日加了百倍。若是别人跟前断不能动这肝火，只是黛玉说了这话，到比往日别人说这话不同，由不得立刻沉下脸来道：“我白认得了你。罢了，罢了！”黛玉听说，便冷笑了两声道：“我也知道白认得了我，那里像人家，有什么配得上呢！”宝玉听了，便向前来，直问到脸上："你这么说，是安心咒我天诛地灭？"黛玉一时解不过这话来。宝玉又道："昨日我还为这个赌了几回咒，今儿你到底准我一句，我便天诛地灭，你又有什么益处？"林黛玉一闻此言，方想起上日的话来。今日原是自己说错了，又是着急，又是羞愧，便战战兢兢地说道："我要有心咒你，我也天诛地灭。何苦来！我知道，昨日张道士说的亲，你怕挡了你的好姻缘，你心里生气，来拿我来煞性子。"

原来那宝玉自幼生成有一种下流痴病，况从小时和林黛玉耳鬓厮磨，心情相对，既如今稍明时事，又看了那些邪书僻传，凡远亲近友之家所见的那些闺英阁秀，皆未有稍及林黛玉者，所以早存留一段心事，只不好说出来，故每每或喜或怒，变尽法子暗中试探。那黛玉偏生他也是个有些痴病的，也每用假情试探。因你也将真心真意瞒了起来，只用假意，我也将真心真意瞒了起来，也用假意，如此两假相逢，终有一真。其间琐琐碎碎，难保不有口角之事。即如此刻，宝玉的心内想的是："别人不知我的心还有可恕，难道你就不想我心里眼里只有你。你不能为我烦恼，反来以这话奚落堵噎我，可见我心里一时一刻白有了你，你竟心里没我。我心里这意思，只是口里说不出来。"那林黛玉心里想着："你心里自然有我，虽有金玉相对之说，你岂是重这邪说不重我的！我便时常提这金玉。你只管了然无闻，方见得是待我重，而毫无此心了。如何我只一提金玉的事，你就着急，可知你心里时时有金玉，见我一提，你又怕我多心，故意着急，安心哄我。"

看来两个人原本是一个心，但都多生了枝叶，反弄成两个心了。那宝玉心里又想着："我不管怎么样都好，只要你遂意，我便立刻因你死了也情愿。你知我也罢，不知也罢，只由我的心。可见你方和我近，不和我远。"那黛玉心里又想着："你只管你，你好我就好，你何必为我而自失？殊不知你失我自失。可见你是不叫我近，你有意叫我远你了。"如此看来，他却都是求近之心，

痴女痴郎



反弄成疏远之意。如此之话，皆他二人素昔所存私心，也难备述。

如今只述他们外面的形容。那宝玉又听见他说“好姻缘”三个字，越发逆了己意，心里干噎，口里说不出话来，便赌气向头上抓下通灵宝玉来，咬牙恨命往地下一摔，道：“什么捞什骨子，我砸了你完事！”偏生那玉坚硬非常，摔了一下，竟文风不动。宝玉见不碎，便回身找东西来砸。黛玉见他如此，早已哭起来，说道：“何苦来，你又砸那哑吧东西。有砸他的，不如来砸我。”二人闹着，紫鹃、雪雁等都忙进来劝解，后见宝玉下死力砸玉，忙上来夺，又夺不下来，见比往日闹的大了，少不得去叫袭人。袭人忙赶了来，才夺了下来。宝玉冷笑道：“我砸我的东西，与你们什么相干！”

袭人见他脸都气黄了，眉眼都变了，从来没气到这样，便拉着他的手笑道：“你同妹妹办嘴，不犯着砸他（同‘它’）。倘或砸坏了，叫他心里脸上怎么过得去。”黛玉一行哭着，一行听了这话，说到自己心坎儿上来，可见宝玉连袭人不如，越发伤心大哭起来。心里一烦恼，把方才吃的香薷（xiāng rú，一种植物，可用做草药）饮解暑汤便承受不住，哇的一声，都吐了出来。紫鹃忙上来用手帕子接住，登时一口一口地把块手帕子吐湿了。雪雁忙上来捶。紫鹃道：“虽然生气，姑娘到底也该保重着。才吃了药好些，这会子因合宝二爷办嘴，又吐出来，倘或犯了病，宝二爷心里怎么过得去呢？”宝玉听了这话，说到自己心坎儿上来，可见黛玉不如一紫鹃。因又见林黛玉脸红头胀，一行哭，一行气凑，一行是泪，一行是汗，不胜怯弱。宝玉见了这般，又自己后悔，方才不该同他较证，这会子他这个光景，我又替不了他。心里想着，也由不得滴下泪来。袭人见他两个哭，由不得守着宝玉也心酸起来。又摸着宝玉的手冰凉，待要劝宝玉不哭罢，一则又恐宝玉有什么委屈闷在心里，二则又恐薄了林黛玉，不如大家一哭。就丢开手了，因此也流下泪来。紫鹃一面收拾了吐的药，一面拿扇子轻轻地替黛玉扇着，见三个人都鸦雀无声，各自哭各自的，也由不得伤心起来，也拿手帕子擦泪。正是四个人都无言对泣。

在写了宝黛二人大段心理独白之后，作者写了黛玉、宝玉、袭人、紫鹃四人各怀心事，相对而泣的细节。黛玉为自己心中的苦衷不为宝玉所知而哭，是对自己不幸命运的哀泣。宝玉的哭是后悔、同情、苦恼的哭，他后悔自己不该和黛玉纷争，同情黛玉的痛苦与不幸，苦恼的是自己的心不能为黛玉了解。袭人的哭是为宝玉而哭，也是为自己的未来而哭，同时更是她用来解劝宝黛二人的手段，在很大程度上是哭给人看的。紫鹃的哭是无可奈何的哭，她无限同情黛玉的痛苦生活与悲惨命运，但又无力相助，为此而痛哭。因此，黛玉的哭是苦的，宝玉的哭是涩的，袭人的哭是奸的，紫鹃的哭是忠的。宝黛二人的哭是他们对于爱情的痛苦追求，袭人的哭是她苦心经营的手段，紫鹃的哭是她一片忠心的产物。《红楼梦》正是抓住了一笑一哭这样最常见的生活细节，来刻画人物的心理状态，塑造人物的形象，表达作品的主题思想。

第三十一回：“这日正是端阳佳节，蒲艾簪门，虎符系背（艾、符皆为古时避邪之物）。午间，王夫人治了酒席，请薛家母女等赏端午。宝玉见宝钗淡淡的，也不和他说话，自知是昨儿的原故。王夫人见宝玉无精打采，也只当是昨晚金钏之事，他不好意思，索性不理他。黛玉见宝玉懒懒的，只当是他因为得罪了宝钗的原故，心中不悦，形容也就懒懒的。凤姐昨日晚间王夫人就告诉了他宝玉金钏的事，知道王夫人不自在，连见了宝玉尚未挽回，自己如何敢说笑，也就随着王夫人的气色行事，更觉淡淡的。贾迎春姊妹见众人无意思，也都无意思了。因此，大家坐了一坐就散了。”

这短短的几个词，含着多少意思？宝钗淡淡因为受到奚落；宝玉淡淡是因为说了错话；黛玉懒懒，因为疑心宝玉得罪“情敌”不开心而因爱生怜；王夫人错认为宝玉之羞愧而不好意思；凤姐错疑王夫人做错事而淡淡，而其他人因几位主角“淡淡”而无意思。几个复词，透露出不同的心理状态。

其实，《红楼梦》有几个公认的非常美的画面，都是通过大量的细节的描写来表现出来的。试举几例。

双艳共栖图。第二十一回，对林黛玉、史湘云二人睡态的细节描写：“那林黛玉严严密密裹着一幅杏子红绫被，安稳合目而睡。那史湘云却一把青丝拖于枕畔，被只半胸，一湾雪白的膀子掠于被外，又带着两个金镯子。”短短的几句话就勾勒出一幅双艳共栖图，赋予她们各自不同的睡态，黛玉“严严密密”“裹”“安稳合目”，何其文静、娴雅？湘云“拖”“被”（此可意为动词，盖的意思）、“凉干”（原笔，应为晾）、“带”，何其豪放、洒脱？一静一动、一紧一松，不同性格跃然纸上。

宝钗扑蝶图。第二十七回，“忽然抬头见宝玉进去了，宝钗便站住，想了想：‘宝玉和黛玉是从小儿一处长大的，他兄妹间多有不避嫌疑之处，嘲笑喜怒无常，况且黛玉素习猜忌，好弄小性儿的，此时自己也跟随进去，一则宝玉不便，二则恐黛玉嫌疑，罢了，到是回去的妙。’”想毕，抽身回来。这里，作者通过对宝钗内心活动的描写，显示了宝钗处事的谨慎和考虑问题的精细周密。这和宝钗平和、稳重的性格是十分相契的。但是，宝钗的性格又不是单一的，接着作者写宝钗“刚要寻别的姊妹去，忽见前面一双出色的蝴蝶，大如团扇，一上一下，迎风翩跹（xiān，轻快舞动），十分有趣。宝钗意欲扑了下来顽耍，遂向袖中取出扇子来，向草地下扑。”（第二十七回）此段描写，使人物的性格立刻丰满，宝钗再稳重，毕竟是个少女，少女爱美、爱玩、天真、活泼的情趣，瞬间迸发。再加上“只见那一双蝴蝶忽起忽落，穿花渡柳，将欲过河”的精彩描写，更引得“宝钗蹑手蹑足的，一直跟到池中滴翠亭上，总不曾扑着”。一幅绝美的佳人遇蝶、戏蝶、扑蝶图尽情展现。





香菱学诗现被收入了中学课本，是近几年的事，但早该如此了。香菱出身不凡，根基不让迎、探，容貌不让凤、秦，端雅不让纨、钗，风流不让湘、黛，贤惠不让袭、平，唯命运乖蹇，但立志学诗，其执着让人叹服，而这些就有赖于大量的细节描写：“（香菱）只在池边树下或坐山石上出神，或蹲在地下抠土……”“自己走至阶下竹前闲步，挖心搜胆，耳不傍听，目不他视。一时探春隔窗笑说到：‘菱姑娘，你闲闲罢！’香菱怔怔地答应说：‘闲字是十五删的，你错了韵了’”“至晚间，对灯出了一回神，至三更后，上床卧下，两眼鳏鳏（guān，想心事，张目不眠），直至五更方才朦胧睡去……只见香菱从梦中笑道：‘可是有了，难道这一首还不好？’”结果，精诚所至，呆头呆脑的香菱写出了堪为自身写照的好诗：“精华欲掩料应难！”其人、其志、其情、其景何等妖媚之至也。（第四十八回）

其实，有时《红楼梦》用很诗意的动作细节和语言技巧来表

宝钗戏蝶蝶恋花

湘云醉酒酒迷离

现出人物性格。为了选择或创造一个恰当的词语，往往费尽心思，达到了“吟安一个字，拈断数茎须”意境。正如莫泊桑说：“不论一个作家所要描写的东西是什么，只有一个词可以表现它。”《红楼梦》在遣词造句上，真正达到了“一字不可更改，一字不可增减，入情入神之至”的境界，这正印证了曹雪芹自己所讲：“字字看来皆是血，十年辛苦不寻常”！第六十三回：“想罢，袖了帖儿，迳来寻黛玉。刚过了沁芳亭，忽见岫（xìu）烟颤巍巍的迎面走来……”颤巍巍三字几时形容过美人呢？现代形容的多是老年人。但形容在少女身上，如天上仙女从画中翩翩而至，不由得让人心花怒放，怪不得脂砚斋在此评论：“四个俗字写出一个活跳美人，转觉别出［书］中，若干莲步香尘纤腰玉体字样无味之甚。”无独有偶，这样的佳句还用在另外一个美人身上。第八回：当贾宝玉和薛宝钗正在互认通灵宝玉和金锁，笑语声喧时，“话犹未了，林黛玉已摇摇的走了进来”。“摇摇”二字，既鲜明生动，又准确形象，如烛焰轻轻飘逸晃动的样子，用在林黛玉身上非常传神，活画出林黛玉“行动处似弱柳扶风”（第三回）的形象和神态。脂砚斋旁批曰“二字画出身”（第八回）。第十七回。“宝玉道：‘大约骚人（诗人）咏士以此花之色红晕若施脂，轻弱似扶病，大近乎闺阁风度，所以以女儿命名。想因被世间俗恶听了，他便以野史纂（zuǎn，编）入为证，以俗传俗，以讹（é，错误）传讹，都认真了。’众人都摇身赞妙。”摇身，非摇头晃脑，而是上身摇动，下身不动，如拨浪鼓般可爱，似不倒翁样动人，神态绝妙之至！

十四

# 看诗词

中国古典小说有一个典型的特点，就是常常夹带一些诗词歌赋。然而多数小说中，这些诗词歌赋是一种趣味性的点缀，如现在影视剧的插曲，或者片头、片尾曲，实际意义不大。而《红楼梦》中的诗词曲赋不是可有可无的闲文，而是小说人物描写与故事情节不可分割的有机部分，它的绝大多数诗词曲赋都是融合在小说的故事情节中。如果不能很好解读《红楼梦》中富有个性化的诗词曲赋，就不能真正读懂《红楼梦》。

曹雪芹以别有风味的艺术才华，用诗词的特殊文字形式来表现人物不可名状的内心感情或强烈感受，创造出《红楼梦》诗词曲特异的艺术世界。曹雪芹的诗才，妙就妙在他能因人而异，什么样的人，做出什么样的诗。比如《葬花吟》，如换成第二个人，绝对不是黛玉，绝对感觉别扭。同样，“芳园筑向帝城西，华日祥云笼罩奇。高柳喜迁莺出谷，修篁（xiū huáng，长竹）时待凤来仪”（第十八回）的诗句也只有宝钗既能写得华丽有文采，又能写出颂扬皇族的味道。同时，曹雪芹呕心沥血创出的诗词，除了为情节需要外，还有展现诗才、传承佳作之意。脂砚斋在第一回，贾雨村所做的中秋诗有批语：“这是第一首诗。后文香奁（xiāng lián，妇女妆具，借指闺阁）、闺情皆不落空。余谓雪芹撰此书，中亦为传诗之意。”从书中诗作看，曹雪芹诗才堪称大家。他的友人敦诚也曾夸赞曹雪芹的诗：“爱君诗笔有奇气，直追昌谷破篱樊。”把他和唐朝有“诗鬼”之称的李贺（后人称李昌谷、李长吉等）相提并论。但可惜的是，除了《红楼梦》中诗作之外，鲜有曹雪芹其他诗作传世。

如何写诗作词，曹雪芹也有自己独到见地，并通过宝钗、黛玉的口说了出来，第三十七回，“宝钗道：‘不过是白海棠，又何必定要见了才作。古人诗赋，也不过都是寄兴寓情耳。若都等见了才作，如今也没有这些诗了。’”这段话的意思有个前提，就是贾芸送了两盆白海棠。李纨说就依它为题来写诗吧。迎春说，还没见到花怎么写呢？接下来，宝钗就有了这么一席话。宝钗的意思是写诗贵在用心，用心去体味其意、其境，寄情于物，而非以物役情，绝非写实，而应达到见山无山、见水无水的境界，这种诗情才属高雅！脂砚斋深同此理，故称赞：“真诗人语。”还是此回，宝钗又向湘云道：“诗题也不要过于新巧了。你看古人诗中那里有那些刁钻古怪的题目和那极险的韵脚？若题过于新巧，韵过于险，再不得有好诗，终是小家子气。诗固然怕说熟话，然而更不可过于求生，只要头一件立意清新，自然措词就不俗了。”……宝钗道：“我平生最不喜限韵，分明有好诗，何苦为韵所缚，咱们别学那小家子派，只出题不拘韵，原为大家偶得了好句取乐，并不为奈那难人。”第四十八回，黛玉教香菱作诗时说：“第一是立意要紧，若意趣真了，连词句不用修饰自是好的，这叫作不以词害意。”而且黛玉教香菱学诗以唐诗为主，特别推崇王维、杜甫、李白三大家，也喜欢陶渊明等隐士，不喜欢忧国忧民的陆游，可谓尽得隐士风流。第六十四回，宝钗亦说道：“作诗不论何题，只要善翻古人之意。若要随人脚踪走去，纵使字句精工，已落第二义，究竟算不得好诗。”从这些议论来说，看出曹雪芹创作诗词的思路走的是意境的大家路数，恰恰反映出他极力反对“为赋新词强说愁”的诗词观，反对无病呻吟，反对八股式的诗词，反对假、大、空，注重心意相通之味。这种思想也符合诗词佳作的方向。

《红楼梦》诗词曲赋，加上联语、偈语、灯谜、酒令等，共有大小二百余首，前八十回达一百七十余首。正如前面所讲，曹雪芹所创的诗作绝非闲文，无论诗词曲赋，还是联语、偈语、灯谜、酒令等，都别有深意，都是为全书的主旨服务的。以第五回两副对联为例。“宝玉倦怠，欲睡中觉……当下秦氏引了一簇人来至上房内间。宝玉抬头先见一付（同‘幅’）画贴在上面，画的人物固好，其故事乃是《燃藜图》，也不看系何人所画，心中便有些不快。又有一幅对联写的是：世事洞明皆学问，人情练达即文章。既看了这两句，纵然室宇精美，铺陈华丽，亦断断不肯在这里了，忙说：‘出去出去！’”为什么宝玉这么讨厌这间房？因为《燃藜图》乃是神仙劝人勤学苦读的画。而这副对联说的是，懂得人情世故就是学问，有一套应付人情世故的本领就是文章。画与对联相辅相成，实为劝学“仕途经济”的楷模和格言，这与宝玉“潦倒不通世务，愚顽怕读文章”（第三回）的性格是格格不入的。再看后面，秦氏将宝玉引到自己房中。刚至房门，便有一股细细的甜香袭人而来。宝玉觉得眼饧（yíng，眼似糖样黏涩）骨软，连说：“好香！”入房壁上有唐伯虎画的《海棠春睡图》，两边有宋学士秦太虚写的一副对联，其联云：嫩寒锁梦因春冷，芳气笼人是酒香（第五回）。案上还精心陈设有宝镜、金盘、木瓜、卧榻、联珠帐。宝玉含笑连说：“这里好！”《海棠春睡图》有的说是春宫图，有的说画的是杨贵妃醉酒后，像海

嫩寒锁梦

棠花一样美丽睡觉的情景。而这副对联已是艳极、淫极（脂砚斋语）之联，让人已入梦境矣。加上整个陈设，宝玉初试云雨情的事情很自然而然地就发生了。

自古有云：诗无达诂。就是说，对于诗词的解释不能像算数学题目一样只有一个答案。因为精品诗作都是高度凝结的精品，每个读者因本人阅历、思维和兴趣爱好，会品味出不同的味道。因此无论古人说“疏释之事，自古最难”，现代人讲“诗根本不该解说”，讲解诗作都是费事不讨好的差事。因此，借鉴众家，聊笑为之。

第一回的序诗：“无材可与补苍天，枉入红尘若许年。此系身前身后事，倩谁寄去作神传？”这是作者依托神话表明《石头记》创作缘由的一首序诗。诗中借顽石说自己不能匡世济时，被弃置世间，半生潦倒，一事无成，只好转而著书，把自己对现实的观察和感受写成小说《红楼梦》。所谓“无才”，貌似自惭，实则自负，是作者的愤激之言；以顽石为喻，表现自己不肯随同流俗的傲骨。小说产生的清朝乾隆年间，正是中国封建社会最后一个王朝由盛至衰、行将全面崩溃的转折时期。作者已在“太平盛世”的表象后，嗅到了垂死的气息；他不满现实，而想“补天”，挽回封建社会的颓势，可是，他又看到封建制度的“天”已那么破残，根本无法修补了，所以有枉生世间的悲叹。这也是秦可卿，这个神秘人物在梦中告知凤姐：“如今咱们家赫赫扬扬，已将百载，一日倘或乐极悲生，若应了那句树倒猢狲散的俗语，岂不虚称了一世的诗书旧族了。”（第十三回）以贾府由兴盛到衰败，来预示着他所属的贵族即将消亡了。知之行将枯槁，却无能为力。但是，曹雪芹在《红楼梦》中坚持了他所说的“追踪蹑迹，不敢稍加穿凿，徒为供人之目而反失其真传者”的现实主义创作原则，使我们从所叙的“身前身后事”（即小说中所真实描绘的），看到了典型的封建大家庭的衰亡过程。

**注释《好了歌》**。这首曲子，出现在第一回中。跛足道人唱《好了歌》是要启发甄士隐“觉悟”；而甄士隐是聪明的读书人，而且有了家破人亡的经历，一听就懂了，接着就为《好了歌》作了这篇解注，进一步引申发挥了《好了歌》的思想。这篇注解比《好了歌》说得更具体、更形象、更冷峭无情。富贵的突然贫贱了，贫贱的又突然富贵了；年轻的突然衰老了，活着的又突然死掉了——人世无常，一切都是虚幻。想教训儿子光宗耀祖，可他偏偏去当强盗；想使女儿当个贵妇，可她偏偏沦为娼妓；想在官阶上越爬越高，可是偏偏成了囚徒——命运难以捉摸，谁也逃脱不了它的摆布。可是世上的人们仍不醒悟，还在你争我夺，像个乱哄哄的戏台，闹个没完。这就是《好了歌》注解的基本思想。它同《好了歌》一样，同属愤世嫉俗的产物。由于它处处进行鲜明、形象的对比，忽阴忽晴，骤热骤冷，时笑时骂，有歌有哭，加上通俗流畅，错落有致，使它具有强烈的感染力。它对于当时封建社会名利场中的人物，无异于一盆醍醐灌顶的冷水。这首《好了歌》解注，在全书开头造成一种“忽荣忽枯、忽丽忽朽”（脂砚斋语）的险恶气氛，也是对全书荣宁二府兴衰际遇的一种概括和预示。如脂砚斋认为“展眼乞丐人皆谤”指的是甄宝玉和贾宝玉；“绿纱今又糊在蓬窗上”指的是贾雨村等人；“自嫌纱帽小，致使锁枷扛”指的贾雨村、贾赦等人；“昨怜破袄冷，今嫌紫蟒长”指的是贾兰、贾菌等人；“训有方，保不定日后作强梁”指的是柳湘莲，等等。对此，当然也有不同的理解。

**西江月批宝玉二首**。无故寻愁觅恨，有时似傻如狂。总然生得好皮囊，腹内原来草莽。潦倒不通世务，愚顽怕读文章。行为偏僻性乖张，那管世人诽谤。富贵不知乐业，贫穷那耐凄凉。可怜辜负好韶光，于国于家无望。天下无能第一，古今不肖无双。寄言纨绔与膏粱，莫效此儿形状。（第三回）黛玉到荣府后，见过贾府大部分人，最后才见到宝玉。这是一号人物宝玉第一次在读者眼中出现，所以作者对宝玉的装束和神采作了大力铺张渲染。这两首词，字面上句句是对宝玉的嘲笑和否定，实质上句句是对他的赞美和褒扬。从封建道德标准衡量，宝玉是个被否定的人物；可是从作者的人生观和社会观来看，他却是个和那些国贼禄蠹（lù dù，俸禄的蛀虫）完全相反的、保持着人类善良天性的真正的人。两首词句句都是反话。宝玉不假矫饰地表现自己的天性，在那样的贵族之家必然要处处受束缚、限制，于是就要产生苦闷，就要采取种种方式宣泄，在外人看来就是“寻愁觅恨”“似傻如狂”了。第三十五回，傅二爷家的两个嬷嬷来请安。看见宝玉自己烫了手倒不觉得，却只管问玉钏儿：“烫了那里了？疼不疼？”结果呢？“那两个婆子见没人了，一行走，一行谈论。这一个笑道：‘怪道有人说他们家宝玉是外相好，里头糊涂，中看不中吃的，果然有些呆气。他自己烫了手，到问人疼不疼，这可不是个呆子？’那一个也笑道：‘我前一回来，听见他家里许多人抱怨，千真万真有些呆气，大雨淋的水鸡是的，他反告诉人下雨了，快避雨去罢。你说可笑不可笑！时常没人在跟前，就自己自哭自笑的，看见燕子，就和燕子说话，河里看见鱼，就和鱼说话，见了星星月亮，不是长吁短叹的，就是咕咕哝哝的，且连一点儿刚性也没有，连那些毛丫头的气都受。爱惜起东西来，连个线头儿都是好的，糟遢起来，那怕值千值万的，都不管了。’”相貌好是真，“腹内草莽”就未必。他在大观园试才题对额时一套一套有根有据的议论，看他拟的那些匾额和对联，不是使包括贾政在内的所有在场的“众人摇身赞妙”（第十七回）吗？“不

宝玉性乖张

通世务”（第三回），是因为他厌恶贾雨村之流的政客，不屑与之为伍。不愿读的文章也只是那些“圣贤”的说教和一文不值的科举时文。“那管世人诽谤”（第三回），正表现了宝玉不苟且、不随俗、独立不羁的个性。这样的贵族青年，按封建道德标准要求，自然是“无能第一”“不肖无双”了。他既不能像其祖先那样“理朝廷、治风俗”，为皇帝做个贤臣良相；也不能像凤姐那样治家理财，撑起家业的门面，自然是“于国于家无望”了。于是他就成了贵族之家的“子弟戒”了。这两首诗集中地描绘了宝玉的叛逆性格，这个典型的意义也就在对封建道德的叛逆上。值得注意的是“贫穷难耐凄凉”一句。这是预示贾家败落后，宝玉要有一段困苦不堪的生活经历。第十九回写宝玉探花袭人家，袭人的母亲和哥哥慌忙招待宝玉，摆上一桌子果品，可是袭人觉得没有一样可吃之物，只给宝玉拈了几个松子瓤，吹去细皮，用手帕托着送与给宝玉。这是何等娇贵！就在这个地方脂砚斋有条批语说，同将来宝玉“寒冬噎酸齑，雪夜围破毡”对照起来看，令人叹息。宝玉在八十回以后的经历，虽然不好乱猜，但有一段贫穷的经历是可以肯定的，同高鹗续写的后四十回大相径庭。

黛玉葬花

《葬花吟》是林黛玉感叹身世遭遇的全部

哀音的代表，也是作者曹雪芹借以塑造这一艺术形象，表现其性格特性的重要作品。它和《芙蓉女儿诔》一样，是作者出力摹写的文字。这首风格上仿效初唐体的歌行，在抒情上淋漓尽致，艺术上是很成功的。这首诗并非一味哀伤凄恻，其中仍然有着一种抑塞不平之气。第二十七回：“独把香锄泪暗洒，洒上花枝见血痕。”“奴今葬花人笑痴，他年葬奴知是谁？”这脍炙人口的两句诗，读来让人有一种深深的孤独感。“柳丝榆荚自芳菲，不管桃飘与柳飞”，就寄有对世态炎凉、人情冷暖的愤懑；“怜春忽至恼忽去，至又无言去不闻”，自己的深情悲哀而又无可奈何，这是一种多么让人心痛的事呀，这或许就是人生的悲哀吧？“一年三百六十日，风刀霜剑严相逼”岂不是对长期迫害着她的冷酷无情的现实的控诉？“愿奴胁下生双翼，随花飞落天尽头。天尽头，何处有香丘？未若锦囊收艳骨，一抔冷土掩风流。质本洁来还洁去，强于污淖陷渠沟。”则是在幻想自由幸福而不可得时，所表现出来的那种不愿受辱被污、不甘低头屈服的孤傲不阿的性格。这些，才是它的思想价值之所在。

这首诗的另一价值在于它为我们提供了探索曹雪芹笔下的宝黛悲剧的重要线索。脂砚斋批语说：“余读《葬花吟》至再至三四，其凄楚感慨，令人身世两忘，举笔再四，不能下批，有客曰：先生身非宝主，何能下笔？即字字双圈，批词通仙，料难遂颦儿之意，俟看玉兄之后文再批。噫唏（yī xī，悲叹声）。阻余者想亦《石头记》来的，故停笔以待。”（第二十七回）值得注意的是批语指出：没有看过“玉兄之后文”是无从对此诗加批的；批书人“停笔以待”的也正是与此诗有关的“后文”。所谓“后文”毫无疑问的当然是指后半部佚稿中写黛玉之死的文字。如果这首诗中仅仅一般地以落花象征红颜薄命，那也用不着非待后文不可；只有诗中所写非泛泛之言，而大都与后来黛玉之死情节声切相关时，才有必要强调指出，在看过后面文字以后，应回头来再重新加深对此诗的理解。此诗“奴今葬花人笑痴，他年葬奴知是谁？”等末了数句，书中几次重复，特意强调，甚至通过写鹦鹉学吟诗也提到。可知红颜老死之日，确在春残花落之时，并非虚词作比。同时，这里说“他年葬奴知是谁”，前面又说“红消香断有谁怜”“一朝飘泊难寻觅”等，则黛玉亦如晴雯那样死于十分凄惨寂寞的境况之中可以无疑。那时，并非大家都忙着为宝玉办喜事，因而无暇顾及，恰恰相反，宝玉、凤姐都因避祸流落在外，那正是“家亡莫论亲”“各自须寻各自门”的日子，诗中“柳丝榆荚自芳菲，不管桃飘与柳飞”或含此意。“三月香巢已垒成，梁间燕子太无情！明年花发虽可啄，却不道人去梁空巢也倾”几句，大概春天里宝黛的婚事已基本说定了，即所谓“香巢已垒成”，可是，到了秋天，发生了变故，就像梁间燕子无情地飞去那样，宝玉被迫离家出走了。因而，她悲叹“花魂鸟魂总难留”，幻想着自己能“胁下生双翼”也随之而去。她日夜悲啼，终至于“泪尽证前缘”了。这样，“花落人亡两不知”，若以“花落”比黛玉，“人亡”（流亡也）说宝玉，正是完全切合的。宝玉凡遭所谓“丑祸”，总有别人要随之而倒霉的。先有金钏儿，后有晴雯，终于轮到了黛玉，所以诗中又有“质本洁来还洁去，强于污淖陷渠沟”的双关语可用来剖白和显示气节。“一别秋风又一年”，宝玉在次年秋天回到贾府，但所见怡红院已“红瘦绿稀”（脂评），潇湘馆更是一片“落叶萧萧，寒烟漠漠”（脂评）的凄凉景象，黛玉的闺房和宝玉的绛芸轩一样，只见“蛛丝儿结满雕梁”（脂评谓指宝黛住处），虽然还有宝钗在，而且以后还成其“金玉姻缘”，但这又怎能弥补他“对境悼颦儿”时所产生的巨大精神创痛呢？“明年花发虽可啄，却不道人去梁空巢也倾。”难道不就是这个意思吗？这些只是从脂评所提及的线索中可以得到印证的一些细节，所述未必都那么妥当。但此诗与宝黛悲剧情节必定有照应这一点，大概不是主观臆断吧；其实，“似谶成真”的诗还不止于此，黛玉的《代别离·秋窗风雨夕》和《桃花行》也有这种性质。前者仿佛不幸地言中了她后来离别宝玉的情景，后者则又像是她对自己“泪尽夭亡”（脂评）结局的预先写照。

# 十五

# 看日常杂记

《红楼梦》称得上封建社会的百科全书，绝非虚名。里面关于封建社会衣、食、住、行、礼仪、音乐等，无所不包，信手拈来，娓娓而谈，不留痕迹，皆是看点！试简单举例分析。

**看衣着。大观园里女人都是神仙眼里金陵顶尖女子。爱美的天性更须配上华彩艳服，洋洋大观的一部巨制，服饰之多、描写之精彩让人眼花缭乱。第三回，**“这个人打扮与众姊妹不同……：头上带着金丝八宝攒（cuán）珠髻，绾（wǎn，戴）着朝阳五凤桂珠钗，（头）项上带着赤金盘螭璎珞（chī yīng luò，珠玉穿成龙状饰物）圈，（颈）裙边系着豆绿宫绦（tāo）双衡比目玫瑰佩，（腰）身上穿着缕金百蝶穿花大红洋缎窄褙（kèn，紧身上衣）袄，外罩五彩刻丝石青银鼠褂，下着翡翠撒花洋绉裙。”凤姐穿戴自与姑娘们不同，怪不得前面加了形容词“彩绣辉煌”，“恍若神妃仙子”。宝玉的衣着也独一无二，试看：“头上带着束发髮（fà，同‘发’）嵌宝紫金冠，齐眉勒着二龙抢珠金抹额，穿一件二色金百蝶穿花大红箭袖袍，束着五彩丝攒花结长穗宫绦，外罩石青起花八团倭缎排穗褂，登着青缎粉底小朝靴。”

凤姐

其实，衣着也是文章，是个人性格、生活状态、心情的外在反映。如第四十九回，“黛玉换上掐金挖云红香羊皮小靴，罩了一件大红羽纱面白狐皮里鹤氅（chǎng，罩在衣外的长衣），束一条青金闪绿双环四合如意绦，头上罩了雪帽，二人一齐踏雪行来。只见众姊妹已都在那边，都是一色大红猩猩毡与羽毛缎斗篷，独李宫裁穿一件青哆啰呢（duō luó ne，西方进贡的一种绒布）对襟褂（guà，短外衣）子，薛宝钗是一件莲青斗纹锦上添花洋线番羓（bā）丝的鹤氅，邢岫烟仍是家常旧衣裳，并无有遮雪之衣。一时史湘云来了，穿着贾母与他的一件貂鼠脑袋面子，大毛黑灰鼠里子里外发烧（皮里皮面的褂子）大褂子，头上戴着一顶挖云鹅黄片金里大红猩猩毡昭君套大貂鼠的风领围着。黛玉先笑道：‘你们瞧瞧，孙行者来了。他一般的也拿着雪褂子，故意粧出一个小骚达子来。’湘云笑道：‘你们瞧我里头打扮的！’一面说，一面脱了褂子。只见他里头穿着一件半旧的靠色三镶领袖，秋香色盘金五彩绣龙窄褙（kèn，同‘裉’），小袖掩襟银鼠短袄。里面短短的一件水红妆缎狐肷（qiàn）褶子，腰里紧紧束着一条蝴蝶结子长穗五色宫绦，脚下也穿着鹿皮小靴，越显得蜂腰猿背，鹤势螂形。”写服饰不仅写服饰，也是一篇正文。还是用脂砚斋批语作注解最合适、最精彩：“此文线索在斗篷。宝琴翠羽斗篷，贾母所赐，言其亲也。宝玉红猩猩毡斗篷，为后雪披一衬也。黛玉白狐皮斗篷，明其弱也。李宫裁斗篷是哆啰呢，昭其质也。宝钗斗篷是莲青斗纹锦，致其文也。贾母是大斗篷，尊之词也。凤姐是披着斗篷，恰似掌家人也。湘云有斗篷不穿，着其异样行动也。岫烟无斗篷，叙其穷也。只一斗篷，写得前后照耀生色。”

**看音乐**。旧时讲琴棋书画，琴代表音乐。过去别说皇亲显贵，即使大户人家也把音乐愉悦排在首位，对族中子弟延请名师专门指导。《红楼梦》里多次出现关于音乐的描写，说明曹雪芹深谙音律，博学多才。来看第四十一回，“不一时，只听得箫管悠扬，笙笛并发，正值风清气爽之时，那乐声穿林度水而来，自然使人神移心旷。”看此描写，想到四个字：乐声悠扬。但跟书中描写的意境差了十万八千里。还有第五十四回，“贾母命将些汤点果菜与文官等吃去，便命响鼓。那女先儿们皆是惯的，或紧或慢，或如残漏之滴，或如迸豆之疾，或如惊马之驰，或如疾电之光而

凸碧堂品笛

忽暗，其鼓声慢，传梅亦慢，鼓声疾，传梅亦疾。”这段关于音乐描写，是不是与中学课本里一篇经典《口技》有异曲同工之妙？还有第七十六回，拿出半个回目说音乐“凸碧堂品笛感凄清”：“猛不防只听那壁厢桂花树下，呜呜咽咽，悠悠扬扬，吹出笛声来。趁着这明月清风，天空地净，真令人烦心顿解，万虑齐除，肃然危坐，默默相赏，听约两盏茶时，方才止住，大家称赞不已。”这段描写称得上“色香味”俱佳！既点出笛声悠扬中有悲情，又点出清澈中涤荡心灵，犹如醍醐灌顶，瞬间开悟。如清泉，如细雨，让身心变得柔软，让浮躁变得安宁，沉浸于内，荡漾其中，这就是音乐妙处。

**看礼仪**。《红楼梦》是反礼教的。但传统的尊老爱幼、长幼有序的礼数，大观园里还是非常明显的。中国传统的孝道曹雪芹也是不反对的。主人公贾宝玉从外面回来经过父亲贾政门口，即使父亲并不在家，也下马而行。还有每天早晚给祖母、母亲请安也是并不可少的礼仪。书中也作正面描写，并不反对。同时，在大观园有重大活动或来了客人，更是非常注重礼仪的描写，毫不惜墨。从书中尽显华夏礼仪之邦的风采。

来看书中介绍。第三回，“方安设桌椅。贾珠之妻李氏捧饭，熙凤安箸（zhù，筷子），王夫人进羹。贾母正面榻上独坐，两傍四张空椅。熙凤忙拉了黛玉在左边第一张椅上坐了，黛玉十分推让。贾母笑道：‘你舅母和你嫂子们不在这里吃饭，你是客，原应如此坐的。’黛玉方告了座，坐了。”看看，即使亲外孙女，头次登门“串亲戚”，也做到左边第一，即主宾位置。而连王夫人都不能入座。在旧时，如家里有男人在，媳妇是上不了台面的。因贾母之夫去世，她最大，坐主座可以，但王夫人、李氏、凤姐就不行了，因属外姓，只能侍候，但同属贾姓的女儿们却可以入座，凤姐等却不是。往后看，贾母命王夫人坐了，这时就可以坐了。再看，迎春姊妹三个告了座方上来。迎春便坐右手第一，探春左第二，惜春右第二。看看，和现在排座位就一样了，次主座位是迎春，而非王夫人。因为虽然让王夫人坐了，但因她是外姓，仍不能往前排。再次主座是探春，第五个排惜春。接下来，才应是王夫人座位。条理多清楚？接下来，还有一句：“傍（同‘旁’）边丫嬛执着拂尘、漱盂、巾帕。李凤二人立于案傍布让。外间伺候之媳妇、丫嬛虽多，却连一声咳嗽不闻。寂然饭毕，各有丫嬛用小茶盘捧上茶来。”（第三回）这又应了另一种礼仪：食不言。既是礼仪，也是从养生角度考虑的。

还有一种礼仪，比如第四十二回，“王太医不敢走甬路，只走边砖，跟着贾珍到了阶矶上。……王太医忙屈膝在榻上，歪着头诊了半日，又诊那只手毕，忙欠身低头退出。”甬路是庭院正中的路，旧时一般迎接尊长或同级别的官员显贵才走的路。正如旧时大户人家大门特别是中门一般不开是一个道理。贾府是皇亲国戚，而且王太医辈分又差得多，故此不敢走甬路，是谦恭表现。

**看食物**。《红楼梦》的吃堪称吃得奢华、吃得挑剔，吃得考究。这既说明中国饮食文化的博大精深，也反映出封建权贵锦衣玉食、腐朽贪婪的生活状态。第三十五回，宝玉因金钏儿投井身亡事件，疑藏忠顺亲王戏子琪官事件，被父亲贾政暴打致伤。贾母、王夫人心疼不已，弄各种美食来将养其身体，宝玉说：“也到不想什么吃，到是那一回做的小荷叶儿，小莲蓬汤还好些。”就这么个汤，贾府所用的四副模子是用银子做的，“一尺多长，一寸见方，上面凿成有菓子大小，也有菊花的，也有梅花的，也有莲蓬的，也有菱角的，共有三四十样，打的十分精巧”。可见贾府选材的挑剔，做工的精细，工具的考究，做出来要好味、好吃、好看，就连同为四大家族、见过大世面的薛姨妈也大为惊诧，“你们府上都想绝了，吃碗汤，还有这些样子，若不说出来，我见了这个，也不认得这是作什么用的”。“食不厌精，脍（kuài，细切的肉）不厌细”，同样的情节还现在第四十一回，有一道叫“茄鲞（xiǎng，成片的腌腊食品）”的菜，怎么做的？凤姐笑着说：“把才下来的茄子把皮籤（qiān，同‘签’）了，只要净肉，切成碎钉子，用鸡油炸了，再用鸡脯子肉并香蕈（xùn，香菇）、新笋、蘑菇、五香腐干、各色干果子，俱切成钉子，用鸡汤煨（wēi，小火烹调致熟）干，将香油一收，外加糟油一拌，盛在磁罐子里封严。要吃时拿出来，用炒的鸡爪一拌就是。”“刘姥姥听了，摇头吐舌说道：‘我的佛祖！到得十来只鸡来配他，怪道这个味儿！’”人间美味，不说别的，光这个配料、做法，不好吃才怪呢。

**看养生**。现代人随着生活节奏的加快，当然还有各种食品问题，导致人们越来越注重养生。微信朋友圈里有将近三分之一强调的信息是关于养生的。殊不知，早在《红楼梦》里就注意到这个问题。试用原文举几个例子。比如：第三回，“当日林如海教女以惜福养身，云饭后务待饭粒嚥（yàn，咽）尽，过一时再吃茶，方不伤脾胃。”饭后不宜立即喝茶，是有科学道理的，因为饭后马上喝茶，大量的水进入正在消化食物的胃中，就冲淡了胃分泌的消化液，从而影响了胃对食物的消化。更重要的是，茶叶妨碍了机体对铁元素的吸收，长期如此，就会影响人的消化功能，甚至引起缺铁性贫血。第二十回，“那宝玉正恐黛玉饭后贪眠，一时存了食，或夜间走了困，皆非保养身体之法。”饭后不宜入睡，因为马上睡觉消化系统会占用大量的血液，脑部会因为缺少血液而使得睡眠不好甚至会出现危险；另一方面由于消化蠕动缓慢，容易引发肠胃病；第三方面是钙容易积聚，易形成结石；第四易发胖。第五十四回，“凤姐便笑道：‘宝玉，别喝冷酒，仔细手颤，明儿写不得字，拉不得弓！’宝玉忙道：‘没有喝冷酒。’”历史上也有“煮酒论英雄”“温酒斩华雄”的经典故事。其实现在每到冬季，一些大的酒店都备有专门温酒的设备。加上现在酒大多是勾兑的，含铅较多，更应温温，去去铅毒。第五十四回，“贾母笑道：‘可是这两日我竟没有痛痛的笑一场，到是亏他，才一路笑得我心里通快了好些。我再吃一钟酒。’”心情舒畅百病消，这个好理解。

**看茶道**。现在有一种观点，茶产自中国，茶道却兴于日本。笔者并不苟同，几百年前的《红楼梦》就满纸茶香，精彩诠释了什么才是真正的茶道。看第四十一回，宝玉留神看他（妙玉）是怎么行事。我们也来看看书中第一高洁、美丽、脱俗的才女如何表演茶道：“只见妙玉亲自捧了一个海棠花式雕漆填金云龙献寿的小茶盘，里面放了一个成窑五彩泥金小盖钟(茶具精致否？)，奉与贾母。贾母道：‘我不吃六安茶。’妙玉笑说：‘知道，这是老君眉’（对茶挑剔否？）贾母接了，又问：‘是什么水？’妙玉笑回：‘是旧年蠲（juān，清洁，同“涓”）的雨水。’（用水讲究否？）…… 妙玉自向风炉上煽滚了水，另泡了一壶茶。……妙玉听如此说，十分欢喜，遂又寻出一只九曲十环，一百二十节蟠虬整雕的湘妃竹根的一个大海出来（茶具更上一层楼），笑道：‘就剩了这一个，你可吃得了这一海？’宝玉喜的忙道：‘吃的了！’妙玉笑道：‘你虽吃的了，也没这些茶糟塌。岂不闻一杯为品，二杯即是解渴的蠢物，三杯便是饮牛饮驴了。

你吃这一海更成什么！’（品茶之道，一杯为品，二杯便成了饮了）……黛玉因问道：‘这也是旧年的雨水？’妙玉冷笑道：‘你这么个人，竟是大俗人，连水也尝不出来。这是五年前我在玄墓蟠香寺住着，收的梅花上的雪，共得了那一鬼脸青的花瓮一瓮。总舍不得吃，埋在地下，今年夏天才开了。我只吃过一回，这是第二回了，你怎么尝不出来？隔年蠲的雨水，那有这样轻淳（同“纯”），如何吃得！’”（用水是不是也更上一层楼？）

笔者虽不懂茶道，但从这节文字和宝玉贴身随从焙茗（bèi míng，一听就是与茶有关的小人物）可以悟到，茶道有三点很重要。首先，**什么茶配什么样的茶具**。在中华茶文化中，对器的选用十分讲究。茶具也称茶器，最初都称为茶具。如王褒《僮约》中的“烹茶尽具”，指烹茶前要将各种茶具洗净备用。在《红楼梦》中，出现了较多的茶具，大有非名器不饮之嫌。比如在王夫人居坐安息的正室里，茗碗瓶花具备；在贾母的花厅上，摆着洋漆茶盘，里面放着旧窑什锦小茶杯，还有上面文字提到的妙玉用的绿玉斗精巧雅致，更不同一般。其二，**用水很重要**。“名茶还须好水泡”，陆羽《茶经》中曰：“其水，用山水上，江水中，井水下。其山水，捡乳泉，石池漫流者上。”即“泉水”“江水”“井水”，这三种水最为常见。雨雪水是“天泉”，水有软硬之分，雨雪水属软水。软水中含有的其他溶质少，茶叶的有效成分的溶解度高，用其泡茶，则茶汤明亮，香气高纯，滋味鲜爽，茶味也浓。故此，北方缺山水，妙玉用的水已是水中极品。其三，**品茶才为茶道**。《红楼梦》中的主人公，个个都是品茶高手。第四十一回，“贾母道：‘我们才都吃了酒肉……我们在这里坐坐罢。把你的好茶拿来，我们吃一杯就去了。’妙玉听了，忙去烹了茶来。……贾母道：‘我不吃六安茶。’妙玉笑说：‘知道。这是老君眉。’贾母接了，又问：‘是什么水？’妙玉笑回：‘是旧年蠲的雨水。’”这位老祖宗是品茶高手，深解茶性，“吃了酒肉”之后油腻太重，

栊翠庵品茶



倘若饮了六安绿茶容易停食、闹肚子。所以，精于茶道的妙玉在旁说“知道。这是老君眉”，意思是告诉贾母“这不是绿茶”。老君眉属于发酵的红茶中的一种，其品质特点是汤色深色鲜亮，香馥味浓。最有意思的是贾母吃了半盏后便递给了刘姥姥吃。而刘姥姥便一口吃尽，笑道：“好是好，就只淡些，再熬浓些更好了。”懂不懂茶，一目了然！宝玉到梨香院后，吃了半盏茶，觉得不对味，他想起早晨的茶来，便问茜雪：“早起潗（jǐ，水沸腾）了一碗枫露茶，我说过那茶是三四次后才出色的，这会子怎么又潗了这个来？”（第八回）很显然宝玉早就品出了这茶的味道。

**看医病**。《红楼梦》里多次出现医者治病的文字。虽然像宝钗用的冷香丸可能是杜撰，但其奇思妙想让人称道。从行医治病的文字透露来看，曹雪芹真是多面手，在治病救人的医理方面也很有造诣。来看原文：第十回，名医张友士，学问最渊博，更兼医理极深，且能断人的生死。这位医生，按照曹雪芹惯用手法，友士，谐音有事情要发生也。据此刘心武先生推断其系废太子一党的人。笔者认为，应主要指秦可卿即将死亡。谁对谁错，读者自断。但其医道之妙，可见一斑。

……先生方伸手按在右手脉上，调息了至数，宁神细诊了有半刻的工夫，方换过左手，亦复如是。……道："看得尊夫人这脉息，左寸沉数，左关沉伏。右寸细而无力，右关需而无神。其左寸沉数者，乃心气虚而生火。左关沉伏者，乃肝家气滞血亏。右寸细而无力者，乃肺经气分太虚。右关需而无神者，乃脾土被肝木克制。心气虚而生火者，应现经期不调，夜间不寐。肝家血亏气滞者，必然胁下疼胀，月信过期，心中发热。肺经气分太虚者，头目不时眩晕，寅卯间必然自汗，如坐舟中。脾土被肝木克制者，必然不思饮食，精神倦怠，四肢酸软。据我看这脉息，应当有这些症候才对。或以这个脉为喜脉，则小弟不敢从其教也。"傍边一个贴身服侍的婆子道："何尝不是这样呢！真正先生说的如神，到不用我们告诉了。如今我们家里，现有好几位太医老爷瞧着呢，都不能说的这么真切。有一位说是喜，有一位说是病，这位说不相干……"

那先生笑说道："大奶奶这个症候，可是那众位耽搁了。要在初次行经的日期就用药治起来，不但断无今日之患，而且此时已痊愈了。如今既是把病耽误到这个地位，也是应有此灾。实在依我看来，这病还有三分治得。吃了我的药看，若是夜里睡得着觉，那时又添了二分拿手了。据我看这脉息，大奶奶是个心性高强、聪明不过的人。聪明特过，则不如意事常有。不如意事常有，则思虑太过。此病是忧虑伤脾，肝木特旺，经血所以不能按时而至。大奶奶从前的行经的日子问一问，断不是常缩，必是常长的，是不是？"这婆子答道："可不是，从没有缩过，或是长两日三日，以至十日都长过。"先生听了道："妙阿，这就是病源了。从前若能以养心调经之药服之，何至于此！这如今明显出一个水亏木

张友士话脉

旺的虚症候来。待用药看看。”于是写了方子，递与贾蓉。……先生笑道：“大爷最高明的人，人病到这个地位，非一朝一夕的症候，吃了这药也要看医缘了。依小弟看来，今年一冬是不相干的。总是过了春分，就可望痊愈了。”



这节文字，不但病症说的对，而且点出病除了治，还要静养，心静放平和。这就如同当下名医所讲癌症大多是吓死而非病死的道理一样。同时，还讲到医缘，虽有点唯心，但从科学角度来看，耐药性、对症性的确影响到治疗效果。

第四十二回：王太医说：“太夫人并无别症，偶感了一点风凉，究竟不用吃药，不过略清淡些，常煖（同‘暖’）着一点儿就好了。如今写个方子在这里，若老人家爱吃呢，便按方煎一剂吃，若懒待吃，也就罢了。”说着吃过茶写了方子，刚要告辞，只见奶子抱了大姐儿出来笑说：“王老爷也瞧瞧我们。”王太医听说忙起身就奶子怀中，用左手托着大姐儿的手，右手诊了诊脉，又摸一摸头，又交伸出舌头来瞧瞧，笑道：“我说了，姐儿又要骂我了，只是要清清净净饿两顿就好了。不必吃煎药，我送几丸丸药来，临睡时用姜汤研开，吃下去就是了。”说毕作辞而去。

第五十一回：宝玉看时，上面有紫苏、桔梗、防风、荆芥等药，后面又有枳实（zhǐ shí，中药，脾胃虚弱及孕妇慎服）、麻黄。宝玉道："该死该死，他拿着女孩儿们也像我们一样治，如何使得！凭他有什么内滞，这枳实、麻黄如何禁得！"……王太医来，先诊了脉，后说病症与前相仿，只是方子上果无枳实、麻黄等药，到有当归、陈皮、白芍等药，分两比先也减了些。宝玉喜道："这才是女孩儿们的药，虽然疏散，也不可太过。旧年我病了，却是伤寒，内里饮食停滞，他瞧了，还说我禁不起麻黄、石膏、枳实等狼虎药。我和你们一比，我就如那野坟圈子里长的几十年的一棵老杨树，你们就如秋天芸儿进我的那才开的白海棠，连我禁不起的药，你们如何禁得起？"还有第五十三回，晴雯此症虽重，幸亏他素昔是个使力不使心的，再者素昔饮食清淡饥饱无伤。这贾宅中的秘法，无论上下，只一略有些伤风咳嗽，总以净饿为主，次则服药。

这些文字，都从侧面说明曹雪芹医理之精妙。

**看作画**。对于画画，笔者是外行，但是仅宝钗在第四十二回谈如何作画，就让人听得张口结舌，禁不住喊一句，我的老天爷呀，怎么这么复杂呢？宝钗说得如此详细、安排如此周到，甚至连擅长画画的惜春都没有的作画用具，宝钗也有。从侧面反映出宝钗不但擅长作画，而且是深藏不露的大家！说明曹雪芹也非常擅长丹青，能工巧匠也。还是用原文来欣赏。

宝钗道："我有一句公道话，你们听听。四丫头虽会画，不过是几笔写意，如今画这园子，非离了肚子里头有几幅丘壑的如何成得？这园子却是像画儿一般，山水树木，楼阁房屋，远近疏密，也不多，也不少，恰恰的是这样。你既照样儿往纸上画，是必不能讨好的。这要看纸的地步远近该多该少，分主分宾，该添要添，该减要减，该藏要藏，该露要露。这一起了稿子，再端详斟酌，方成一幅图样。第二件，这些楼台房舍，是必要用界划的，一点

承画大观园

不留神，栏杆也歪了，柱子也塌了，门窗也斜了，阶矶也离了缝，甚至于桌子挤到墙里头去，花盆放在帘子上来，岂不到成了一章笑话儿了。第三件，安插人物也要有疏密，有高低。衣折、裙带、手指、足步，最是要紧，一笔不细，不是肿了手，就是跏（jiā，脚向内扭）了脚，染脸撕发到是小事。依我看来，竟难的狠，如今一年的假也太多，一个月也太少，竟给他半年的假，再派宝兄弟帮着他，并不是为宝兄弟知道教着他画，那就更误了事，为的是有不知道的，或难安插的，好叫宝兄弟拿出去问问那几个会画的相公，就容易了。”……宝钗冷笑道：“我就说你不中用，那雪浪纸写字，画写意儿，或是会山水的画南宗山水，托墨，禁的皴（cūn，国画技法）搜。拿了画这个，又不托色，又难滃（wěng）染，画也不好，纸也可惜。我教你一个法子。原先盖这园子，就有一张细致图样，虽是匠人描的，那地步方向是不错的。你和太太要了出来，也比着那纸大小，和凤丫头要块重绢，叫相公给矾（fán，用胶矾水浸湿生纸张、生绢，增大吸水量，便于书画）了出来，叫他照着这图样删削着立了稿子，添了人物就是了。就是配这些青绿颜色，并泥金泥银，也得他们配去。你们也得另爖（lóng，突然）

上风炉，预备化胶，出胶，洗笔，还得一个粉油大桉，铺上毡子好画。你们那些碟子也不全，笔也不全，都得从新再治一分才好。”

惜春道：“我何从有这些画器，不过写字的笔画画罢了。就是颜色，只有赭（zhě，红褐色矿物质颜料）石、广花、藤黄、胭脂这四样，再有不过是两枝着色笔就完了。”宝钗道：“你不该早说？这些东西我却还有，只是你也用不着，给你也白放着。如今我且替你收着，等你用着这个的时候我送你些，也只可留着画扇子，若画这大幅的也就可惜了的。今儿替你开个单子，照着单子和老太太要去。你们也未必知道的全，我说着，宝兄弟写。”宝玉早已预备下笔砚，原怕记不清白，要写了记着，听宝钗如此说，喜的提起笔来，静听宝钗说道：“头号挑笔四枝，二号挑笔四枝，三号挑笔四枝。大染四枝，中染四枝，小染四枝。大南蟹爪十枝，小蟹爪十枝。须眉十枝，大着色廿枝，小着色廿枝。开面十枝，柳条廿枝。箭头朱四两，南赭四两，石黄四两，石青四两，石绿四两，管黄四两，广花八两。蛤（gé，蛤蜊）粉四匣，胭脂十张，大赤飞金二百张。青金二百张，鱼子金二百张，广匀胶四两，净矾二两。矾绢的胶矾在外，别管他们，你只把绢交出去叫他们矾去。这些颜色，咱们淘澄（指调治颜料的手续）着，又顽了，又使了，包你一辈子都彀（同‘够’）使了。再要顶西绢罗四个，粗罗二个，掸笔四枝，大小乳钵（rù bó，研药器具）四个，大粗碗二十个，五寸粗碟十个，三寸粗白碟二十个，风炉两个，大小砂锅四个，新瓷缸二口，新水桶四只，一尺长白布口袋四条，浮炭二十斤，柳木炭一斤，三屉木箱一个，直地纱一丈，生姜四两，酱半斤。”

**看建筑艺术**。其实，《红楼梦》关于建筑艺术是非常值得看的。大观园已经成为《红楼梦》的代名词，跟贾宝玉、林黛玉一样闻名。而且书中第十七回，大观园试才题对额，用整回写大观园的景致。大观园堪称一步一景，用宝钗的话说（第四十二回）：“这园子却是像画儿一般，山石树木，楼阁房屋，远近疏密，也不多，也不少，恰恰的是这样。”而且大观园之大，令人难以置信，脂砚斋在批语中：“今贾政虽进的是正门，却行的是僻路，按此一大园，羊肠鸟道，不止几百十条穿东度西，临山过水，万勿以今日贾政所行之迳，考其方向基址。故正殿反于末路写之，足见未由大道而往，乃逶迤转折而经也。”“羊肠鸟道不止几百十条”规模何其大也？

有的说大观园就是现在的北京恭王府。恭王府位于北京市西城区前海西街，是清代规模最大的一座王府，先后作为大贪官和珅、庆亲王永璘的宅邸，后被赐予恭亲王奕䜣，由此得名恭王府，并沿用至今。恭王府历经了清王朝由鼎盛至衰亡的历史进程，故有“一座恭王府，半部清代史”的说法。

恭王府由府邸和花园两部分组成，南北长约 330 米，东西宽 180 余米， 占地面积约 61120 平方米，其中府邸占地 32260 平方米，花园占地 28860 平方米。据周汝昌先生考证，大观园无论其结构、相邻建筑来说，是恭王府无疑。另外，恭王府与大观园一样都特别注重水，突出对水的偏爱，有水则灵！脂砚斋两次对大观园的水进行了点评。第十六回，会芳园本是从北拐角墙下引来

大观园试题

极致大观园

一股活水，今亦无烦再引。脂砚斋在此批道：“园中诸景，最要紧是水，亦必写明方妙。余最鄙近之修造园亭者，徒以顽石土堆为佳，不知引泉一道，甚至丹青，惟知乱作山石树木，不知画泉之法，亦是恨事。”第十七回，原来这桥便是通外河之闸，引泉而入者。脂砚斋在此批道：“写出水源，要紧之极。近之画家着意于山，若不讲水，又造园囿（yòu）者，惟知弄莽憨顽石壅（yōng，堵塞）笨冢，辄（zhé，总是，就）谓之景，皆不知水为先着，此园大概一描，处处未尝离水，盖又未写明水之从来，今终补出，精细之至。”而实际恭王府呢？“月牙河绕宅如龙蟠，西山远望如虎踞”，这是史书上对恭王府的描述。就其选址而言，它占据京城绝佳的位置。古人修宅建园很注重风水，北京据说有两条龙脉，一是土龙，即故宫的龙脉；二是水龙，指后海和北海一线，而恭王府正好在后海和北海之间的连接线上，即龙脉上，因此风水非常的好。古人以水为财，在恭王府内“处处见水”，最大的湖心亭的水，是从玉泉湖引进来的，而且只内入不外流，因此更符合风水学敛财的说法。可见确有相通之处。但据此就断定大观园即恭王府，笔者认为有失偏允。正如不能简单地把此书当成自传一样，故事取景来源有所参照，但不应直接画等号。20 世纪 60 年代初，筹备纪念曹雪芹逝世二百周年时，周总理莅临恭王府花园，并说道：“要说人家是想象，人家也总有一些理由。不要轻率地肯定它就是《红楼梦》的大观园；但也不要轻率地否定它就不是。”笔者认为这样的态度才是中肯的。另外，现河北正定有荣国府一座，是 87 年电视剧《红楼梦》的取景地，系习近平总书记任正定县委书记时倡导所建，可对照一观！

十六

# 看文学以外惊喜

《红楼梦》之妙除了大的谋篇布局、文采经典外，在于文学以外，还发现了关于重大的社会制度改革、农业生产技术的创新举措，叹为观止。当然一些高超的性爱描写，也让人叹服。

首先，大家肯定想不到发源于20世纪80年代初的承包责任制，早在《红楼梦》里萌芽了。不信你来看：

第五十六回《敏探春兴利除宿弊，识宝钗小惠全大体》一回中写得明白。……探春道“因此我心中不自在。钱费两起，东西又白掷一半，算起来费两折子钱，不如把买办这一分子免了罢！此是一件事。第二件，年里头往赖大家去，你也去的，你看他那小园子，比咱的这个如何？”平儿笑道：“还没有咱们这一半大，树木花草也少多了。”探春笑道：“我因和他们家女儿说闲话儿，谁知那么个园子，除他们带的花儿，吃的笋、菜、鱼、虾之外，一年还有人包了去，年终总有二百两银子剩。从那日我才知道，一个破荷叶，一根枯草根子，都是值钱的。”

……探春因又接说道：“咱们这园子，只算比他们的多一半，加一倍算，一年就有四百银子的利息。……如今何不在园子里所有的老妈妈中，拣出几个本分老诚，能知园圃事的，派准他们收拾料理，也不必要他们交租纳税，只问他们一年可有些孝敬。一则园子有专定之人修理花木草水，自有一年好似一年的，也不用临时忙乱。二则也不致作践，白辜负了东西。三则老妈妈们也可借此小补，不枉年日在园中辛苦。四则亦可以省了这些花儿匠、山子匠并打扫人等的工费钱。将此有馀以补不足，未为不可。”……宝钗笑道：“善哉！三年之内无饥馑（jǐn，饥荒）矣。”李纨笑道：“好主意，这果然一行，太太必喜欢。省钱事小，第一省人

元春深宫慕天伦

探春远嫁思娘亲

打扫，专司其职，又许他们去卖钱，使之以权，动之以利，再无不尽职的了。”……探春听了，便和李纨命人将园中所有婆子的名单要来，大家参度，大概定了几个，又将他们一齐传来，李纨大概告诉了他们，众人听了，无不愿意。也有说，那一片竹子单交给我，一年工夫，明年又是一片，除了家里吃的笋，一年还可交些钱粮。这一个说 那一片稻地交给我，一年这些顽的大小雀鸟的粮食，不必动官中钱粮，我还可以交钱粮。……众婆子去后，探春问宝钗如何，宝钗笑答道："幸于始者怠于终，缮（shàn，修补）其辞者嗜（shì，极为爱好）其利。”探春听了，点头称赞，便向册上指出几人来，与他三人看。平儿忙去取笔砚来，他三人说道："这一个老祝妈是个妥当的，况他老头子和他儿子代代都是管打扫竹子，如今竟把这所有的竹子交与他。这一个老田妈本是种庄稼的，稻香村一带，凡有菜蔬稻麦之类，虽是顽意儿，不必认真，耕锄之事，也须得他去，再一按时加些培植，岂不更好？”……一面探春与李纨明示诸人：某人管某处，按四季除家中定例用多少外，馀（同"余"）者任凭你们采取了去取利，年终算账。探春笑道："我又想起一件事。若年终算账归钱时，自然归到账房，仍是上头又添一层管主，……你们年终去归账，他们还不捉弄你们等什么？……如今这园子是我的新创，竟别入他们的手，每年归账，竟归到里头来才好。”宝钗笑道："依我说，里头也不用归账。这个多了，那个少了，到不好。不如叫他们领一分子去，就派他揽一宗事去，不过是园里的人的动用。我替你们算出来了，有限的几件事，不过是头油、脂粉、香纸，每一位姑娘几个丫头，都是有定例的，再者各处笤箒、撮簸（cuō bō，收拾垃圾的器具）、掸（dǎn）子并大小禽鸟鹿兔吃的粮食，不过这几样，都是他们包了去，不用账房去领钱。你算算就省下多少来？”平儿笑道："这几宗虽小，一年通共算起来，也省的四百两银子。”宝钗笑道："却又来，一年四百，二年八百，取租钱的房子也能省得几间了，薄地也可添几亩。虽然还有富馀的，但他们既辛苦一年，也要叫他们剩些，粘补粘补自家。虽是兴利节用为纲，然亦不可太啬。总再省上三二百银子，失了大体统也不像，所以如此一行，外头账房里一年少出四五百银子，也不觉得狠艰啬了，他们里头却也得些小补，这些没营生的妈妈们，也宽裕了，园子里花木也可以每年滋生些，你们也得了可使之物，这庶几不失大体。若一味要省，那里搜不出几个钱来？凡有些馀利的，一概入了官中，那时里外怨声载道，岂不失了你们这样人家的大体。如今这园子里几十个老妈妈们，若只给了这几个，那剩的也必抱怨不公道。我才说的，他们只供给这几样，未免太宽裕了。一年竟除了这个之外，每人不论有馀无馀，只叫他拿出几吊钱来，大家凑齐，单散与那园中的妈妈们，他们虽不料理，他们也是日夜在园中当差之人，关门闭户，起早睡晚，大雨大雪，姑娘们出入，抬轿子，撑船，拉冰床，一应粗糙活计都是你们的差使。一年在园里辛苦到头，这园内既有出息，分内也该沾带些的。还有一句至小的话，索性说破了，你们只管了自己宽裕了，不分与他们些，他们虽不敢明怨，心里却都不服，只用假公济私的，多摘上你们几个果子，多掐上几枝花儿，你们有冤无处诉呢！叫他们也得些便宜，你们有照顾不到的，他们就替你照顾了。”众婆子听了这个议论，又不去受账房的辖治，又不与凤姐去算账，一年不过多拿出几吊钱来，各各欢喜异常，都齐声说：“愿意，强如出去被他揉搓（刁难）着，还得拿出钱来呢。”那不得管地的，听了每年终又无故得钱，也都喜欢起来……众人听了，都欢声鼎沸说：“姑娘说的狠是，从此姑娘奶奶只管放心，姑娘奶奶这样疼顾我们，我们真要不体上情，天地也不容了。”

此回精彩之处有两处：一是兴利除宿弊！二是小惠全大体！如何兴利除宿弊？想到了联产承包责任制！宿，很长时间了。这样的例子很典型，过去由公家出钱请人管园子，钱出得不少还管不好，因为吃大锅饭，没有积极性。现在呢，搞承包责任制！把园子承包给某个人管理，种花种草，每年还须上交多少“钱粮”，剩些“粘补自家”！这里里外外差了双倍！

小惠全大体呢，就是承包者上交了“钱粮”交给了大账，也就相当于上缴财政，再想买些日常用的比如头油、胭粉、香、纸、笤帚、撮簸等，再从财政申请钱，必遭财政管理人员盘剥，还要看人家脸色。为什么呀？谁都知道，派谁管理园子，几百两银子，谁没有回扣呢？贾芸不给凤姐送礼能谋到采办花木的生意？钱进了大账，不说好话，不给回扣，能要出来吗？深谙此道的宝钗建议，承包者上交了“钱粮”不入大账，搞“再承包”，承包什么呢？就是由承包者用应上缴的“钱粮”来直接采办日常生活用品。也就是绕过账房，不上交，也不用领！“不去受账房的辖治，又不与凤姐去算账，……强如出去被他揉搓着，还得拿出钱来呢”因此都“欢喜异常！”同时，宝钗也照顾到那些没有承包的人，为什么照顾他们呢？一个是辛苦，文中提到了“关门闭户，起早睡晚，……抬轿子，撑船，拉冰床”等，你们得体谅他们。二则呢不照顾他们情绪，承包人也干不好。为什么呢？“不分与他们些，他们虽不敢明怨，心里却都不服，只用假公济私的，多摘上你们几个果子，多掐上几枝花儿，你们有冤无处诉。”看看，想得多周到？因此，“众人都欢声鼎沸”！都照顾到不高兴才怪呢！同时在人事安排上，即确定承包人上，也因才而为，让人心服口服。遍观历史典籍，没有将联产承包的故事写得如此详尽、如此具体的。

**在农业方面，曹雪芹也是行家，想象得到吗，杜绝或减少果树病虫害的果树套袋技术，《红楼梦》里也能看到。**第六十七回：袭人远远看见葡萄架底下有一个人拿着掸（dǎn，用鸡毛等捆扎成的扫除灰尘的用具）子在那里动手动脚的，因迎着日光看不真切，至离的不远，那祝老婆子见了袭人，便笑嘻嘻的迎上来说道：“姑娘今日怎么得工夫出来闲逛，往那里去？”袭人说：“我那里还得工夫来侹，我往琏二奶奶家瞧瞧去，你在这里做什么？”那祝老婆子说：“我在这里赶蚂蜂呢，今年三伏里雨水少，不知怎么果木树上长虫子，把果子吃的巴拉眼睛地吊了好些下来，可惜了的白掷了，就是这葡萄，刚成了珠儿，怪好看的，那蚂蜂蜜蜂儿满满的围着宗，都咬破了，这还罢了，喜鹊、雀儿他也来吃这个葡萄，还有一个毛病儿，无论雀儿、虫儿，一嘟噜（du lu，成串的东西）上只咬破三五个，那破的水淌到好的上头，连这一嘟噜都是要烂的。这些雀儿蚂蜂可恶着呢，故此我在这里赶。姑娘你瞧，咱们说话的空儿没赶，就宗了许多上来了。”袭人说：“你就是不住手儿赶，也赶不了这许多，你刚这里赶，那里又来了，到是告诉买办说，叫他多多的作些冷布口袋来，一嘟噜一嘟噜的套上，免得翎禽草虫蹧踏，而且又透风，握不坏。”婆子笑道：“到是姑娘说的是，我今年才上来，那里就知道这些巧法儿呢。”袭人说：“如今这园子里这些果品，有好些种儿，到是那样先熟的快些？”祝老婆子说：“如今才入七月的门，果子都是才红上来的，要是好吃，想来还得月尽头儿熟透了呢，姑娘不信，我摘一个给姑娘尝尝。”

**男欢女爱的性爱描写，《红楼梦》里也多处涉及，但是写起来堪称圣手，有的忍俊不禁，有的含蓄隽永，有的点到为止，有的让人心潮澎湃……真正达到了书中所言“好而不淫”、淫而不色的味道**。

最有趣的性爱描写发生在第十五回：“（秦钟）说着，一口吹了灯，满屋漆黑，将智能抱到炕上，就云雨起来。那智能百般挣挫（同‘扎’）不起，又不好叫唤的，少不得依他了。正在得趣之时，只觉一人进来，将他二人按住，也不则声。二人不知是谁，唬得不敢动一动。只听那人嗤的一声，撑不住笑了……”脂砚斋先生在此批道：“请掩卷细思，此刻形景真可喷饭。历来风月文字，可有如此趣味者？”的确，写风月其实是很淫的事，可是这段描写不但让我们感觉不到淫，却禁不住有会然一笑之感。真是秦钟得趣，读者也“得趣”。

最含而不露的性爱描写看看第七回：“（周瑞家的）越西花墙出西角门，进入凤姐院中。走至堂屋，只见小丫头丰儿坐在凤姐房门槛上，见周瑞家的来了，连忙摆手儿，叫他往东屋里去。周瑞家的会意，慌的蹑手蹑脚地往东边房里来，只见奶子正拍着大姐儿睡觉呢。周瑞家的悄问奶子道：‘奶奶睡中觉呢？也该请醒了。’奶子摇头儿。正问着，只听那边一阵笑声，却有贾琏的声音。接着房门响处，平儿拿着大铜盆出来，叫丰儿舀水进去。”贾琏和王熙凤究竟在干什么？这实际上是曹雪芹在故意吊人胃口呀：从门口丫鬟的连忙摆手，到一旁奶妈的含笑摇头，可以隐约看出王熙凤绝不单纯是在睡午觉；直到屋里传来“笑声”，接着平儿“拿着大铜盆出来，叫人舀水”，要伺候贾琏和王熙凤洗澡，已婚男女才恍然大悟，原来二人刚才在做爱，而且安排专人在门口提醒“请勿打扰”！写性，却对性只字不提，连脂砚斋先也叹为观止，禁不住在此评价：“妙文，奇想！阿凤之为人，岂有不着意于风月二字之理哉。若直以明笔写之，不但唐突阿凤声价，亦且无妙文可赏。若不写之，又万万不可。故只用‘柳藏鹦鹉语方知’之法，略一皴染（cǔn rǎn，国画的一种画法），不独文字有隐微，亦且不至污渎阿凤之英风俊骨。所谓此书无一不妙。余素所藏仇十洲《幽窗听莺暗春图》，其心思笔墨已是无双。今见此阿凤一传，则觉画工太板。”这段批语是什么意思呢？就是说凤姐强势、美貌不可能没有风月之事，但写太白了，有损凤姐正面形象。不写又不可能，权力是最好春药。因此，用了什么方法呢？就是在柳树丛中藏着一只美丽的鹦鹉，她如不叫，你发现不了她。这么写，既完整了凤姐形象，又不失凤姐“英风俊骨”。最后文字，说我藏有一幅仇英名画《幽窗听莺暗春图》，据推断可能是春宫图类的画。名家名画跟曹雪芹这段描写比起来，也差了一大截。

另外，需要说明的，有人认为春宫图不适合女性保存，据此认为脂砚斋先生不应是女性，笔者不敢苟同。因为在旧时已婚女性不会禁止。再则，此画至今没人见过，描绘什么，不太清楚。

有的虽然点到即止，却行文轻巧、委婉动人。比如说在第六回："袭人伸手与他系裤带时，不觉伸手至大腿处，只觉冰凉一片粘湿，唬的忙退出手来，问是怎么了。宝玉红涨了脸，把他的手一捻。袭人本是个聪明女子，年纪本又比宝玉大两岁，近来也渐通人事。今见宝玉如此光景，心中便觉察了一半，不觉也羞的红涨了脸面，遂不敢再问。仍旧理好衣裳，随至贾母处来，胡乱吃毕晚饭，过这边来。袭人忙趁众奶娘丫嬛不在旁时，另取出一件中衣来，与宝玉换上。宝玉含羞央告道：'好姐姐，千万别告诉人！'袭人亦含羞笑问道：'你梦见什么故事了？是那里流出来的那些髒（同"脏"）东西！'宝玉道：'一言难尽。'说着，便把梦中之事，细细说与袭人听了。然后说至警幻所授云雨之情，羞的袭人掩面伏身而笑。宝玉亦素喜袭人柔媚姣俏，遂强袭人同领警幻所训云雨之事。袭人素知贾母已将自己与了宝玉的，今便如此，亦不为越理，遂和宝玉偷试一番，幸得无人撞见。自此，宝玉视袭人更与别个不同，袭人待宝玉更为尽职。"此段名为："贾宝玉初试云雨情。"脂砚斋先生在此批语："一段小儿女之态，可谓追魂摄魄之笔。"果不其然也，妙在初！而且是初次性爱。初次性爱最正常反应是什么？害羞！好奇！

初试云雨

再回头欣赏这段文字，共几个害羞？宝玉害羞是因为袭人发现了他已成人的害羞之事；袭人害羞是因为初次接触到男性私密。好奇呢？袭人“胡乱吃毕饭”“忙趁”，一副急不可待知道结果的强烈心理。害羞加好奇，难免偷试一下，毫无勉强之理，真是信手拈来，行云流水般自然。

全书唯一一次正面性爱描写，写得人心潮澎湃，实为经典，有一种“黄山归来不看岳”的感觉。无论野史杂文，还是小说典籍，至今无出其右的。第二十一回，“是夜二鼓人定，多浑虫醉昏在炕，贾琏便溜了来相会，进门一见其态，早已魂飞魄散，也不用情谈欵（kuǎn，款）叙，便宽衣动作起来。谁知道这妇人有天生的奇趣，一经男子挨身，便觉遍身筋骨瘫软，（淫极，亏想得出。试看中外有这样描写过的吗？）使男子如卧绵上。（如此境界，自胜西方蓬莱等处，哪个男人能把持得住？）更兼淫态浪言，压倒娼妓（**这是偷情，而非嫖妓**），诸男子至此岂有惜命者哉！（至今多次闻世上男子言与某某明星睡一晚上，死了也甘心的豪放之语）那贾琏恨不能连身子化在他身上。（男人谁能持？亲极之语，趣极之语）那妇人故作浪语，在下说道：‘你家女儿出花儿供着娘娘，你也该忌两日，到为我赃了身子，快离了我这里罢。’（淫妇勾人，惯加反语，让人欲罢不能，欲擒故纵）贾琏一面大动，一面喘吁吁答道：‘你就是娘娘，我那里还管什么娘娘？’（色胆包天，自古有之）那妇人越浪，贾琏越丑态毕露。一时事毕，两个又海誓山盟，难分难舍，自此后遂成相契。”（趣之，相契作如此用，相契扫地矣）一部书中，只有此一段丑极太露之文，写于贾琏身上，恰极当极！为什么贾琏最合适？宝玉正面非淫，性中有情，情多于性。薛蟠是淫，乱淫、滥淫，将这段性爱露骨描写落在他身上太俗。贾珍呢，一则年长，贾蓉已届成人；二则尤氏是懦弱之人，不会闹事。唯有贾琏，正值壮年，性欲旺盛（“只离了凤姐便要寻事，独寝了两夜，便十分难熬，便暂将小厮们内有清俊的选来出火。”第二十一回），内有凤姐管得太严（“凡丫头们二爷多看一眼，他有本事当着爷打个烂羊头。虽然平姑娘在屋里，大约一年二年之间，两人有一次到一处，他还要口里掂十个过子呢。”第六十五回），外有天赐良机。再有凤姐强悍，必有后续文章。因此，淫极一角，非贾琏莫属也。

性爱描写，有时是文学作品的催化剂，是刻画人物性格不可或缺的点睛之笔。滥写，则归为淫书一类；不写，又不真实。曹雪芹匠心独运，纵横捭阖，性爱淫而不色，雅而不俗，阅读时丝毫没有肮脏之感，却如沐春风，如品香醇，正是因为这种精湛的艺术技巧和写作手法，使《红楼梦》成为中国文学史上雅俗共赏的经典。

**男女调情互赠信物的娴雅风流文字也堪称经典**。而这样的“好事”偏又落在贾琏身上，在书中六十四回。贾琏见无人在跟前，便睨视二姐一笑，什么叫睨视，就是斜着眼看。二姐亦低下了头，含笑不理。最是那一低头的温柔，惹得贾琏更心猿意马，没话找话，见二姐手里拿着拴着荷包的手巾摆弄，便搭讪，用手摸了摸腰，说：“槟榔荷包忘了带了，妹妹有槟榔，赏我一口吃。”看看，要嘴吃了。二姐也会撒娇：“槟榔到有，只是我的槟榔从来不给人吃。”贾琏便笑着想近身来拿，二姐怕人看见不雅，便连忙一笑，扔了过来。贾琏怎么吃呢？都倒了出来，“拣了半块吃剩的撂在口中吃了”，等于变相亲吻了。想找了机会借送荷包亲近一下，不妨丫鬟又倒茶了。怎么办？初次亲近不成，送个定情信物吧。暗将自己带的一个汉玉九龙佩解了下来，拴在手上，趁丫鬟回来时，一瞬间事，如做贼般，扔了回去。二姐却不拿，只装看不见，仍坐吃茶。偏这时，听见帘子响，尤老娘、尤三姐正向屋内走。贾琏挤眼瞪目让二姐赶紧捡了，别让人看见。二姐还是不搭理，贾琏不知何意，急得直想跳起来，这时尤老娘、尤三姐进屋了，贾琏忙起身迎接，挡住二人视线，边打招呼边偷眼看二姐，二姐还是笑吟吟的，没事人似的，再看手巾，没了。贾琏方才石头落地。于是，大家都落下来，聊了些家常。如此文字，活灵活现，真是好看至极。虽传非曹雪芹原笔，但仍精彩异常。

造假自古有之，不信请看《红楼梦》。话说凤姐病了，需要上等人参，家中没有，王夫人欲差周瑞家的外面去买，这时宝钗因在座，乃笑道："姨娘且住。如今外头卖的人参都没好的。虽有一枝全的，他们也必截做两三段，镶嵌上芦泡须枝，掺匀了好卖，看不得粗细。我们铺子里常和参行交易，如今我去和妈说了，叫哥哥去托个夥计过去和参行商议说明，叫他把未作的原枝好参兑二两来。不妨咱们多使几两银子，也得了好的。"（第七十七回）原来坑人造假之术，老祖宗传下来的，诚不悲夫？

# 十七

# 看与古典名著的关系

曹雪芹曾经在作品的第一回中明确地否定有些“野史”的“奸淫邪恶”及“千部一腔，千人一面”的“才子佳人等”。于是有些人就产生了一种错觉，仿佛他对我国的古典小说是一笔抹杀的。事实并非如此，脂砚斋曾经指出：《红楼梦》“写个个皆知，全无安逸之笔，深得‘金瓶’壸（kùn）奥（深奥隐微）。”（第十三回）清朝太平闲人张新之也说：“《红楼梦》脱胎在《西游记》，借过在《金瓶梅》，摄神在《水浒传》。”果不其然，通过读《红楼梦》，我们可以发现其他古典名著的影子，可以说《红楼梦》博采众长，自成一家，成为集大成者，也将古典小说推向了巅峰！

**先说说与《西游记》关系。**《西游记》里最著名的故事之一就是真假美猴王。而《红楼梦》与《西游记》最相似的情节就是有贾宝玉，还有一个甄宝玉，而且无论模样、性情、爱好，甄、贾宝玉几乎分辨不出，像极了真假美猴王的情节。来看看《西游记》：

第五十八回：二人洞外细看，果见一个行者，高坐石台之上，与群猴饮酒作乐。模样与大圣无异：也是黄发金箍，金睛火眼；身穿也是锦布直裰（duō，长袍便服，又指僧袍），腰系虎皮裙；手中也拿一条儿金箍铁棒，足下也踏一双麂（jǐ，鹿科动物）皮靴；也是这等毛脸雷公嘴，朔腮别土星，查耳额颅阔，獠牙向外生。这大圣怒发，一撒手，撇了沙和尚，掣铁棒上前骂道：“你是何等妖邪，敢变我的相貌，敢占我的儿孙，擅居吾仙洞，擅作这威福！”那行者见了，公然不答，也使铁棒来迎。二行者在一处，果是不分真假，……地藏早已省悟，即对行者道：“你两个形容如一，神通无二，若要辨明，须到雷音寺释迦如来那里，方得明白。”

假的美猴王连观音菩萨、地藏王菩萨都看不出来，可见以假乱真的地步。故有专家据此指出："甄贾两宝玉，从《西游记》两行者脱胎。"再来对照《红楼梦》：

第五十六回：贾母笑向李纨等道："偏也叫个宝玉！"……众媳妇听了，忙去了半刻，围了宝玉进来。四人一见，忙起身笑道："唬了我们一跳。若是我们不进府来，倘若别处遇见，还只当我们的宝玉后赶着也进了京呢。"一面说，一面都上来拉他的手问长问短，宝玉也忙笑问好。贾母笑道："比你们的长的如何？"李纨等笑道："四位妈妈才一说，可知模样儿相仿了。"……四人笑道："如今看来，模样儿是一样，据老太太说，淘气也一样。……"宝玉诧意道："除了我们大观园，竟又有这个园子？"正疑惑间，从那边来了几个女儿，都是丫嬛。宝玉又诧意道："除了鸳鸯、袭人、平儿之外，也竟还有这一干人？"只见那些丫鬟笑道："宝玉怎么跑到这里来了？"宝玉只当是说他自己，忙来陪笑说道："因我偶步到此，不知是那位世交的花园，好姐姐们，带我旷旷（同'旷'空阔）。"众丫嬛（huán）都笑道："原来不是咱们家的宝玉。他生的到也还干净，嘴儿到也乖。"宝玉听了，忙道："姐姐们这里也竟有个宝玉？"丫嬛们忙道："宝玉二字，我们是奉老太太太太之命，为保佑他延寿消灾，我们叫他，他听见喜欢。你是那里远方来的一个臭小子，也乱叫起来。仔细你的臭肉，打不烂你的！"又有一个笑道："咱们快走罢，别叫宝玉看见，又说同这臭小子说了话，把咱们薰臭了。"说着，一迳（同"径"）去了。……宝玉又诧意道："除了怡红院，也竟还有这么一个院落？"忽上了台矶，进了屋内，只见榻上有一个人卧着，那边有几个女孩儿做针线，也有嘻笑顽耍的。只见榻上那个少年叹了一声，一个丫鬟笑问道："宝玉，你不睡又叹什么？想必为你妹妹病了，你又胡愁胡恨呢！"宝玉听说，心下也便吃惊。只见榻上少年说道："我听见老太太说，长安都中也有个宝玉，和我一样的性情，我只不信。我才作了一个梦，竟梦中到了都中一个花园子里头，遇见几个姐姐，都叫我臭小子，不理我。好容易找到他房里，偏他睡觉，空有皮囊，真性不知那去了。”宝玉听说，忙说道：“我因找宝玉来到这里，原来你就是宝玉？”榻上的宝玉忙下来拉住笑道：“原来你就是宝玉？这可不是梦里！”宝玉道：“这如何是梦？真且又真了！”一语未了，只见人来说：“老爷叫宝玉。”唬的二人都慌了。一个宝玉就走，一个宝玉便忙叫：“宝玉快回来，快回来！”……

甄、贾宝玉无论模样、性情，还是住所、庭院几乎一模一样，连贴身的丫头都难辨真假，这不是真假美猴王是谁？还有第二回也为此做了注解，雨村道：“正是。方才说这政公，已有了一个衔玉之儿……”脂砚斋在此批道：“灵玉却只一块，而宝玉有两个，情性如一，亦如之[六]耳误[悟]空（即：六耳猕猴）之意耶。”

还有第十三回，“榜上大书：世袭宁国公冢孙媳防护内廷御前侍卫龙禁尉贾门秦氏恭人之丧。四大部州至中之地，奉天永运太平之国，总理虚无寂静教门僧录司正堂万虚，总理元始三一教门道录司正堂叶生等，敬谨修斋，朝天叩佛。以及‘恭请诸伽蓝、揭谛、功曹等神，圣恩普锡，神威远镇，四十九日消灾洗孽平安水陆道场’等语，亦不消烦记。”

脂砚斋在此批道：“奇文，若明指一州名，似若‘西游’之套，故曰至中之地，不待言可知是光天化日仁风德雨之下矣。不云国名更妙，可知是尧街舜巷衣冠礼义之乡矣。直与第一回呼应相接。”这里提到了《西游记》，为什么呢？因为文中提到了“四大部州至中之地”！四大部州在哪？《红楼梦》里找不到，但《西游记》里第一回有。“感盘古开辟，三皇治世，五帝定伦，世界之间，遂分为四大部洲：曰东胜神洲，曰西牛贺洲，曰南赡部洲，曰北俱芦洲。这部书单表东胜神洲。”还有，这段话提到了伽蓝、揭谛、功曹等几方神圣，这些神仙也在《红楼梦》里找不到，又在《西游记》中找到了。神仙们全称四值功曹，顾名思义，是值班记账的小神仙。四值是值日、值月、值年、值时。他们的任务就像是现在值班的保安，在值班的时间上岗放哨，还要随时把下界递给上天的条子传达给天庭。五方揭谛在《西游记》里的出现很暧昧，按照佛法，他们本来是佛教的五方守护大力神，即金光揭谛、银头揭谛、波罗揭谛、波罗僧揭谛、摩诃揭谛。后归玉皇大帝指挥。护教伽蓝，通俗一点来说，是给佛门寺庙看家护院的保镖部队，总共有 18 位。分别是美音、梵音、天鼓、叹妙、叹美、摩妙、雷音、师子、妙叹、梵响、人音、佛奴、颂德、广目、妙眼、彻听、彻视、遍视，即“十八伽蓝神”。这几位神仙集中出现在《西游记》第十五回，孙悟空收服小白龙的时候，那一次，也是四值功曹、五方揭谛和护教伽蓝齐聚的时候：“只听得空中有人言语，叫道：‘孙大圣莫恼，唐御弟休哭。我等是观音菩萨差来的一路神祇（qí，神指天神，祇指地神，泛指神仙），特来暗中保取经者。’那长老闻言，慌忙礼拜。行者道：‘你等是那几个？可报名来，我好点卯。’众神道：‘我等是六丁六甲、五方揭谛、四值功曹、一十八位护教伽蓝，个个轮流值日听候。’”

可见《红楼梦》不但借《西游记》创作思路，还从里面借了不少神仙为己所用。

**再说说与《水浒传》的关系**。第二十六回：“说着只见有个丫嬛到（同‘倒’）了茶来与他。那贾芸口里和宝玉说着话，眼睛却瞅那丫头。细条身材，容长脸面，穿着桃红袄儿，青缎背心，白绫细折裙子。不是别人，却是袭人。”脂砚斋在此批道：“《水浒》文法。用的恰当，是芸哥眼中也。”清代的话石主人在《红楼梦精义》一文中也说：“《红楼梦》喜用复笔。……其实皆同而不同，变化不测，纯是《水浒》笔法。”这里他明确地把“《水浒》笔法”与《红楼梦》正式联系起来。脂砚斋所说的“文法”，和话石主人所说的“笔法”，意思完全一样，都是指小说创作中的某些艺术表现手法。但是，在我国正式提出“《水浒》文法”

的并不是脂砚斋。金圣叹早在明末，就在他的《读第五才子书法》一文中说过了：“《水浒传》有许多文法，非他书所曾有……”也就是说，《红楼梦》因为成书在后，在其书中大量借用了《水浒传》中的一些写法。因为我国士大夫受传统儒家思想的影响，以诗文为正宗，轻视词曲，小说戏剧长期不得入正统的文苑之林，自然更谈不上对它们有什么研究。这种情况到明代的李贽（zhì）、袁宏道时，才有所改变。李贽是我国封建社会里高度重视小说戏剧的第一人。在李贽的影响下，后来袁宏道也对小说戏剧，还有民歌，给予了很高的评价。袁宏道甚至把《水浒传》提高到与六经、《史记》并列的地位。而金圣叹就是在李贽、袁宏道等重视《水浒传》基础上提出了更高的评价的。他在《读第五才子书法》指出：《水浒传》方法，都从《史记》出来，却有许多胜似《史记》处。若《史记》妙处，《水浒》已有。他正式提出了《水浒》创作中有所谓“笔法”，并且将“笔法”由过去只限于古文章法结构的研究，开始扩大到小说创作中表现手法的研究。我们既然已经明白了《水浒》笔法的具体内容，进一步也就可以讨论它和《红楼梦》创作的关系了。它究竟和《红楼梦》的创作有些什么关系呢？下面我们不妨就两书对断笔的运用略加比较：

这里说的“断笔”，大体上相当于金圣叹说的“横云断山法”，这种方法在当代的文学创作和影视剧中运用得很多。就是正在叙述某个情节时，或者某个情节正处于高潮或紧张时刻时，突然换成了别的内容。借用评书中常用一句话：花开两朵，各表一枝。开个玩笑，现在很多影视作品中插播的广告也应该属于此法。金圣叹举出《水浒传》的例子是：“如两打祝家庄后，忽插出解珍、解宝争虎越狱事；又正打大名城时，忽插出截江鬼、油里鳅（qiū）谋财倾命事等是也。”

《红楼梦》中运用的断笔，不像《水浒传》那样断隔后插叙另一长故事，而主要有下列几种情况：一是为了文字的省净和文气的变化。如贾雨村正看“护官符”，“雨村犹未看完，忽闻传点人报：‘王老爷来拜。’雨村听说，忙整衣冠出去接迎。有顿饭工夫方回来，细问这门子……”（第四回），试想一个偌大的金陵应天府，达官显宦也就不少，“护官符”上记载的当然不会只有“贾、史、王、薛”四家。所以脂砚斋眉批云：“妙极！若只有此四家，则死板不活。若再有两家，又觉累赘，故如此断法。”这就可以省去不少闲文，使文气也富于变化。二是为了打断正进行的事情，为让更重要的情节登场创造条件。如甄士隐接贾雨村至书房“方谈得三五句话，忽家人飞报：‘严老爷来拜！’”（第一回）这里让士隐退去，才好接写贾雨村和娇杏的奇遇。三是借此可以补叙有关情节。如第十六回，写王熙凤正向从苏州回来的贾琏夸耀自己协理宁国府一事，“正说着，只听外间有人说话，凤姐便问：‘是谁’？平儿进来回道：‘姨太太打发香菱妹子来问我一句话，我已经说了，打发他回去了。’”于是又转到谈香菱。然后又用贾琏出去再一断。凤姐这才问起平儿，平儿说这是借香菱撒个谎儿，因为来旺妇偏在这时送了利银来。这就用断笔补足了香菱“开脸”及王熙凤放利钱诸事。又如刘姥姥一进荣国府见王熙凤，欲诉穷又难于启齿，最后“只得忍辱说道：‘论理，今儿初次见姑奶奶，却不该说的，只是大远的奔了你老这里来，也少不得说了。’刚说到这里，只听得二门上小厮们回说：‘东府里小大爷进来了。’凤姐止刘姥姥不必说了。一面便问：‘你蓉大爷在那里呢？’只听一路靴子脚响，进来了一个十七八岁的少年……”（第六回）用断笔趁机点出两人之间的暧昧关系，然后才让刘姥姥诉苦的话继续说下去，等等。总之，它似行云流水，需行则行，需止则止。

这样的例子我们可以举出不少，但仅就此足以说明“《水浒》笔法”和《红楼梦》创作间的密切关系了。当然，这绝不是说《红楼梦》仅仅是简单地在袭用“《水浒》笔法”，相反，它有着巨大的创造，在“笔法”的运用方面更加熟练和巧妙，其成就大大超过了《水浒》。《红楼梦》经常将各种手法结合起来，交错使用，变化无端，出神入化（前文已经深入分析了）；而“《水浒》笔法”的变化虽似出意外，但其实却在意中。龙霖先生认为，《水浒传》以对宋江的描写为例。宋江在清风寨遇险，先是观灯被捉，暗中逃往清风山又被捉，后和花荣被一起押往青州，从清风山下过，这才被燕顺等救了。前后历险是三次。在发配江州的路上，先在揭阳岭酒店被麻翻，后又被穆弘、穆春兄弟率人追赶，差点被捉，慌忙中上了张横的船，又差点遇害，幸得遇李俊，才化险为夷。这里历险又是三次。在江州醉题反诗装疯被识破，吴用造假书又被识破，最后在就地斩首时，才被梁山好汉救了。这里的历险还是三次。对其他人的描写也是如此。如林冲一入监狱未死，二在野猪林遇救，三次火烧草料场才起而报仇。如鲁智深一救金翠莲在五台山做了和尚，二大闹五台山到了相国寺遇林冲，三因救林冲无法在相国寺安身，才在二龙山落草。又如吴用赚卢俊义时代题的反诗先后也出现了三次：卢家墙壁上，阮小二口中，最后是吴用向李固逐句解释。梁山招安也是三次：先差陈宗善，再差闻焕章，后差宿元景。而三次情节见于回目的还有“施恩三入死囚牢”“宋公明三打祝家庄”“宋江三败高太尉”，等等。这种程式化的描写不仅表现在情节安排方面，也表现在作品中对道理的陈述和细节刻画方面。先看对道理的陈述：林冲火并王伦后，他坚持要晁盖、吴用、公孙胜等分坐一、二、三把交椅，其理由是：“正是鼎分三足，缺一不可。”杨志自夸宝刀的好处是三件：“第一件砍铜剁铁，刀口不卷。第二件吹毛得过。第三件杀人刀上没血。”阎婆惜要挟宋江：“若要饶你时，只依我三件事便罢。”蒋门神被打翻在地，向武松讨饶，武松说的也是：“若要我饶你性命，只依我三件事便罢。”宋江攻打北京城，李成向梁中书紧急献策是三事。宋江要卢俊义坐第一把交椅，自说的理由是："有三件不如员外处。"后来他要"建罗天大醮（jiào，设坛做法事）"，所举的理由又是三条，等等。再看细节描写。鲁智深打死镇关西是三拳。林冲上梁山，王伦给他"投名状"的期限是三日。甚至景阳冈上老虎的绝招也是三招；"一扑，一掀，一剪"。武松喝酒的景阳冈下的酒店是"三碗不过冈"，后去夺快活林时，他提出的喝酒条件又是"无三不过望（超出原来的希望）"；而蒋门神的店里也是"里面一字儿摆着三只大酒缸。"孙二娘麻翻一个头陀，所得物件是三件："一个箍头的铁戒尺，一领皂直裰（duō），一道度牒。"宋江杀阎婆惜后计划逃难的地点是三处：柴进庄上，孔太公庄上、花荣的清风寨；甚至九天玄女给宋江饮的"仙酒"也是三杯，吃的"仙枣"也是三枚，给他的"天书"也是三卷。如此之类，不胜枚举。

俗谚说得好："事不过三"。确实，在表现事情变化时，四次失之累赘，两次显得不足，三次则比较适中。况且一正一反一正的波浪式手法，也有利于更好地表现那些较为复杂的感情和事物，使文字富于波澜。这说明作者在创作《水浒传》时，确实是惨淡经营（费尽心思筹划）、良工独苦的。它的艺术成就因而也为世所公认。但是另一方面，世界上的事情是复杂的，如果事无大小，都按这样一个"三"字式去处理，那就成了一个新的程式。所以有人说《水浒传》"其中照应谨密，曲尽苦心，亦觉琐碎，反为可厌。"《红楼梦》则不然，读者从中看不出有意为文的痕迹，它对"笔法"的运用如神龙雾雨，变化莫测。例如第四回，作者就是把侧笔、伏笔、断笔、婉笔、巧笔、衬笔、插笔等结合起来，忽隐忽现，忽正忽反，变化无穷，使读者莫测其端倪。这在《红楼梦》中，几乎可以说比比皆是。所以脂砚斋在第二十七回批道："《石头记》用截法，岔法，突然法，伏线法，由近渐远法，将繁改俭法，重作轻抹法，虚稿实应法，种种诸法总在人意料之外且不见一丝牵强。所谓信手拈来无不是是也。"

《红楼梦》与《水浒》另一层关系，据周汝昌、刘心武先生考证，就是在书的结尾部分，设置了类似一百单八将一样的一百〇八人的情榜。第十九回，脂砚斋曾批道："……实亦不能评出此二人终是何等人物，后观情榜评曰：宝玉情不情，黛玉情情，此二评自在评痴之上，亦属囫囵不解，妙甚！"还是此回，脂砚斋评论："补出袭人幼时艰辛苦状，与前文之香菱，后文之晴雯大同小异，自是又副十二钗中之冠，故不得不补传之。"第十八回，脂砚斋评论："树［橱］处引十二钗，总未的确，皆系漫拟（好像似的意思）也，至末回警幻情榜，方知正副再副及三四副芳讳。"

《红楼梦》从《西游记》里借思路、借神仙，在《水浒》里除借笔法外，还借名词，而且将这个名词放到了关键人物身上。什么名词？破落户！这名词意思从原来的名门望族败落下来的人家及其子弟。这种称谓在《水浒》里没什么，但是在《红楼梦》里就值得商榷了。先看《水浒传》第二回："且说东京开封府汴梁宣武军，一个浮浪破落户子弟，姓高，排行第二，自小不成家业，只好刺枪使棒。"

《水浒传》第三回："鲁达喝道：'咄（duō，表示惊叹）！你是个破落户，若是和俺硬到底，洒家倒饶了你；你如何对俺讨饶，洒家偏不饶你。'"《水浒传》第十一回："当下立住脚看，只见远远地黑凛凛一条大汉，吃得半醉，一步一颠撞进来，看那人时，却是经市有名的破落户泼皮，叫做牛二，专在街上撒泼，行凶，撞闹，连为几头官司，开封府也治他不了。"

再看看《红楼梦》第三回："他是我们这里有名的一个泼皮破落户儿，南省俗谓作辣子，你只叫她凤辣子就是。"第七回："罢罢！可以不必见他。比不得咱们家的孩子们，胡打海摔的惯了，人家的孩子，都是斯斯文文惯了的。乍见了你这破落户，还被人笑话死了呢！"凤姐是什么人物？模样又极标致，言谈又爽利，心机又极深细！可以说是贾府最主要的人物！就这样一个人物，被贾府最有权势的贾母称为“破落户儿”，联想到神秘人物秦可卿临死前的托梦，可以预知，不看全文，仅用这个称呼，就能知道贾府“树倒猢狲散”的结局！

**谈谈与《金瓶梅》的关系**。《金瓶梅》至少在下列四个方面给了《红楼梦》积极的影响：第一，以日常家庭生活为题材；第二，通过一个典型家庭和社会的广泛交往，去反映广阔的社会风貌；第三，悲剧的结局；第四，对人物的描写更注意生活的真实。这些早已是文学评论界一致公认的了。据红学家李希凡先生讲，毛泽东同志曾把《红楼梦》与《金瓶梅》做比较，认为《金瓶梅》只反映黑暗，不尊重妇女，而《红楼梦》写得有点希望，是尊重妇女的。话很简单，却抓住了要害。李希凡先生曾写过两篇文章，涉及《金瓶梅》：一篇是1957年写的，题目是《〈水浒〉和〈金瓶梅〉在我国古典小说发展史中的地位》，是从《水浒》与《金瓶梅》的比较而言的；另一篇是80年代写的，题目是《极摹（mó，仿效）人情世态之歧》，是从《红楼梦》与《金瓶梅》比较而言的。《金瓶梅》在中国小说史上虽有一定的地位，但决不能像目前有些学者那样一味瞎吹。李希凡先生同意清人诸联的这样一段评语：“书（指《红楼梦》）本脱胎于《金瓶梅》，而亵（嫚）之词，淘汰至尽，中间写情写景，无些黠牙后慧。非特青出于蓝，直是蝉蜕于秽。”诚如斯言！

刘永良先生认为，《金瓶梅》和《红楼梦》两部小说在人物形象的塑造方面，都取得了非常突出的成就。他们塑造的人物形象，都可以在现实生活中找到影子，都是逼近生活的真实可信的人。不仅如此，《金瓶梅》和《红楼梦》两部小说中所塑造的人物形象也有着酷肖之处，如西门庆和贾琏，二人都是纵欲淫乱；潘金莲和王熙凤，二人都有狠毒狡诈的一面；吴月娘和尤氏，二人都表现为有德无才；李瓶儿和尤二姐，二人都具有屈辱求全的性格，不一而足，从中可以看出来《金瓶梅》和《红楼梦》两部小说之间影响和继承的关系。特别是李瓶儿和尤二姐，两个人物形象之间的承继迹象是非常明显的。何满子先生曾指出："《红楼梦》中的人物性格和命运也有些个是和《金瓶梅》相近的，自然，相近不等于雷同。其中近似得太耀眼的，我想是尤二姐和李瓶儿。其余的人物或只性格的某一特征，或只遭遇某一方面依稀仿佛，尤、李二人则不论性格、命运的大关节，连细节描写都有其神似之处。"冯子礼先生在《金瓶梅与红楼梦人物比较》一书中则从"两个出身和性格颇为相像的'淫奔女'""相同的悲剧命运"和"性格和悲剧的差异"三个方面对李瓶儿和尤二姐进行了比较分析，文章说服力较强，很值得一读。在《金瓶梅》和《红楼梦》这两部小说中，人物形象的刻画尤其值得称道，作者不仅写出了人物形象的主导性格，而且还充分表现了人物性格的多维性、复杂性和立体感。比如，潘金莲和王熙凤，阴险、狠毒、泼辣，这是她们性格中的共同点。但是，作者又非常注意表现出她们性格的丰富性和不同侧面。因此作者在小说中也描写了她们温柔的一面。潘金莲与西门庆勾搭成奸，丧心病狂地害死武大郎，是那样的凶残，她对李瓶儿是那样的嫉恨，乃至于不择手段，无所不用其极。但是同样是这一个潘金莲，她在西门庆面前却显得是那样的"温良驯服"。王熙凤毒设相思局，致使贾瑞命丧黄泉，是那样的阴险；她借剑杀人，害死尤二姐，是那样的狠毒；为了几千两银子，使一双青年男女无辜而死，是那样的残酷。但是同样是这一个王熙凤，她对自己的女儿巧姐是那样的疼爱，俨然是一位慈母；刘姥姥是一个乡村老妪，但是王熙凤也曾周济过她，说明她也有惜老怜贫的一面。潘金莲有时还显得心直口快，别人有所顾忌不愿意说的事情，她却能够给直接捅出来。王熙凤常常是未睹其人，先闻其声，豪爽多智，博得贾母的欢心，赢得王夫人的信任。因此说，潘金莲和王熙凤这样的人物形象，既是可恨的，又是值得怜悯的，有时也有可爱的一面。当然王熙凤要比潘金莲刻画得更成功，更富于典型意义。

在《金瓶梅》以前的小说，一般很少有或不太注意对人物的心理进行描写，即便描写了人物的心理，往往也是非常简单的一两笔，很少做深入细腻的描绘，当然《水浒传》有了发展，但是还不能够做到细腻入微。而《金瓶梅》和《红楼梦》则不然，人物形象的心理描写不仅很细腻，而且也很深刻，从而使人物形象更加丰满，更加鲜活。我们可以看到在《金瓶梅》第五十三回中，有一片段描写吴月娘背后偷听孟玉楼、潘金莲对她的议论，其中吴月娘的心理反应，便被作者描绘得极为生动，极为细腻。同样，在《红楼梦》第二十六回中，也有一片段描写林黛玉找贾宝玉，被丫鬟关在门外未曾进入怡红院的情景，作者对林黛玉当时的心理描绘，更是细腻入微，动人心魄。

《金瓶梅》的人物形象塑造有着明显的不足。有的人物形象的性格前后变化太大，并且缺乏内在的逻辑，于是显得不够和谐统一。比如李瓶儿，她先是气死丈夫花子虚，后又驱逐另一个丈夫蒋竹山，这的确显得很凶悍。然而李瓶儿一旦嫁给西门庆，则变为仁义礼让，甚至忍气吞声，胆小怕事。这样的处理，实在难以令人置信。而在《红楼梦》中，则没有这种现象，起码在《红楼梦》的前八十回中是不曾出现这种现象的。人物形象的性格尽管有发展变化，但是有迹可循，性格前后不论怎样发展变化都是自然和谐的。

在《金瓶梅》中，作者所描写的基本都是“坏人”，退一步说纵然不都是如此，人物形象身上也是“坏”的因素多一些。因此造成整个小说所描绘的世界一片漆黑，缺少光明，没有理想。因此，张竹坡在《金瓶梅读法》中指出：“西门庆是混帐恶人，吴月娘是奸险好人，玉楼是乖人，金莲不是人，瓶儿是痴人，春梅是狂人，敬济是浮浪小人，娇儿是死人，雪娥是蠢人，……若王六儿与林太太等，直与李桂姐辈一流，总是不得叫做人，而伯爵、希大辈，皆是没良心的人，兼之蔡太师、蔡状元、宋御使，皆是枉为人也。”由此可见，在《金瓶梅》中，几乎没有“好人”，上面张竹坡所举的十八个人当中，除了孟玉楼外，基本是可以说都是“反面”角色，就是孟玉楼也算不得是“正面”形象。而《红楼梦》中则既有丑陋肮脏的人物，又有闪耀着理想光芒的正面典型形象，前者如贾雨村、薛蟠，后者如贾宝玉、林黛玉等。而且作者对他所恨的人，也能够写出其“好”的一面；对他所爱的人，也能够做到“爱而知其恶”。

《金瓶梅》和《红楼梦》两部小说中都塑造了很多妇女形象，但是作者对待妇女的态度却有着本质上的区别。前面提到，毛泽东同志认为《金瓶梅》是反映黑暗，不尊重妇女，而《红楼梦》写得有点希望，是尊重妇女的。话很简单，却抓住了要害。在《金瓶梅》中，几乎所有的妇女不仅本身是既淫又妒，而且作者又把她们写成以西门庆为代表的男人们用金钱买来的泄欲的工具和玩物，她们几乎没有什么人格和地位可言。而在《红楼梦》中则不然，小说中的大多数女子，都是作者所歌颂和同情的对象。生活在大观园的青年姑娘们不仅有着仪态万方的美丽的外表，而且更有着一个个层次不等的美妙的灵魂，秀外慧中！曹雪芹让她们生活在具有一定的理想色彩的大观园中，给她们提供了能够充分展示自己的才华和能力，尽情表现自我的大舞台。她们不仅风华正茂，青春浪漫，而且相貌美丽，楚楚动人，尤其是她们才华横溢，能诗擅画，出口成章，挥洒成文。甚至作者还有意识地让贾宝玉因为有了这样一群多才多艺的女子而自惭形秽，书中多次提到类似的话：“原来天生人为万物之灵，凡山川日月之精秀，只钟于女儿，须眉男子不过是些渣滓浊沫而已。”（第二十回）“这女儿两个字极尊贵极清净的，比那阿弥陀佛、元始天尊的这两个宝号还尊荣无对的呢。”（第二回）这又构成了对这些青年女性的有力衬托。曹雪芹彻底抛弃了中国小说史上俗滥的“大团圆”的套式，把《红楼梦》写成了千古不朽的悲剧，激起了广大读者对以林黛玉为代表的青年女性的深切同情。而这一点则是《金瓶梅》所根本无法比拟的。

对于古典名著精华，曹雪芹是来者不拒，海纳百川的。据脂砚斋透露，经周汝昌先生考证，《红楼梦》的原本，卷末标有“情榜”。周汝昌先生认为，此榜虽然是雪芹的独创，从文史的角度来看，也不是无源之水。第一应知，明清之际的章回小说，末尾多有一个“总名单”，列全书人物，名之曰“榜”。榜原是评品高下，昭示名次先后的一种形式，所以《封神演义》末尾列有三百六十五位正神的“封神榜”。《水浒传》列有梁山泊一百单八条绿林好汉的“忠义榜”。《儒林外史》末有“幽榜”，至于《镜花缘》，写了一百个女子应试科考，更是列有一张大榜。曹雪芹之所以名其榜曰“情榜”，非偶然“心血来潮”，确实也有来历，也有出处。这个“典”就“出”在明朝小说家冯梦龙所编的一部书里。这部书，名叫《情史》。原来，冯梦龙将他所见的古今之情事，无拘小说正史、经籍杂书，一一摘采出来，加以分类，编成一书，是曰“情史”。《情史》一名《情天宝鉴》。曹雪芹曾把他自己的小说取名叫作《风月宝鉴》，已经说明了他是从冯梦龙那里取得的启示。曹雪芹受了施耐庵先生和冯梦龙先生的启发，写了一部小说，为一百〇八位女子传神写照，正与一百单八条英雄成为“对仗”，即“绿林好汉”对“红粉佳人”。曹雪芹的一部分艺术构思，来自《水浒》，很是明显。绿林好汉之降生是由于被石碣（jié，圆顶的石碑）镇压在地底下的“黑气”冲向外方，而成为一百单八个“魔君”下世的。曹雪芹则因此而出创思，写出“正邪两赋”而来的一百〇八个脂粉英豪、闺帏（wéi，帐子、幔幕）奇秀。施公在一百单八之中，又分为三十六天罡、七十二地煞。曹雪芹则写宝玉神游之时，在太虚幻境薄命司中看见许多大橱，储藏簿册，注明了那些女子的不幸命运。宝玉只打开了三个大橱，看了正钗、副钗、又副钗的册子。看了三十六人的“判词”，透露出全书写了正、副、又副、三副、四副……这就表明：情榜分为九层，每层皆是十二之数，十二乘九，正是一百〇八位。

当然，对于其他的名著《红楼梦》也是借鉴了的。比如《醒世恒言》第四卷《灌园叟晚逢仙女》有这样一段描写：“若花到谢时，则累日叹息，常至堕泪。又不舍得那些落花，以棕拂轻轻拂来于盘中，时（常）观玩。直到乾（同‘干’）枯，装入净瓮。满瓮之日，再用茶酒浇奠，惨然若不忍释。然后亲捧其瓮，深埋长堤之下，谓之‘葬花’。倘有花片，被雨打泥污的，必以清水再四滌（同“除”）净，然后送入湖中，谓之‘浴花’。”这和《红楼梦》中宝玉将花瓣抛入沁芳源，后又和黛玉一起葬花，以及“埋香塚（同“冢”）飞燕泣残红”等的意境何其相似！

据考证，《西厢记》《牡丹亭》《长生殿》《梁祝》等传统作品也都在《红楼梦》中明白或隐约出现。李斯说：“泰山不让土壤，故能成其大；河海不择细流，故能就其深。”杜甫在《戏为六绝句》中也说：“不薄今人爱古人、转益多师是汝师。”笔者认为这应该是《红楼梦》之所以能成为世界文学名著的极为重要的原因之一。当然，除了上面的鸿篇巨制外，《红楼梦》不足地方，在中学课本中就提到了。反映封建社会制度不彻底、存在封建迷信思想、唯心史观等，在此就不一一概述了。

# 后 记

“六年不寻常，泣血为红楼。”历时六载，在2016年酷暑来临之际，终于完工了！最初出这本书目的跟周汝昌老先生是一样的，也是因为人人都知道《红楼梦》是本好书、奇书，但是不好读，不好懂。即使许世友将军奉毛主席之命读《红楼梦》，也是读不了几页，就如同黛玉脸上盖手帕一样，将军脸上盖书；黛玉轻笑，而将军却鼾声如雷！幸亏有周汝昌先生掀起当代红学研究的热潮，还有刘心武先生“改行”为红学专家，刘再复先生以《红楼梦》为命，等等。正是他们，使《红楼梦》不再难读、难懂，逐渐有了像读《三国演义》的感觉。日久天长，像读《水浒传》《西游记》那样家喻户晓就好了。为了推动这一过程，为了更系统地介绍《红楼梦》如何读、从哪方面下手读，本人本着自己思考和理解，在集腋成裘的基础上，博采众长，遍寻百家，著成这本小册子。这也是初衷和目的！

除了以上部分，关于《红楼梦》多达上百种专项研究，内容称得上是浩如烟海、不胜枚举！观点也千奇百怪，许多都很有道理，大多能自圆其说！本篇只是选取一些大的、宏观的、本人认可的部分，抛了个砖头，想为初读者、爱好者、想读《红楼梦》

的人打开一扇窗，或者在窗户上打开一道窄小的缝隙也可。这就达到了作者的本意！

在此，特别感谢卜键老师为此书欣然作序！特别感谢刘国辉老师的鼓励、肯定！特别感谢董素山、李津生等先生的大力支持！

特别感谢六净先生（原名王如贵、启功大师的关门弟子）挥毫题写书名。

常怀感恩之心，人生才会遇到更多贵人；常念相助之情，人生才会有更多朋友！余不尽言，感谢所有相携相助的贵人、朋友，如未言及，实非本心，一并感谢！

李星、冯云、苑亚玲对此书有帮助。

本文资料来源相当广泛，许多是朋友帮助搜集和推荐的，引自何处，有的无法一一指明。如有疏漏，实非本意，谨在此致歉！

本书《红楼梦》引文全部来自《周汝昌校订批点本石头记曹雪芹著，脂砚斋批》一书，译林出版社出版，2011 年 8 月第 1 版。

起笔之初，曾自赋诗一首，现录于兹，是为有始有终：

红楼说梦

红楼说梦三百年，群芳竞艳大观园；
知书识字皆上品，羞煞多少须眉男？
重情非淫女如水，不识宝玉我心惭；
繁荣风流如一梦，不羡峨冠羡红颜。

作者　宋志宏

书于 2011 年 2 月 12 日

修订于 2014 年 12 月 31 日

再修订于 2016 年 6 月 16 日

# 又后记

——这本书是如何再版的

《慧读红楼梦》是偶然之作。

最初，本意写一部长篇现实主义小说，泛泛的又不屑，便梦想借鉴甚至于比肩《红楼梦》，于是钻研、精读，一字一句地读《红楼梦》，反复三、四遍，读书笔记、心得、感悟，还有名家的点评堆积了一大堆，整理出自己想要的长篇小说结构，这些原始素材怎么办？董素山先生、袁玉伟先生感觉有点意思，建议出版，而且推荐给人民文学出版社时任总编辑刘国辉先生，刘国辉先生审阅后称赞不已，并欣然同意，为尽快，加上天天出版社，结果经过人民文学出版社老师们的精心编辑，很快与广大读者见面了。

《慧读红楼梦》出版后，或卖或送，已达数千册，堪称小畅销书了，这是我没有想到的。

转眼已出版 6 年了，朋友们不断索要此书。但人在石家庄，跑北京加印实在不方便，加上这些年的心得体会对部分内容进行了增删，在挚友董素山先生、袁玉伟先生的建议下，遂决定由河北教育出版社再版，同时，又起了新书名《红楼大观》。

这就是再版的由来。

在此特别感谢魏国君兄为《红楼大观》题写书名。

特别感谢刘绍本先生生前的点评，特别感谢乙慧陈女士的点评。

是为记。

宋志宏 于

2024 年 11 月 6 日